Español Moderno

现代西班牙语

第一册

U0121989

董燕生　刘　建　著

外语教学与研究出版社
北京

MP3版

图书在版编目（CIP）数据

现代西班牙语：MP3版．第1册／董燕生，刘建著．–– 北京：
外语教学与研究出版社，2007.04（2021.9重印）
ISBN 978-7-5600-6574-8

Ⅰ．①现… Ⅱ．①董… ②刘… Ⅲ．①西班牙语－高等学校－教材
Ⅳ．①H34

中国版本图书馆 CIP 数据核字 (2007) 第 052993 号

出 版 人　徐建忠
责任编辑　李　丹
封面设计　诸中英
出版发行　外语教学与研究出版社
社　　址　北京市西三环北路 19 号（100089）
网　　址　http://www.fltrp.com
印　　刷　大厂回族自治县益利印刷有限公司
开　　本　850×1168　1/32
印　　张　14.25
版　　次　2008 年 1 月第 1 版　2021 年 9 月第 32 次印刷
书　　号　ISBN 978-7-5600-6574-8
定　　价　29.90 元（含 MP3 光盘一张）

购书咨询：(010) 88819926　电子邮箱：club@fltrp.com
外研书店：https://waiyants.tmall.com
凡印刷、装订质量问题，请联系我社印制部
联系电话：(010) 61207896　电子邮箱：zhijian@fltrp.com
凡侵权、盗版书籍线索，请联系我社法律事务部
举报电话：(010) 88817519　电子邮箱：banquan@fltrp.com
物料号：165740001

记载人类文明
沟通世界文化
www.fltrp.com

前　　言

　　《现代西班牙语》第一至四册是供高等院校西班牙语专业本科一、二年级使用的口笔语实践课教材，基本上保留了商务印书馆出版的《西班牙语》（同一编者）的结构和体例，但是课文内容几乎全部更新，以适应时代的需求。此外，考虑到学生接受能力的提高，语法难点的配置相应集中，词汇量明显增加。为了便于学生理解和掌握，语法术语的译名也参照国内汉语和英语教学的常用表述方式做了适当调整。

　　每册书的课文数量是按每学期授课 18 周安排的。第一册共24 课，前 12 课的重点是发音训练，每周讲授 2 课（按 10 学时/周计算，4 学时教 1 课，1 学时复习）。后 12 课每周讲授 1 课，在不放松发音训练的前提下，重点转向语法和词汇。绝大部分常用语法项目在前 3 册中讲授一轮。

　　本套教材第一、二册编写过程中得到秘鲁同事海奥希娜·卡布雷拉（Georgina Cabrera）女士的指导和帮助；第三、四册的西班牙语文字润色得益于秘鲁同事奥斯卡·马拉加（Oscar Málaga）。编者在此向他们表示诚挚的谢意。

编者

目　录

　　课文：¿QUIÉN ES ÉL?

　　语音：1. 元音 A，E，I，O，U

　　　　　2. 辅音 M，N，L，T，S，P

　　　　　3. 分音节规则 (I)

　　　　　4. 词与词之间的连音

　　语法：1. 名词的单数、复数和阳性、阴性 (I)

　　　　　2. 大小写规则

　　　　　3. 问号和感叹号的书写

　　句型：ÉL（ELLA）ES...

　　　　　¿ES ÉL（ELLA）...?

　　　　　SÍ，ÉL（ELLA）ES...

　　　　　NO，ÉL（ELLA）NO ES...，ES...

　　　　　¿QUIÉN ES...?

　　课文：¿QUÉ ES?

　　语音：1. 辅音 C，D，B，V，R，Q

　　　　　2. 二重元音 IA，IE，UE

　　　　　3. 清音与浊音

VOY AL（LA）...

¿QUÉ VAS A HACER?

VOY A ＋ INF.

课文：EN CLASE

语音：辅音连缀 CL，CR，FL，FR，TL，TR，GL

　　　C 在 C，N，T 前面的发音：CC，CN，CT

语法：1. 第二变位动词

　　　2. 动词 PODER 和 VER 的陈述式现在时变位

　　　3. 动词的宾语

　　　4. 宾格代词（I）

　　　5. 选择连词 O

　　　6. 动词短语 TENER QUE ＋ INF.

句型：TENER QUE ＋ INF.

　　　PODER ＋ INF.

课文：PEPE Y PACO

语音：1. 重读词和非重读词

　　　2. 语调群

语法：1. 第三变位动词

　　　3. 动词 QUERER 和 VENIR 的变位

　　　4. 重读物主形容词

　　　5. 间接宾语和状语

句型：QUERER ＋ INF.

课文：EL HIJO ESTÁ ENFERMO

语法：1. 宾格代词（II）

　　　2. 与格人称代词

字母表 ALFABETO

字 母			音 标	字 母			音 标
印刷体	书写体	名称		印刷体	书写体	名称	
A a	𝒜 a	a	〔a〕	N n	𝒩 n	ene	〔n, m〕
B b	ℬ b	be	〔b, β〕	Ñ ñ	𝒩̃ ñ	eñe	〔ɲ〕
C c	𝒞 c	ce	〔θ, k, ɤ〕	O o	𝒪 o	o	〔o〕
Ch ch	𝒞h ch	che	〔c〕	P p	𝒫 p	pe	〔p〕
D d	𝒟 d	de	〔d, ð〕	Q q	𝒬 q	cu	〔k〕
E e	ℰ e	e	〔e〕	R r	ℛ r	ere	〔r, r̄〕
F f	ℱ f	efe	〔f〕	rr	rr	erre	〔r̄〕
G g	𝒢 g	ge	〔g, ɤ, x〕	S s	𝒮 s	ese	〔s〕〔z〕
H h	ℋ h	hache	不发音	T t	𝒯 t	te	〔t〕
I i	𝒥 i	i	〔i〕	U u	𝒰 u	u	〔u〕
J j	𝒥 j	jota	〔x〕	V v	𝒱 v	uve	〔b, β〕
K k	𝒦 k	ca	〔k〕	W w	𝒲 w	doble uve	〔β〕
L l	ℒ l	ele	〔l〕	X x	𝒳 x	equis	〔s, ɤs〕
LL ll	𝒮l ll	elle	〔λ〕	Y' y	𝒴 y	ye 〔i griega〕	〔j, i〕
M m	ℳ m	eme	〔m〕	Z z	𝒵 z	zeta 〔zeda〕	〔θ〕

缩写词表 ABREVIATURAS

adj.	adjetivo	形容词
adv.	adverbio	副词
art.	artículo	冠词
conj.	conjunción	连接词
f.	substantivo femenino	阴性名词
inf.	infinitivo	原形动词
interj.	interjección	感叹词
intr.	verbo intransitivo	不及物动词
m.	substantivo masculino	阳性名词
num.	numeral	数词
p. p.	participio pasivo	过去分词
prep.	preposición	前置词
prnl.	verbo pronominal	代词式动词
pron.	pronombre	代词
s.	substantivo	名词
tr.	verbo transitivo	及物动词

发音器官图

发音是人类发音器官运动的结果。为便于掌握发音方法现将发音器官的构造和名称图解如下：

发音器官名称：

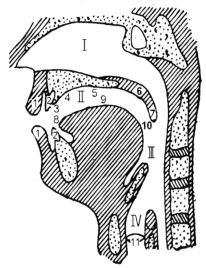

Ⅰ. 鼻腔

Ⅱ. 口腔

Ⅲ. 咽头

Ⅳ. 喉头

1. 唇

2. 齿

3. 齿龈

4. 前硬颚

5. 硬颚

6. 软颚

7. 小舌

8. 舌尖

9. 舌前

10. 舌后

11. 声带

第 一 课　LECCIÓN 1

语音：**1.** 元音：**A, E, I, O, U**
　　　2. 辅音：**M, N, L, T, S, P**
　　　3. 分音节规则（**I**）
　　　4. 词与词之间的连音
语法：**1.** 名词的单数、复数和阳性、阴性（**I**）
　　　2. 大小写规则
　　　3. 问号和感叹号的书写
句型：**ÉL（ELLA）ES …**
　　　¿ES ÉL（ELLA）…?
　　　SÍ, ÉL（ELLA）ES …
　　　NO, ÉL（ELLA）NO ES … , ES…
　　　¿QUIÉN ES …?

课　文　TEXTO

¿QUIÉN ES ÉL?

I

Él es Paco.　Paco es cubano.

 Él es Pepe. Pepe es chileno.

 Ella se llama Ana. Ana es panameña.

 Ella es Li Xin. Es china.

Paco y Pepe son amigos. Ana y Li Xin son amigas.

II

¿Es él Paco?

Sí, él es Paco.

¿Es él Pepe?

Sí, él es Pepe.

¿Es ella Ema?

No, ella no es Ema, es Ana.

¿Quién es él?

Él es Pepe.

¿Es Pepe chino?

No, Pepe no es chino. Pepe es chileno.

¿Quién es ella?

Ella es Ana.

¿Es Ana china?

No, no es china, es panameña.

¿Son amigos Pepe y Paco?

Sí, ellos son amigos.

¿Son Li Xin y Ana amigas?

Sí, ellas son amigas.

词汇表　VOCABULARIO

quién　*pron.*　谁

ser　*intr.*　是

　es　（他，她，它）是

　son　（他们，她们）是

él　*pron.*　他

Paco　巴科（男人名）

cubano, na　*m. , f.*　古巴人

Pepe　贝贝（男人名）

chileno, na　*m. , f.*　智利人

ella　*pron.*　她

llamarse　*prnl.*　叫……名字

se llama　（他，她，您）

　叫……名字

Ana　安娜（女人名）

panameño, ña　*m. , f.*

　巴拿马人

chino, na　*m. , f.*　中国人

y　*conj.*　和

amigo, ga　*m. , f.*　朋友

sí　*adv.*　是

no　*adv.*　不

ellos, ellas　*pron.*　他们，她们

补充词汇 PALABRAS ADICIONALES

uno, na *num.* 一   tres *num.* 三

dos *num.* 二   cuatro *num.* 四

语 音 FONÉTICA

按传统说法,西班牙语共有29个字母,即5个元音字母 a, e, i, o, u 和24个辅音字母 b, c, ch, d, f, g, h, j, k, l, ll, m, n, ñ, p, q, r, s, t, v, w, x, y, z.

根据西班牙皇家语言学院 1994 年规定,取消 ch 和 ll 两个字母。本书为方便教学,在语音阶段讲解时保留原有说法,在词汇表编排时,则按新规定排列。

一、音素:

I. a 的发音:

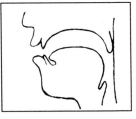

字母   名称   音标

A a   𝒜 𝒶   a   [a]

[a] 是非圆唇低元音。发音时,嘴半张开,舌头平放在口腔底部,气流冲出。[a] 音与汉语的"阿"音相似,但是开口程度稍小。发音部位在口腔中部。

练习:a, a, a, a, a...

II. e 的发音:

字母　　　名称　　音标

E e 𝓔 𝓬　　　e　　　[e]

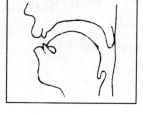

[e] 是非圆唇中前元音。发音时，嘴稍稍张开，舌面抬起至口腔中部，双唇向两侧咧开，气流冲出。发音部位在口腔前部。

练习：e, e, e, e, e...

III. i 的发音：

字母　　　名称　　音标

I i 𝓘 𝓲　　　i　　　[i]

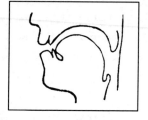

[i] 是非圆唇高前元音。发音时，嘴微张，舌面中后部抬起，贴近硬颚。发音部位在口腔中前部。应当避免舌面过分接近硬颚，把 [i] 音发成汉语的"依"。

练习：i, i, i, i, i...

IV. o 的发音：

字母　　　名称　　音标

O o 𝓞 𝓸　　　o　　　[o]

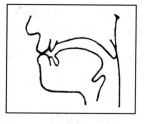

[o] 是圆唇中后元音。发音时，舌面高度和开口程度与发 [e] 时相同，但是双唇必须噘圆向前突出。发音部位在口腔中后部。

练习：o, o, o, o, o...

V. u 的发音：

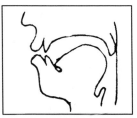

字母　　　　名称　　音标

U u 𝓤 𝓊 　　　u　　　[u]

[u] 是圆唇高后元音。发音时，嘴张得比较小，双唇嘬圆，比发 [o] 音时更向前突出。舌面更加贴近上颚。发音部位在口腔后部。

练习：u, u, u, u, u...

VI. l 的发音：

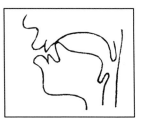

字母　　　　名称　　音标

L l 𝓛 𝓁 　　　ele　　　[l]

[l] 是舌尖齿龈边擦浊辅音。发音时，舌尖接触上齿龈，舌面下降，气流从舌部两侧通过。声带振动。

练习：*la*, *le*, *li*, *lo*, *lu*

　　　a*l*a, e*l*e, i*l*i, o*l*o, u*l*u

　　　*le*lo, *li*la, *Lo*la, *lu*lú

当发 al, el, il, ol, ul 等音节时，应当注意不要卷舌，而要让舌尖接触上齿龈。

练习：a*l*, e*l*, i*l*, o*l*, u*l*

VII. m 的发音：

字母　　　　名称　　　音标

M m　　*M m*　　eme　　　[m]

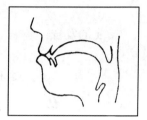

[m]是双唇鼻浊辅音。发音时，双唇紧闭，声带振动，气流从鼻腔通过。

练习：*m*a, *m*e, *m*i, *m*o, *m*u

a*m*a, e*m*e, i*m*i, o*m*o, u*m*u

E*m*a, *m*al, la*m*e, *m*elón, *m*i*m*o, *m*il, *m*ola,

*m*ole, *m*ula

VIII. n 的发音：

字母　　　　名称　　　音标

N n　　*N n*　　ene　　　[n]

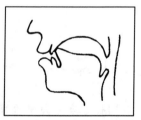

[n]是舌尖齿龈鼻浊辅音。发音时，舌尖接触上齿龈和上腭前部，气流从鼻腔通过，同时声带振动。

练习：*n*a, *n*e, *n*i, *n*o, *n*u

a*n*a, e*n*e, i*n*i, o*n*o, u*n*u

mi*n*a, lu*n*a, *n*e*n*e, *n*e*n*a, *N*ilo, ma*n*í, ma*n*o,

mo*n*o, me*n*ú, *n*ulo

IX. p 的发音：

字母	名称	音标
P p 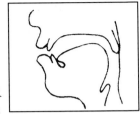	pe	[p]

[p] 是双唇塞清辅音。发音时，双唇紧闭，气流冲开阻碍，爆破而出。声带不振动。

练习：*p*a, *p*e, *p*i, *p*o, *p*u

a*p*a, e*p*e, i*p*i, o*p*o, u*p*u

*p*ala, ma*p*a, *p*ena, *p*elo, *p*i*p*a, *p*ila, *p*one, *p*uma, *p*a*p*el, *p*ul*p*o

X. s 的发音：

字母	名称	音标
S s 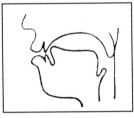	ese	[s]

[s] 是舌尖齿龈擦清辅音。发音时，舌尖靠拢上齿龈，留下缝隙让气流通过。声带不振动。

练习：*s*a, *s*e, *s*i, *s*o, *s*u

a*s*a, e*s*e, i*s*i, o*s*o, u*s*u

*s*ano, *s*ala, *s*eno, *s*ima, a*s*ilo, *s*o*s*o,

*s*olo, *s*uma, *s*upo, *s*al, na*s*al

在词尾时，[s] 发音弱且短，不能拖长，发成汉语中的"斯"。

练习：a*s*, e*s*, i*s*, o*s*, u*s*

me*s*, ma*s*a*s*, me*s*a*s*, *s*ala*s*, o*s*o*s*, *s*omo*s*, *s*uma*s*

[s] 在其他浊辅音之前浊化，发[z]音。发音部位和方法与发 s 时相同，但声带要振动。

练习：a*s*ma, a*s*no, i*s*la, mi*s*mo, pa*s*mo, *s*i*s*mo

XI. t 的发音：

字母　　　名称　　音标

T t　ℱ *t*　　　te　　　[t]

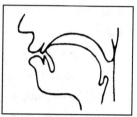

[t] 是舌尖齿背塞清辅音。发音时，舌尖和上齿背接触，气流冲开阻碍，爆破而出。声带不振动。

练习：*t*a, *t*e, *t*i, *t*o, *t*u

a*t*a, e*t*e, i*t*i, o*t*o, u*t*u

*t*asa, *t*ala, *t*eme, me*t*e, *t*ipo, *t*imo,

*t*ono, mo*t*o, *t*una, *t*upa, *t*al, *t*otal

二、分音节规则 (I)：

词可以分成音节。元音是音节的基础。一个词有几个元音，便有几个音节。

I. 音节可以由一个元音组成，即一个元音便能够构成一个音节。例如：a; o; Ana(A-na), ella (e-lla)。

II. 音节也可以由一个元音和几个辅音组成。辅音放在元音前或后，与之共同构成音节；但独自不成音节。如果一个辅音在两个元音之间，就和后面的元音构成音节。例如：Paco (Pa-co); chino (chi-no); amigo (a-mi-go)。

三、词与词之间的连音：

在西班牙语中存在着连音现象，即在说话或朗读中，前一个词的词尾音素和它之后的词首音素紧密衔接。连音有三种：元音-元音（no es）；辅音-元音（son amigos）和辅音-辅音（ellos son）。下面分别举例说明：

I. 元音-元音连读：　　Ella　es Li Xin.

　　　　　　　　　　No, no　es china, es panameña.

II. 辅音-元音连读：　　Él　es Pepe.

　　　　　　　　　　Ana　y Li Xin son　amigas.

　　　　　　　　　　¿Quién　es　él?

III. 辅音-辅音连读：　　Sí, ellos　son　amigos.

　　　　　　　　　　Sí, ellas　son　amigas.

应当注意的是，在辅音-辅音连读中，当两个辅音相同时，往往合二为一。

语　法　GRAMÁTICA

一、名词的数（**Número del sustantivo en español**）：

西班牙名词有数的范畴。指称单一事物时，用单数名词；指称两个以上的事物时，用复数名词。以元音结尾的名词尾部加 s，便由单数变成复数：

例如：

cubano —— cubanos

chileno —— chilenos

amigo —— amigos

二、名词的性（**Género del sustantivo en español**）：

在西班牙语中，名词有阳性和阴性之分。可以根据词尾音素判定。

I. 除少量例外，以 o 结尾的名词一般都是阳性名词。

例如：Paco，cubano，chileno

II. 除少量例外，以 a 结尾的名词一般都是阴性名词。

例如：Ana，panameña，china

III. 涉及有性别的事物时，则用名词的阳性形式指称男（雄）性；阴性形式指称女（雌）性。

例如：

chino（中国男人）—— china（中国女人）

panameño（巴拿马男人）—— panameña（巴拿马女人）

chilenos（智利的男人们）—— chilenas（智利的女人们）

amigos —— amigas

三、大小写规则（**Mayúscula y minúscula**）：

I. 句首单词的第一个字母必须大写：

¿Es él chileno?

Sí, es chileno.

II. 名词分普通名词和专有名词两大类。普通名词是某一类人，某一类事物，某种物质或抽象概念的名称。专有名词则指个别的人、团体、地方、机构或事物。专有名词的第一个字母必须大写。例如：Paco，Ana，Pepe。

应当注意的是，和英语不同，在西班牙语中，表示月份的名词不大写。

四、问号和感叹号的书写（**Signos de interrogación y exclamación**）：

I. 西班牙语的疑问句首尾都有问号。句首的问号必须倒写。

¿Quién es él?

¿Es Ana china?

II. 同样，感叹句首尾都有感叹号。句首的感叹号也必须倒写。

Ella no es Li Xin. ¡Es Ana!

书　写　CALIGRAFÍA

A a　　E e　　I i　　O o　　U u

L l　　M n　　N n　　P p　　S s　　T t

练　习　EJERCICIOS

I. 拼读下列音节和单词（Deletrea las siguientes sílabas y palabras）:

la	le	li	lo	lu
ma	me	mi	mo	mu
na	ne	ni	no	nu
pa	pe	pi	po	pu
sa	se	si	so	su
ta	te	ti	to	tu

lata, sola, mole, sale, lino, liso, lomo, solo, lupa, luna

mata, masa, meto, mete, misa, semi, mono, tomo, musa, mutis

sana, lana, lunes, nema, nipa, nipis, tono, sino, numen, nula

pata, tapa, pese, supe, piso, pito, pomo, Apolo, pule, puna

misa, sapo, meseta, mes, sito, pésimo, toso, sopa, sumo, Susana

taita, meta, lote, late, tino, timo, noto, tomo, tusa, tute

sol, nasal, timonel, Alpes, alto, salta, palma, pulso

patas, meses, pones, lotos, asta, estos, pasta, peste

asna, misma, muslo, muslime, limosna

II. 选择适当的单词填空（Rellena los espacios en blanco con las palabras adecuadas）:

1. Paco _____ cubano.

2. Ana _____ Pepe son _____.

3. _____ es Ana.

4. ¿_____ es él?

5. ¿_____ Ana y Ema amigas?

   _____, ellas son amigas.

III. 将图中的人物介绍给老师和同学（Presenta las personas de los dibujos a los profesores y alumnos）:

IV. 朗读下列句子，注意连音（**Lee las siguientes frases，teniendo en cuenta la sinalefa y el encadenamiento**）：

1. ¿Quién es?
2. Él es Pepe.
3. Ellos son Pepe y Paco.
4. ¿Son amigos Ana y Pepe?
5. Ella es Ema.
6. Pepe no es chino, es chileno.
7. Ana y Ema no son amigas.
8. ¿Son ellos amigos?

   Sí, ellos son amigos.

V. 划分下列单词的音节（**Marca las sílabas de las siguientes palabras**）：

él _____   Ana _____   Ema _____

Paco _____   no _____   ella _____

Pepe _____   son _____

VI. 写出下列单词的阴性形式（**Escribe la forma femenina de las siguientes palabras**）：

cubano _____   chino _____   panameño _____

amigo _____   chileno _____

LECCIÓN 1

VII. 写出下列单词的复数形式（Pon las siguientes palabras en plural）：

cubano _____   chino _____   panameño _____

amigo _____   chileno _____

VIII. 写出以下列字母开头的单词（Escribe las palabras que empiecen con las siguientes letras）：

1. a: _____
2. e: _____
3. p: _____
4. s: _____

IX. 快速回答下列问题（Contesta con rapidez a las siguientes preguntas）：

1. ¿Es ella Ana?
2. ¿Es Ana china?
3. ¿Es él Li Xin?
4. ¿Es Li Xin cubana?
5. ¿Quién es él?
6. ¿Son ellas amigas?
7. ¿Son ellos panameños?
8. ¿Son Ema y Pepe chinos?
9. ¿Son amigos Ana y Paco?
10. ¿Son amigos Ana, Paco y Li Xin?

X. 抄写本课所学元音、辅音和课文（Copia las vocales y consonantes incluidas en la lección y el texto）。

XI. 背诵课文（**Aprende de memoria el texto**）。

XII. 听写（**Dictado**）。

第 二 课　LECCIÓN 2

语音: 1. 辅音: C, D, B, V, R, Q
2. 二重元音: IA, IE, UE
3. 清音与浊音
4. 塞音与擦音
5. 单词的重音
语法: 1. 主格人称代词
2. 联系动词 SER 的陈述式现在时变位
3. 前置词 DE 的用法
句型: ¿QUÉ ES … ?
¿QUIÉNES SON…?

课　文　TEXTO

¿QUÉ ES?

I

Éste es Paco.
Es estudiante.

Éste es Pepe.
Es cocinero.
Es hermano de Paco.

Ella es Lucía.

Es cantante.

Es amiga de Paco.

Estos son Manolo y Ema. Manolo es médico. Es padre de Pepe y Paco. Ema no es médica, es enfermera. Es esposa de Manolo y madre de Pepe y Paco.

Soy china. Me llamo Li Xin. Soy médica. Ema, Lucía y yo somos amigas.

II

¿Quién es Paco?

Éste es Paco.

¿Es éste Paco?

Sí, éste es Paco.

¿Qué es Paco?

Paco es estudiante.

¿Quién es él?

Él es Pepe.

¿Es Pepe padre de Paco?

No, él no es padre de Paco. Es su hermano.

¿Quién es ella?

Ella es Lucía.

¿Qué es Lucía?

Lucía es cantante.

¿Quiénes son ellos?

Son Manolo y Ema.

¿Qué son ellos?

Manolo es médico. Ema es enfermera.

¿Es Ema hermana de Manolo?

No, Ema no es su hermana. Es su esposa.

¿Qué eres tú?

Soy médica.

¿Eres hermana de Lucía?

No, no soy hermana de Lucía.

Soy amiga de Lucía y Ema.

日 常 用 语　FRASES USUALES

¡Buenos días! 早上好!

¡Buenas tardes! 下午好!

词汇表　VOCABULARIO

qué　*pron.*　什么

éste, ta　*pron.*　这个, 这位

estudiante　*m.*, *f.*　学生

cocinero, ra　*m.*, *f.*　厨师

hermano, na　*m.*, *f.*
　　兄弟, 姐妹

de　*prep.*　（表示所属）

Lucía　露西亚(女人名)

cantante　*m.*, *f.*　歌手, 歌唱家

esposo, sa　*m.*, *f.*
　　丈夫, 妻子

éstos, tas　*pron.*　这些, 这几位

Manolo　马诺罗(男人名)

Ema　埃玛(女人名)

médico, ca　*m.*, *f.*　医生

padre　*m.*　父亲

enfermero, ra　*m.*, *f.*　护士

madre　*f.*　母亲

yo　*pron.*　我

　me llamo　我叫……

quiénes　*pron.*　谁们

su　*adj.*　他的, 他们的

tú　*pron.*　你

补充词汇　PALABRAS ADICIONALES

nosotros, tras　*pron.*　我们

vosotros, tras　*pron.*　你们

usted　*pron.*　您

ustedes　*pron.*　诸位

语音　FONÉTICA

一、音素:

I. c, q 的发音:

字母	名称	音标
C c *C c*	ce	[k]
Q q *Q q*	cu	[k]

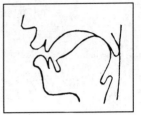

[k] 是舌后软颚塞清辅音。发音时，舌后与软颚闭合。气流冲开阻碍，爆破而出。声带不振动。

c 只有在与 a, o, u 构成音节时，才发 [k] 音。而 q 后必须加 u 再与 e, i 构成音节，才发 [k] 音。即：

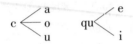

练习：*c*a, *q*ue, *q*ui, *c*o, *c*u

a*c*a, e*q*ue, i*q*ui, o*c*o, u*c*u

*c*ama, la*c*a, sa*q*ue, *q*uemo, *q*uiso, *q*uito

*c*osa, *P*aco, *c*una, *c*upo

II. d 的发音：

字母	名称	音标
D d *D d*	de	[d] [ð]

d 在停顿后的词首或词内和词组内的 n, l 后面（如 anda, soldado, un dedo）发 [d] 音。在其他情况下发 [ð] 音。

[d] 是舌尖齿背塞浊辅音。发音部位与方法和 [t] 相同，即舌尖顶住上齿背，气流冲开阻碍，爆破而出。但是 [d] 是浊音，发音时声带振动，而 [t] 是清音，发音时声带不振动。

练习：*d*a, *d*e, *d*i, *d*o, *d*u

*d*ama, *d*ato, *d*eme, *d*ele,
*d*ilo, *d*ilema, *d*os, *d*oma,
*d*una, *d*uque, an*d*a, pan*d*a,
sal*d*o, sol*d*a*d*o, un *d*edo

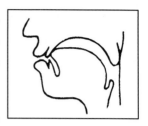

[ð] 是舌尖齿沿擦浊辅音。发音时，舌尖微微伸出上齿沿，留出缝隙让气流通过，同时声带振动。

练习：a*d*a, e*d*e, i*d*i, o*d*o, u*d*u
na*d*a, to*d*a, mi*d*e, pi*d*e
pe*d*í, acu*d*í, mo*d*o, mu*d*o,
una *d*u*d*a

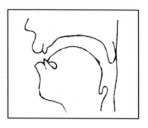

d 在绝对末尾时，发弱化的 [ð] 音，舌尖一接触上齿沿，气流便停止通过。

练习：eda*d*, ama*d*, uste*d*, come*d*, se*d*

III. b，v 的发音：

字母		名称	音标
B b	*𝓑 𝒷*	be	[b][β]
V v	*𝒰 𝓋*	uve	[b][β]

当 b，v 出现在停顿后的词首，或出现在 m，n 的后面时，发 [b] 音。在其他情况下发 [β] 音。

[b] 是双唇塞浊辅音。发音部位和方法与发 [p]相同，即双唇紧闭，气流冲开阻碍，爆破而出。但 [b]是浊音，声带要振动。

练习：*b*a, *b*e, *b*i, *b*o, *b*u

*v*a, *v*e, *v*i, *v*o, *v*u

*b*ata, *b*ate, *b*ebe, *b*eso,

*b*ilis, *b*icoca, *b*ota, *b*oca,

*b*ula, *b*usque

*v*aso, *v*ano, *v*e, *v*ela, *v*ino,

*v*ida, *v*oto, *v*omita

*b*om*b*a, *b*am*b*ú, am*b*os, en *v*ano, un *v*ino

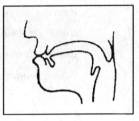

[β] 是双唇擦浊辅音。发音时，双唇之间留下一条小缝让气流通过。同时声带振动。应当避免双唇之间的缝隙过宽，将音发成汉语中"瓦"的辅音音素。

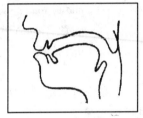

练习：a*b*a, e*b*e, i*b*i, o*b*o, u*b*u

i*b*a, su*b*a, la*b*io, lo*b*o, na*b*o

a*v*a, e*v*e, i*v*i, o*v*o, u*v*u

ca*v*a, la*v*a, a*v*e, la*v*e

una *b*ata, la *b*oca, el *v*ino, el *v*aso

IV. r 的发音：

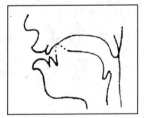

字母	名称	音标
R r 𝓡 𝓇	ere	[r]

r 可代表单击颤音或多击颤音两种音素。在这一课中我们先讲单击颤音。发音时，舌尖抬起，与上齿龈接触，然后让气流通过，使舌尖轻微颤动一至两下，同时声带振动。当 r 在词尾时，舌尖只颤动一下。

练习：a*r*a, e*r*e, i*r*i, o*r*o, u*r*u

co*r*a, pe*r*a, pa*r*e, i*r*é , i*r*is, ca*r*isma,

co*r*o, to*r*o, Perú

a*r*, e*r*, i*r*, o*r*, u*r*

ma*r*, pa*r*, tene*r*, pode*r*, i*r*, puli*r*, amo*r*,

pavo*r*, su*r*, u*r*bano

二、二重元音：

西班牙语中的五个元音中有三个强元音：a, e, o 和两个弱元音：i, u。二重元音由一个强元音和一个弱元音或两个弱元音构成。

ia：p*ia*no, As*ia*, camb*ia*, estud*ia*, estud*ia*nte, l*ia*r.

ie：qu*ié*n, qu*ié*nes, p*ie*, c*ie*nto, m*ie*do, s*ie*te, n*ie*to, b*ie*n.

ue：s*ue*lo, p*ue*s, d*ue*lo, b*ue*no, l*ue*go, n*ue*ra, esc*ue*la.

三、清浊音：

辅音 [p], [t] 发音时声带不振动，称作清音；而 [b], [d] 发音时声带振动，是浊音。

四、塞擦音：

气流猛然冲开发音器官形成的阻碍而发出的音称为塞音。如 [p], [t], [b], [d], [g]。如果发音时，发音器官虽然也形成阻碍，但是留有缝隙，容气流通过，这种音称为擦音。如：[β], [ð], [ɣ]。

五、单词的重音：

在西班牙语中，词或词组中的音节有重读音节和非重读音节之分。重读音节就是发音强度较大的音节。

重音在西班牙语中非常重要。音素完全相同的单词可以因为重音的不同而改变语义。例如：papá（爸爸），papa（土豆）；
tómate（你喝吧），tomate（西红柿）。

六、重音规则：

I. 以元音结尾的词，重音落在倒数第二个音节上：*Pa*co,
*Pe*pe, her*ma*no, coci*ne*ro。

II. 带重音符号的音节即为重读音节：*mé*dico, lec*ción*, Lu*cía*；
如果重音符号落在大写字母上，原则上可以将其省略：
El es Paco. Este es Paco. 。

III. 当二重元音是重读音节时，重音落在强元音上。
例如：bu*e*no, estudi*a*nte。
由二重元音构成的一些疑问代词在强元音上加重音符号是
为了使之区别于与之同形异类的词。如：qué（疑问词）—
que（代词/连词）；quién（疑问词）— quien（代词）。

语　法　GRAMÁTICA

一、主格人称代词（Pronombres personales，caso nominativo）：

请看下列图表：

性数\人称	单　数		复　数	
	阳　性	阴　性	阳　性	阴　性
第一人称	yo　我	yo　我	nosotros 我们	nosotras 我们
第二人称	tú　你	tú　你	vosotros 你们	vosotras 你们
第三人称	él　他 usted 您	ella　她 usted 您	ellos　他们 ustedes 你们，诸位	ellas　她们 ustedes 你们，诸位

1. usted 和 ustedes 是第二人称的礼貌式。书写时可以分别缩写为 Ud. 和 Uds. 。在拉丁美洲地区，ustedes 已经完全取代了 vosotros（tras）。

2. tú 和 él 带重音符号。

二、联系动词 ser（是）的陈述式现在时变位（Conjugación del verbo copulativo *ser* en presente de indicativo）：

西班牙语动词的式、时态、人称等形态变化，称作变位。联系动词 ser 的陈述式现在时变位如下：

yo	soy	nosotros, tras	somos
tú	eres	vosotros, tras	sois
él		ellos	
ella	es	ellas	son
usted		ustedes	

由于西班牙语动词变位后，语尾足以表示不同的人称，所以主格人称代词常常可以省略，尤其是第一和第二人称。例如：

Soy china.（而无须说"Yo soy china."）

¿Eres hermana de Lucía?（而无须说"¿Eres tú hermana de Lucía?"）

第三人称单复数在所指明确的情况下，也可以省略：

Manolo es médico. Es padre de Pepe y Paco.（而无须说"Él es padre de Pepe y Paco."）

Ema es enfermera. Es esposa de Manolo y madre de Pepe y Paco.（而无须说"Ella es esposa de Manolo y madre de Pepe y Paco."）

LECCIÓN 2

三、前置词 DE 的用法 (Uso de la preposición *DE*)：

前置词 de 可以用来表示所属：

> Pepe es hermano de Paco.

> Ema es esposa de Manolo.

在就所属关系提问时，必须把 de 放在疑问代词之前：

> ¿De quién es la casa?

> Es de Manolo.

> ¿De quiénes es el dormitorio (宿舍)?

> Es de Pepe y Paco.

书 写 CALIGRAFÍA

C c   Q q   B b   V v   R r   D d

练 习 EJERCICIOS

I. 拼读下列音节和单词 (Deletrea las siguientes sílabas y palabras)：

ca	que	qui	co	cu
da	de	di	do	du
ba	be	bi	bo	bu
va	ve	vi	vo	vu

casa, caqui, queso, niquel, quita, tequila, moco, loco, cuneta, culpa

dale, manda, conde, denso, dilema, dique, dónde, dosil, dula, indulto

sida, dado, sede, sude, medí, pánico, todo, lodo,

un duque, un dulce,

matad, casad, quedad, poned, mocedad

bala, basta, bemol, Benito, bina, bisel, bono, bote, bula, bulto

vale, vaca, ven, vena, vil, visa, vos, volumen

uva, cava, laven, velo, la vid, el vínculo, la vocal, calvo, válvula

para, mira, paren, Marisa, París, loro, moro, pirú, pirulí

atar, amar, moler, querer, vivir, subir, tenor, pavor, urna, urco

Asia, acacia, liana, Libia, tibia, novia, piano, fianza, momia

sienes, quieto, miedo, copie, cien, dieta, nieve, bienes, viene

suela, buena, cuerpo, muere, nuevo, silueta, puerta, vuelo, abuelos

II. 写出下列字母的大小写（Escribe, en mayúscula y minúscula, las letras que corresponden a los siguientes nombres）：

a _____   e _____   i _____

o _____   u _____   ese _____

te _____   ele _____   eme _____

ene _____   be _____   ku _____

ce _____   uve _____   ere _____

III. 划分下列单词的音节（Marca las sílabas de las siguientes palabras）：

este _____   Pepe _____   Manolo _____

médico _____ somos _____ cocinero _____

es _____ qué _____

IV. 把下列单词变成复数形式（Pon las siguientes palabras en plural）:

médico _____ cocinero _____ estudiante _____

esposo _____ hermano _____ amigo _____

chino _____ panameño _____ cantante _____

enfermero _____

V. 写出下列单词的阴性形式（Escribe la forma femenina de las siguientes palabras）:

médico _____ cocinero _____ esposo _____

hermano _____ amigo _____ chino _____

panameño _____ enfermero _____

VI. 回答下列问题（Contesta a las siguientes preguntas）:

1. ¿Eres Paco?

2. ¿Eres chino?

3. ¿Son ustedes amigos?

4. ¿Es usted médico?

5. ¿Sois cocineros?

6. ¿Es él padre de Lucía?

7. ¿Es ella esposa de Pepe?

8. ¿Somos estudiantes?

9. ¿Es enfermera la hermana de Paco?

10. ¿Es cantante el hermano de Ana?

VII. 选择适当的单词填空（**Rellena los espacios en blanco con las palabras adecuadas**）：

qué   quién   sí   no   chileno   Ema   Paco   Manolo
es   usted   ustedes   médico   cocinero   y   enfermera
estudiante   ella   esposa   padre   estos   Lucía   ellos
eres   son   soy

1. ¿_____ ellos amigos de Ana?
   _____, ellos no _____ amigos de Ana. Son amigos de
   Ema.
2. ¿_____ es Lucía?
   Es _____.
3. ¿Es _____ hermana de Paco?
   _____, yo soy hermana de Paco.
4. ¿_____ es cantante?
   _____ es cantante.
5. ¿_____（tú）cocinero?
   No, no _____ cocinero. Soy _____.
6. Luciá _____ _____ son hermanas.

VIII. 将下列句子译成西班牙语（**Traduce las siguientes frases al español**）：

1. 埃玛是护士。她是马诺罗的妻子。
2. "他们是干什么的?"
   "他们是厨师。"
3. "你们是大夫吗?"
   "不,我们不是大夫,是护士。"

4. "您好！您是……"

"我叫张彬。我是张伟男的父亲。您好！"

5. 这两位是巴科和李昕。巴科是智利人。李昕是中国人。
他们是露西亚的朋友。

IX. 看图回答问题（Contesta a las siguientes preguntas según los dibujos）：

1. ¿Quién es y qué es?

2. ¿Quiénes son y qué son?

3. ¿Quiénes son y qué relaciones tienen（相互之间是什么关系）?

X. 写出以下列字母开头的字（**Escribe las palabras que empiecen con las siguientes letras**）:

e: _____

p: _____

m: _____

q: _____

u: _____

XI. 抄写字母、单词和课文（**Copia las letras, las palabras del vocabulario y el texto**）。

XII. 背诵课文（**Aprende de memoria el texto**）。

XIII. 听写（**Dictado**）。

自我测试练习（1—2课）
EJERCICIOS DE AUTOEVALUACIÓN

I. 说出下列字母的名称（Di los nombres de las siguientes letras）：

a e i u l p s t m n q c r b v d

II. 写出下列字母的大小写（Escribe en mayúscula y minúscula las siguientes letras）：

a _____   o _____   l _____

d _____   b _____   r _____

s _____   c _____   t _____

v _____   m _____   n _____

III. 朗读下列音节和单词（Deletrea las siguientes letras y palabras）：

le me te se que be de pe re

pa sa na ma ve ra ta da ba

qui li pi ri vi di pi bi mi

palpa, salta, bulto, culto, multa, alba

sal, aquel, tal, col, mal, nasal, viril

vaso, en vano, te vas, bomba, barba, un beso

dedo, dátil, toldo, caldo, suda, duque, dique

Sara, tira, caro, Perú, iris, Marisa, mire

IV. 朗读下列句子，注意连读（Lee las siguientes frases, fijándote en la sinalefa y el encadenamiento）：

1. ¿Qué es usted?

2. ¿Quién es él?

3. Él es mi amigo.

4. ¿Quiénes son ustedes?

5. Somos Ana y Ema.

6. Me llamo Pepe. Soy estudiante.

7. Ema es enfermera. Es esposa de Paco.

8. Él es Paco. Paco y Ana son hermanos.

V. 划分下列单词的音节（Marca las sílabas de las siguientes palabras）：

Ema _____   Paco _____   él _____

cubano _____   Manolo _____   médica _____

VI. 写出下列单词的复数形式（Pon las siguientes palabras en plural）：

estudiante _____   cocinero _____   amiga _____

esposo _____   hermana _____   chino _____

VII. 写出下列单词的阴性或阳性形式（Escribe la forma masculina o femenina de las siguientes palabras）：

esposo _____   cocinero _____   amigo _____

médica _____   chilena _____   cubana _____

VIII. 请将下列句子译成西班牙语（Traduce las siguientes oraciones al español）：

1. 你们是谁？

2. 巴科是干什么的？是大夫吗？

3. 她是谁？是埃玛的妹妹吗？

4. 这位是马诺罗。他是古巴人，是位歌手。

5. 这两位是露西亚和贝贝。露西亚是护士。贝贝是厨师。
   我们是朋友。

6. "你好！我叫李昕。"
   "你好！我叫马诺罗。这位是贝贝。"

7. "您是巴科的妻子吗？"
   "不，我不是巴科的妻子。我是巴科的姐姐。"

第 三 课　LECCIÓN 3

语音：1. 辅音：Z, C (E, I), F, LL, H
　　　2. 二重元音：AI, IO, IU
　　　3. 辅音连缀：TR, BR
　　　4. 分音节规则 (II)
语法：1. 非重读物主形容词
　　　2. 动词 ESTAR 和 HABER 的陈述式现在时变位
　　　3. 定冠词
　　　4. 前置词 EN 的用法
句型：¿DÓNDE ESTÁ ...?
　　　¿QUÉ HAY EN ...?

课 文　TEXTO

¿DÓNDE ESTÁ LA CASA?

I

Ésta es mi casa. En ella hay una sala, una cocina y tres dormitorios. En la sala hay una mesa y dos sofás.

Este dormitorio es de mis hijos. En él hay dos camas. Aquél es de nosotros dos, mi esposa y yo.

Mi esposa es funcionaria. Su oficina está en el centro de la ciudad. Está cerca de mi casa.

Yo soy mecánico. Nuestra fábrica está en las afueras de la ciudad. Hay muchos empleados en la fábrica.

II

¿Es ésta tu casa?

Sí, ésta es mi casa.

¿Hay tres dormitorios en tu casa?

Sí, en mi casa hay tres dormitorios.

¿Qué hay en la sala?

En ella hay una mesa y dos sofás.

¿Dónde está la oficina de tu esposa?

Su oficina está en el centro de la ciudad.

¿Dónde está vuestra fábrica?

Nuestra fábrica está en las afueras de la ciudad.

¿Hay muchos empleados en la fábrica?

Sí, hay muchos empleados en ella.

日 常 用 语　FRASES USUALES

¡ Buenas noches!	晚上好!
¿Qué tal?	你好吗?
Bien, gracias.	好,谢谢.

词 汇 表　VOCABULARIO

dónde　*adv.*　哪里

estar　*intr.*　在

la　*art.*　阴性单数定冠词

casa　*f.*　家,房子

haber　*intr.*　有

mi　*adj.*　我的

en　*prep.*　在……里面

un　*art.*　阳性单数不定冠词

sala　*f.*　厅

cocina　*f.*　厨房

dormitorio　*m.*　卧室

mesa　*f.*　桌子

sofá　*m.*　沙发

cama　*f.*　床

hijo, ja　*m.*, *f.*

　　儿子,女儿

aquél, lla　*pron.*　那个

funcionario, ria　*m.*, *f.*

　　公务员

el　*art.*　阳性单数定冠词

oficina　*f.*　办公室

centro　*m.*　中心

ciudad　*f.*　城市

cerca de　在……附近

mecánico, ca　*m.*, *f.*　机械师

vuestro　*adj.*　你们的

nuestro　*adj.*　我们的

fábrica　*f.*　工厂

las　*art.*　阴性复数定冠词

afueras　*f. pl.*　郊外

mucho　*adj.*　很多

empleado, da　*m.*, *f.*　职工

补充词汇 PALABRAS ADICIONALES

cinco	*num.*	五	siete	*num.*	七
seis	*num*	六	ocho	*num.*	八

语音 FONÉTICA

一、音素：

I. z 和 c (e, i) 的发音：

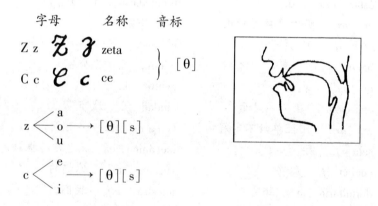

[θ] 是舌尖齿间擦清辅音。c 在 e, i 之前；z 在 a, o, u 之前都发这个音。发音时，舌尖从上下门齿之间微微伸出，让气流通过。声带不振动。

目前，在西班牙本土的许多地区和拉丁美洲的西班牙语国家，这个音已经被舌尖齿背擦清辅音 [s] 代替。

练习：za, ce, ci, zo, zu

aza, ece, ici, ozo, uzu

taza, zapa, cena, peces, cine, cocina, zona,
pozo, zumo, zuna

II. f 的发音：

字母　　　　名称　　　音标

F f $\mathcal{F}$ $\mathcal{f}$　　　efe　　　[f]

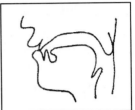

[f]是唇齿擦清辅音。发音时，上门
齿与下唇轻轻接触，上齿露出，唇角向两旁咧开。气流从唇齿之间
的缝隙通过。声带不振动。

练习：fa, fe, fi, fo, fu

afa, efe, ifi, ofo, ufu

fama, sofá, feto, café, firma, fisco, foto,

forma, fusil, furia

III. ll 的发音：

字母　　　　名称　　　音标

Ll ll $\mathcal{Ll}$ $\mathcal{ll}$　　　elle　　　[λ]

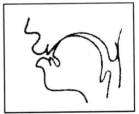

[λ]是舌前硬颚边擦浊辅音。发音
时，舌面前部抬起，和硬颚接触。气流从
舌部一侧或两侧通过。声带振动。

目前，在西班牙本土的一些地区和拉丁美洲以西班牙语为母
语的大部分地区，这个音已经被舌前硬颚擦浊辅音[j]代替。发
这个音时，舌面前部向硬颚前部抬起，留下比发元音[i]时更小的

缝隙，让气流通过。同时声带振动。

练习：*ll*a, *ll*e, *ll*i, *ll*o, *ll*u

a*ll*a, e*ll*e, i*ll*i, o*ll*o, u*ll*u

*ll*ave, e*ll*a, *ll*evo, ca*ll*e, po*ll*ito,

ca*ll*o, *ll*ora, *ll*uvia

IV. h（不发音）：

字母	名称	音标
H h *H h*	ache	不发音

h 不发音，但在书写中不能省略。

练习：*h*a, *h*e, *h*i, *h*o, *h*u

*h*ada, almo*h*ada, *h*eno, *h*ermano, *h*ilo,

a*h*í, *h*ola, *h*ora, *h*umo, *h*umano

二、二重元音：

ai：h*ay*, l*ai*co, n*ai*pe, v*ai*s, t*ai*ta, jof*ai*na,

io：m*io*pe, d*io*sa, ind*io*, p*io*la, v*io*lar,

canc*ió*n, pas*ió*n, cam*ió*n

iu：c*iu*dad, m*iu*ra, d*iu*rno

三、辅音连缀：

辅音 l 或 r 放在 p, b, t, d, c, g 等辅音之后，构成辅音连缀。发音时，应当迅速从第一个辅音向第二个辅音过渡，避免在二者之间加入一个元音。

tr：*tr*a, *tr*e, *tr*i, *tr*o, *tr*u

*tr*ama, noso*tr*as, *tr*es, *tr*ece, *tr*ibu, *tr*illo, *tr*opa, patrón, *tr*ufa, *tr*ullo

br: *br*a, *br*e, *br*i, *br*o, *br*u

　　　*br*azo, ca*br*a, o*br*ero, *br*eve, *br*isa, fá*br*ica,

　　　*br*oma, *br*ota, *br*uto, *br*usco

四、分音节规则(Ⅱ):

I. 两个相邻的辅音(辅音连缀除外)分属前后两个音节。例如: esposo(es-po-so); hermano(her-ma-no); dormitorio(dor-mi-to-rio); funcionario(fun-cio-na-rio)。

II. 二重元音和它前面的辅音联合构成一个音节。例如: naipe(nai-pe), funcionaria(fun-cio-na-ria); dormitorio(dor-mi-to-rio)。

语 法　GRAMÁTICA

一、非重读物主形容词 (Adjetivos posesivos átonos):

I. 物主形容词表示所属关系。西班牙语中有两种物主形容词, 即非重读物主形容词和重读物主形容词。本课学习的是非重读物主形容词, 其形式如下:

单数物主	复数物主
第一人称　mi, mis 我的	nuestro, tra; nuestros, tras 我们的
第二人称　tu, tus 你的	vuestro, tra; vuestros, tras 你们的
第三人称　su, sus 他(她)的,您的	su, sus 他(她)们的, 你们的, 诸位的

II. 用法:

A. 非重读物主形容词置于名词之前, 并与其保持数的一致。第一人称和第二人称的复数形式除了与名词保持单复数的一致以外, 还要与之保持阴阳性的一致。例如:

mi amigo	我的朋友
mis amigos（gas）	我的那些男（女）朋友
su dormitorio	他（她）的宿舍．或：他们（她们）的宿舍
sus hijas	他（她）的女儿们．或：他们（她们）的女儿（们）
	或：您的（你们的）女儿们
nuestra fábrica	我们的工厂
vuestras oficinas	你们的办公室

非重读物主形容词的性数变化取决于所修饰的名词，与所指代的人无关。如：

他（他们）的宿舍	su dormitorio
我们的（那些）工厂	nuestras fábricas

二、不规则动词 ESTAR 和 HABER 的陈述式现在时变位（Conjugación de los verbos irregulares *Estar y Haber* en presente de indicativo）：

1. Estar（表示处所）

yo	estoy	nosotros（tras）	estamos
tú	estás	vosotros（tras）	estáis
él		ellos	
ella	está	ellas	están
usted		ustedes	

2. Haber（表示存在）

Haber 在表示"有"的意思时，是无人称动词，只有第三人称单数一种形式：hay。表示：在（某处）有（某物），即构成无人称句。

三、定冠词（Artículo determinado）：

I. 定冠词的形式：

西班牙语中的定冠词有阳性单数 el，阴性单数 la 和阳性复数

los 和阴性复数 las 四种形式。

II. 用法:

定冠词的功能之一是标出名词所指概念为已知信息,用在名词之前,并与之保持性、数的一致。

定冠词不重读,与名词连读,构成一个语音单位。例如:

En *la* sala hay una mesa y dos sofás.

Aquél es *el* dormitorio de nosotros dos, mi esposa y yo.

Nuestra fábrica está en *las* afueras de *la* ciudad.

当阳性单数定冠词 el 出现在前置词 de 之后时,二者缩合为 del。例如:

La casa *del* mecánico está en la ciudad.

En la oficina *del* funcionario hay muchos libros.

IV. 前置词 EN 的用法 (Empleo de la preposición *EN*) :

前置词 en 的含义之一是表示地点。可以用来回答用¿Dónde?提出的问题。例如:

En mi casa hay una sala, una cocina y tres dormitorios.

Su oficina está *en* el centro de la ciudad.

—¿Dónde está vuestra fábrica?

—Nuestra fábrica está *en* las afueras de la ciudad.

书 写　CALIGRAFÍA

Z　z　　F　f　　Ll　ll　　H　h

LECCIÓN 3

练习 EJERCICIOS

I. 拼读下列音节和单词（Deletrea las siguientes sílabas y palabras）:

za ce ci zo zu
fa fe fi fo fu
lla lle lli llo llu
ha he hi ho hu

caza, panza, cero, cocer, encima, piscina, lazo, mazorca, zuzo, zutano

farol, ninfa, bufé, feliz, filme, firme, foco, bufo, fuma, fusila

calla, llama, llema, llena, allí, pollito, bello, vello, lluvia

hasta, halla, helado, hélice, hipo, ahí, horno, horquilla, huno, húmedo

miopía, pionía, cesio, nioto, biofísico, viola, dios, furioso
miura, ciudades, diurno
aire, baile, caiga, laico, Jaime, taifa, naipe, estáis

tras, letra, tren, trenza, trilla, triste, trozo, trompa, patrulla, truco
abraza, sobra, sobre, breve, abril, brilla, bronca, bronquitis, bruces, brutal

II. 写出下列字母的大小写（Escribe en mayúscula y minúscula las letras que corresponden a los siguientes nombres）:

zeta _____ elle _____ hache _____
efe _____ te _____ uve _____

III. 写出下列字母的名称（**Escribe los nombres de las siguientes letras**）：

r _____ z _____ f _____ ll _____

b _____ h _____ p _____ c _____

q _____ m _____

IV. 划分下列单词的音节（**Marca las sílabas de las siguientes palabras**）：

cantante _____ cocinero _____ esposo _____

esto _____ enfermera _____ yo _____

ellos _____ funcionario _____ ciudad _____

V. 在空中填入适当的定冠词（**Rellena los espacios en blanco con el artículo determinado que exija el sustantivo**）：

_____ hermana _____ estudiante _____ madre

_____ padre _____ mecánico _____ afueras

_____ sofá _____ oficina _____ hijos

_____ ciudades _____ sofás _____ amigas

VI. 将下列词组译成西班牙语（**Traduce al español los siguientes grupos de palabras**）：

我的家 我们（兄弟俩）的家

我们这些人的家 你的那个朋友

你们的那位女朋友 你们的儿女们

我们的丈夫 他们的妻子

他的兄弟姐妹 他们的兄弟姐妹

您的房间 诸位的这间办公室

你们的那些宿舍 我们几位的床

LECCIÓN 3

安娜的房间　　　　　　巴科的桌子
露西亚的家　　　　　　李昕的宿舍
我们父亲的房间　　　　她女儿的桌子
我们朋友的工厂　　　　我们父亲的办公室
你们兄弟的床　　　　　他们母亲的办公室

VII. 快速问答下列问题（Contesta con rapidez a las siguientes preguntas）:

1. ¿Dónde está Lucía?

2. ¿Dónde está tu amigo?

3. ¿Dónde está tu casa?

4. ¿Dónde está su oficina?

5. ¿Dónde están vuestros padres?

6. ¿Dónde está el dormitorio de Pepe?

7. ¿Dónde está vuestra fábrica?

8. ¿Dónde están sus habitaciones?

9. ¿Dónde están nuestros hijos?

10. ¿Dónde están las habitaciones de los empleados?

11. ¿Dónde están las oficinas de los funcionarios?

12. ¿Qué hay en nuestro dormitorio?

13. ¿Qué hay en la oficina de Lucía?

14. ¿Qué hay en la sala de su casa?

15. ¿Qué hay en la habitación de tu amigo?

VIII. 选择适当的词填空（Rellena los espacios en blanco con palabras adecuadas）:

1. _____ la ciudad no hay fábricas.

2. _____ sofá está en _____ centro _____ la

habitación.

3. ¿Dónde está _____ casa de Pepe?

_____ casa está _____ _____ centro.

4. ¿Están en casa _____ padres?

Sí, mi padre está, pero mi madre no.

5. _____ las afueras _____ mi ciudad hay muchas fábricas.

6. _____ fábrica _____ mecánico está cerca _____ _____ casa.

IX. 学生根据课文的模式编写对话,并在课堂上练习(**Dialogan los alumnos según el modelo del texto**):

X. 请译成西班牙语(**Traduce al español**):

这是我的家。家里有一个厅,一间厨房和两间卧室。厅里有三个沙发和一张桌子。这间是我儿子的房间。里面有两张床。我是名公务员。我的办公室在市中心。

XI. 抄写字母大小写及课文的第一部分(**Copia en mayúscula y minúscula las letras y la primera parte del texto**)。

XII. 朗诵课文并背诵课文第一部分(**Lee el texto y aprende de memoria la primera parte del texto**)。

XIII. 听写(**Dictado**)。

第 四 课　LECCIÓN 4

语音：**1.** 辅音：G, CH, Ñ
　　　2. 二重元音：UA, UE, UO
语法：**1.** 名词的数（II）
　　　2. 不定冠词
　　　3. 形容词的性和数及其与名词性数的一致关系
　　　4. 移行规则
句型：¿CÓMO ES（SON）...?
　　　¿CÓMO ESTÁ（ESTÁN）...?

课 文　TEXTO

¿CÓMO ES LA FAMILIA DE PACO?

I

　　Este señor es Paco. Es maestro. Es un hombre joven y simpático. La escuela de Paco es grande.

Ema, la esposa de Paco, es funcionaria. Es una señora amable. Su oficina es pequeña.

La casa de Paco y Ema es bonita. En ella hay una mesa, una cama, cuatro sillas y un estante. En el estante hay muchos libros nuevos e interesantes[1]. En la mesa hay plumas, lápices, periódicos y revistas. Ahora Paco está en su habitación. Está mal.

II

¿Cómo se llama este señor?

Este señor se llama Paco.

¿Cómo es Paco?

Paco es joven y simpático.

¿Cómo es la escuela de Paco?

La escuela de Paco es grande.

¿Cómo se llama la esposa de Paco?

Ella se llama Ema.

¿Es grande la oficina de Ema?

No, su oficina no es grande, es pequeña.

¿Cómo es la casa de Paco y Ema?

Su casa es bonita.

¿Dónde está Paco?

Paco está en su habitación.

¿Qué hay en el estante?

En el estante hay libros, periódicos y revistas.

¿Cómo son los libros?

Los libros son nuevos.

¿Hay libros en la silla?

No, en la silla no hay nada.

¿Cómo está Paco?

Paco está mal.

注 释　NOTAS

(1) 当连词 y 后面的词也以 i 或 hi 开头时,连词 y 应变为 e。

日 常 用 语　FRASES USUALES

—¿Cómo está usted?　您好吗?

—Muy bien, gracias. ¿Y usted?　很好, 谢谢。您好吗?

—Mal, muy mal.　不好，很不好。

词 汇 表　VOCABULARIO

cómo　*adv.*　怎么样，什么样

familia　*f.*　家，家庭

señor, ra,　*m.*, *f.*
　先生，女士

hombre　*m.*　男人

maestro, tra　*m.*, *f.*　教师

joven　*adj.*　年轻的

simpático　*adj.*　和蔼可亲的

escuela　*f.*　学校

grande　*adj.*　大的

una　*art.*　阴性单数不定冠词

amable　*adj.*　和蔼的

pequeño　*adj.*　小的

bonito　*adj.*　漂亮的

ahora　*adv.*　现在

habitación　*f.*　房间

silla　*f.*　椅子

estante　*m.*　书柜

libro　*m.*　书

nuevo　*adj.*　新的

interesante　*adj.*　有趣的

pluma　*f.*　钢笔

lápiz　*m.*　铅笔

periódico　*m.*　报纸

revista　*f.*　杂志

nada　*adv.*　什么都没有

mal　*adv.*　不好，不舒服

补 充 词 汇　PALABRAS ADICIONALES

nueve　*num.*　九

diez　*num.*　十

once　*num.*　十一

doce　*num.*　十二

LECCIÓN 4

语音　FONÉTICA

一、音素：
I. g 的发音：

字母　　　　名称　　　音标

G g $\mathcal{G}$ $\boldsymbol{g}$ 　　ge　　　［g］［ɣ］

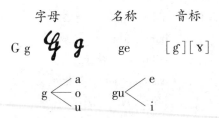

g 与元音 a, o, u 或辅音 l, r 组合，发［g］或［ɣ］音。字母组合 gu (u 不发音) 加 e, i 也发这个音。

g 在停顿后的词首，或词中、词组内的 n 之后发塞音，即［g］。它是舌后软颚塞浊辅音。发音部位与方法和发［k］相同，即舌后与软颚闭合，气流冲开阻碍，爆破而出。声带同时振动。

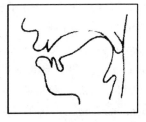

练习：*g*a, *gu*e, *gu*i, *g*o, *g*u

*g*ato, *g*ama, *gu*erra, *gu*ijo, *gu*isa, *g*oma, *g*ota, *g*usano, a*g*osto, un *g*ato

［ɣ］是舌后软颚擦浊辅音。发音时，舌后与软颚不完全闭合，而是留出缝隙让气流通过。声带同时振动。

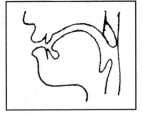

练习：a*g*a, e*gu*e, i*gu*i, o*g*o, u*gu*

so*g*a, pe*g*a, pa*gu*e, no*gu*era, á*gu*ila, el *gu*isante, la*g*o, pa*g*o, la*g*una, el *g*usano

注：在 gue, gui 的组合中，如果 u 上带有分音符号 (¨)，则要发音。例如：ci*gü*eña, ar*gü*ir。

II. ch 的发音：

字母　　　　　　名称　音标

Ch ch 𝒞𝒽 𝒸𝒽　　che　[c]

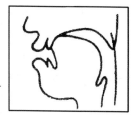

[c] 是舌前前硬颚塞擦清辅音。发音时，舌面前部顶住前硬颚。气流冲开阻碍，发出擦音。声带不振动。

练习：*ch*a, *ch*e, *ch*i, *ch*o, *ch*u

　　　a*ch*a, e*ch*e, i*ch*i, o*ch*o, u*ch*u

　　　*ch*ato, *ch*aqueta, *Ch*ema, *ch*eque, *ch*ico,

　　　sal*ch*icha, mucha*ch*o, *ch*oza, *ch*upa, le*ch*uga

III. ñ 的发音：

字母　　　　　名称　音标

Ñ ñ 𝒩 ñ̃　　eñe　[ɲ]

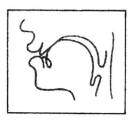

[ɲ] 是舌前前硬颚鼻浊辅音。发音时，舌面前部与前硬颚接触。气流在口腔受阻，从鼻腔通过。声带振动。

练习：*ñ*a, *ñ*e, *ñ*i, *ñ*o, *ñ*u

　　　a*ñ*a, e*ñ*e, i*ñ*i, o*ñ*o, u*ñ*u

　　　le*ñ*a, ri*ñ*a, mu*ñ*eca, *ñ*eque, me*ñ*ique, pa*ñ*ito,

　　　mo*ñ*o, pu*ñ*o, *ñ*udo, *ñ*uco

应当注意 ñ 和元音组合与 n 和二重元音 ia, ie, io, iu 组合的区别。在发 ñ 音时，整个舌面前部与硬颚接触。而在发 nia, nie, nio, niu 时, 只有舌尖与硬鄂接触。

二、二重元音:

ua: ag*ua*, c*uá*nto, cas*ual*, c*uál*, c*ua*les, d*ual*, estat*ua*,
    leng*ua*, s*ua*ve

ue: ab*ue*la, b*ue*no, d*ue*lo, f*ue*go, l*ue*go, m*ue*la, n*ue*vo,
    n*ue*ra, p*ue*sto, s*ue*lo

uo: antig*uo*, ard*uo*, c*uo*ta, contin*uo*, tort*uo*so, vac*uo*

语 法　GRAMÁTICA

一、名词的数(Número del sustantivo):

在第一课中我们讲解了名词单数变复数的一个规则。现在我们再讲两个规则。

I. 以辅音结尾的名词, 在变成复数形式时, 词尾加 es。

例如: señor —— señores

quién —— quiénes

usted —— ustedes

II. 有些单词在从单数形式变成复数形式时, 书写上会发生变化:

1. 为了保持原有的发音而改换字母。例如:

lápiz —— lápices

2. 为了保持原有的重读音节而去掉重音符号。例如:

habitación —— habitaciones

二、不定冠词（**Artículo indeterminado**）：

不定冠词只有 un（阳性）和 una（阴性）两种形式，置于名词之前，并与之保持性的一致。例如：un señor, un médico, una amiga, una revista.

三、形容词的性和数及其与名词的性数一致关系（**Género y número del adjetivo y la concordancia de sustantivos y adjetivos en género y número**）：

I. 形容词有阴阳性的变化。作为名词的修饰语，形容词必须与名词保持性的一致。以 o 结尾的形容词在修饰阳性名词时，词尾不变；在修饰阴性名词时，词尾变成 a 。例如：

Su casa es pequeña.

La oficina es bonita.

Es un maestro simpático.

Es un libro nuevo.

以 e 结尾的形容词没有词尾变化。例如：

Es un señor muy amable.

Es una señora muy amable.

La escuela de Paco es grande.

II. 作为名词的修饰语，形容词也应当与之保持数的一致。

1. 以元音结尾的形容词在变成复数形式时，词尾加 s 。例如：

el hombre simpático —— los hombres simpáticos

el libro nuevo —— los libros nuevos

la oficina bonita —— las oficinas bonitas

la escuela pequeña —— las escuelas pequeñas

la habitación grande —— las habitaciones grandes

2. 以辅音结尾的形容词变复数时，词尾加 es 。例如：

el hombre joven —— los hombres jóvenes

注意：为了保持单词原有的重读音节，joven 在变成复数形式时，需要在 o 上添加重音符号。

四、移行规则：

当一个单词到了行尾尚未写完，需要拆开，移至下一行行首时，必须遵循下列规则：

I. 单词必须按照音节断开移行；同时在行尾的音节之后加符号"-"。例如：

Ahora Paco y Pepe están en la habitación.

En la mesa hay plumas, lápices, periódicos y revistas.

II. 音节较少的单词不要拆开移行，而要整个移至下一行。例如：

Esta es la escuela de Paco. Es
grande.

La esposa de Paco es maestra. Se
llama Lucía.

III. 标点符号只能写在行尾，不能移至下一行行首。

书写　CALIGRAFÍA

G g　　CH ch　　Ñ ñ

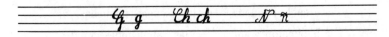

练 习　EJERCICIOS

I. 拼读下列音节和单词（Deletrea las siguientes sílabas y palabras）：

ga　gue　gui　go　gu
cha　che　chi　cho　chu
ña　ñe　ñi　ño　ñu

gana, gamba, guerra, guilla, guinga, goza, golfo, gusto, gurbia
paga, larga, hoguera, entregue, la guinga, la guita, el golfo,
pego, llego, la gula, el gusto
güeldo, cigüeña, cigüeñal, güinche, güira
hacha, mecha, coche, leche, chino, cochino, choque, lucho,
chupar, chusma
leña, Iñaqui, muñeco, muñequilla, añito, pequeñito, niño,
ñoño, ñudo, ñuco

legua, guapo, guarda, guardan, continua, continuan, dualista
fue, pues, fueron, abuelos, huevo, nueva, cuesta, suele, silueta
cuota, mutuo, insinuo, asiduo, duodeno, antiguos

II. 写出下列字母的书写体大小写（Escribe en forma manuscrita y en mayúscula y minúscula las letras que corresponden a los siguientes nombres）：

che _____　　eñe _____　ge _____

zeta _____　hache _____　efe _____

III. 写出下列单词的复数形式（Escribe la forma plural de las

siguientes palabras):

hombre _____	escuela _____	revista _____
maestro _____	habitación _____	joven _____
señor _____	ciudad _____	lápiz _____

IV. 在下列词组前面分别加上定冠词和不定冠词（**Pon delante de los siguientes grupos de palabras el artículo indeterminado y determinado respectivamente**）:

Ejemplo: libro bonito: un libro bonito; el libro bonito

casa grande: _____ ; _____ .
hombre joven: _____ ; _____ .
periódico nuevo: _____ ; _____ .
oficina bonita: _____ ; _____ .
señora simpática: _____ ; _____ .
cocina pequeña: _____ ; _____ .
maestro amable: _____ ; _____ .

V. 在下列词组前面分别加上定冠词，然后再将带定冠词的词组变为复数（**Pon delante de los siguientes grupos de palabras el artículo determinado y luego conviértelos en plural**）:

Ejemplo: silla pequeña: la silla pequeña; las sillas pequeñas.

médico amable: _____ ; _____ .
escuela grande: _____ ; _____ .
pluma bonita: _____ ; _____ .

madre joven: _____ ; _____.

funcionaria simpática: _____ ; _____.

ciudad nueva: _____ ; _____.

habitación pequeña: _____ ; _____.

VI. 看图回答下列问题（**Contesta a las siguientes preguntas según los dibujos**）：

¿Cómo se llama este señor?

¿Cómo se llama esta señora?

¿Cómo es el hombre?

¿Cómo son los hombres?

¿Cómo es la casa?

¿Cómo son los libros?

¿Es amable la enfermera?

¿Son amables los maestros?

¿Es simpática la señora?

¿Son simpáticas las médicas?

¿Qué hay en la sala?

¿Qué hay en la mesa?

¿Hay mesas y sillas en la habitación?
¿Hay lápices y plumas en la silla?

VII. 快速回答下列问题（**Contesta con rapidez a las siguientes preguntas**）：

1. ¿Dónde está Paco?
2. ¿Dónde está la casa de Paco?
3. ¿Cómo es la casa de Paco y Ema?
4. ¿Cómo son las habitaciones de Paco y Ana?
5. ¿Hay mesas y sillas en las habitaciones?
6. ¿Qué hay en el estante del señor maestro?

7. ¿Cómo son los libros del maestro Pepe?

8. ¿Cómo son las oficinas de las señoras chilenas?

9. ¿Está en las afueras de la ciudad la fábrica del hombre?

10. ¿Está la escuela de Paco y Pepe en el centro de la ciudad?

VIII. 用适当的词填空 (**Rellena los espacios en blanco con las palabras adecuadas**) :

1. Ésta es _____ oficina _____ mi padre. _____ grande y bonita. _____ ella _____ cuatro mesas, cinco sillas y un estante.

2. Aquel señor _____ Pepe. Es _____. Es muy _____. _____ casa _____ Pepe está cerca de aquí (这里).

3. Aquella _____ se llama Ema. Es _____ maestra _____ mi hijo, Paco. Es muy _____. Ema y yo _____ amigas.

4. _____ la habitación hay _____ estante. _____ estante hay libros, revistas y periódicos.

5. _____ señor Leña _____ mecánico. _____ fábrica está _____ las afueras _____ la ciudad.

IX. 请将下列句子译成西班牙语 (**Traduce al español las siguientes oraciones**) :

1. 您的朋友叫什么名字? 他是干什么的?

2. 房间里有一位女士。她叫埃玛,是教师。她丈夫是我们的朋友。

3. 在这座房子里有一个厅,两个房间和一间厨房。厅很大。房间很小。厅和房间里什么都没有。

4. 巴科是公务员。他是个很可爱的年青人。他的办公室在郊外。

5. 露西亚这个人怎么样? 很年青,可爱吗?

6. "巴科和安娜的房子怎么样? 又大又新吗?"
   "对。他们的房子又大又新。在市中心。"

X. 抄写字母、单词和课文 (Copia las letras, el vocabulario y el texto)。

XI. 朗读单词和课文;背诵课文第一部分 (Lee el vocabulario y el texto; Aprende de memoria la primera parte del texto)。

XII. 听写 (Dictado)。

XIII. 听力练习 (Comprensión)。

自我测试练习(3 – 4 课)
EJERCICIOS DE AUTOEVALUACIÓN

I. 写出下列字母的书写体大小写（**Escribe en forma manuscrita
y en mayúscula y en minúscula las siguientes letras**）：

z _____   ñ _____   ll _____

g _____   c _____   ch _____

II. 写出下列字母的名称（**Escribe los nombres de las siguientes
letras**）：

r _____   e _____   h _____   ch _____

f _____   c _____   z _____   ñ _____

III. 将下列动词变位（**Conjuga los siguientes verbos en personas
correspondientes**）：

estar（tú）_____   haber _____   ser（yo）_____

estar（usted）_____   ser（nosotros）_____   ser（tú）_____

estar（vosotros）_____   estar（ellos）_____   ser（él）_____

IV. 划分下列单词的音节（**Marca las sílabas de las siguientes
palabras**）：

dormitorio _____   escuela _____   ciudad _____

nuestros _____   funcionario _____   quiénes _____

habitación _____   periódico _____   simpático _____

V. 选择适当的冠词填空（Rellena los espacios en blanco con los artículos adecuados）：

1. Hay _____ escuela cerca de mi casa. _____ escuela es pequeña.

2. En su habitación hay cama. En la cama hay _____ blusa. _____ blusa es nueva.

3. ¿Cómo se llama _____ amiga de Pepe?

4. En _____ sala están _____ hombre y _____ señora. _____ hombre es muy grande y _____ señora, pequeña.

5. Luis, _____ hermano de Paco, es _____ joven muy simpático.

6. _____ habitaciones de _____ maestros son mejores（更好的）.

VI. 选择适当的前置词填空（Rellena los espacios en blanco con las preposiciones adecuadas）：

1. _____ la ciudad hay muchas casas muy bonitas.

2. La oficina _____ Ana está _____ el centro _____ la ciudad.

3. ¡Buenos días! Soy padre _____ Pepe.

4. _____ la casa hay tres habitaciones. La habitación _____ los padres es grande y la habitación _____ los hijos es pequeña.

5. Hay muchos periódicos y revistas _____ el sofá. Son _____ el maestro José.

6. Los padres _____ mi amigo José son médicos. No están _____ Beijing.

自我测试练习

VII. 请将下列句子译成西班牙语（Traduce las siguientes oraciones al español）：

1. 巴科和我是兄弟。我们的父亲是名技师。
2. "我的钢笔、铅笔在哪儿呢？"
   "在你父亲的桌子上。"
3. 我们的学校在市中心，离他们的办公室很近。
4. 那位女士叫埃玛。她的女儿很可爱。
5. "你们的房间里有桌子、椅子和床吧？"
   "我们的房间里有。"
   "那他们房间呢？"
   "他们的房间里什么都没有。"

VIII. 写出包含下列字母的单词（Escribe las palabras que contengan las siguientes letras）：

r : _____

h : _____

t : _____

s : _____

d : _____

v : _____

b : _____

70

第 五 课　LECCIÓN 5

语音: 1. 辅音: J, RR, Y,
  2. 二重元音: EI, OI, UI
  3. 陈述句和疑问句的语调
语法: 1. 动词 TENER 的陈述式现在时变位
  2. 指示形容词与指示代词
句型: TENER ＋ 名词
  ¿DE QUIÉN ES ...?
  ¿CUÁNTOS ... HAY (TIENE)...?

课 文　TEXTO

¿DE QUIÉN ES ESTO?

I

LECCIÓN 5

Éste es nuestro dormitorio. Tenemos mesas, sillas, camas y armarios en el dormitorio.

Éste es el armario de Paco. Es viejo y pequeño. Dentro del armario hay mucha ropa: chaquetas, pantalones, camisas, calcetines... Paco tiene tres chaquetas. Ésta es negra, ésa es azul y aquélla es blanca. Tiene cuatro camisas. Aquélla blanca es muy bonita. Aquí están sus pantalones. Éstos negros no son bonitos, pero tampoco feos.

¿De quién es ese armario? Es de Luis. En él no hay nada.

II

¿De quién es este armario?

Este armario es de Paco.

¿Cómo es el armario de Paco?

El armario de Paco es viejo y pequeño.

¿Qué hay dentro de su armario?

Dentro de su armario hay mucha ropa.

¿Cuántas chaquetas tiene Paco?

Paco tiene tres chaquetas.

¿Es negra esta chaqueta?

Sí, ésta es negra.

¿Es azul aquella chaqueta?

No, aquélla no es azul, es blanca.

¿Cuántas camisas tiene Paco?

Paco tiene cuatro camisas.

¿Cómo es aquélla blanca?

Aquélla blanca es muy bonita.

¿Son bonitos estos pantalones negros?

No, éstos negros no son bonitos, pero tampoco feos.

日 常 用 语 FRASES USUALES

hasta luego	再见，一会儿见
adiós	再见
chao	再见

词 汇 表 VOCABULARIO

esto *pron.* 这,这个	azul *adj.* 蓝色的
armario *m.* 衣柜	negro *adj.* 黑色的
dentro *adv.* 里面	blanco *adj.* 白色的
ropa *f.* 衣服	aquí *adv.* 这里
chaqueta *f.* 外衣	pero *conj.* 但是
pantalón *m.* 裤子	tampoco *adv.* 也不
camisa *f.* 男衬衣	feo *adj.* 难看的
calcetín *m.* 袜子	cuántos *adj.* 多少
ése, sa *pron.* 那个	

补 充 词 汇 PALABRAS ADICIONALES

estos, tas *adj.* 这些	trece *num.* 十三

LECCIÓN 5

ese, sa	*adj.*	那个		catorce	*num.*	十四
esos, sas	*adj.*	那些		quince	*num.*	十五
aquel, lla	*adj.*	那个				
aquellos, llas	*adj.*	那些				

语音　FONÉTICA

一、音素：

I. j 和 g 的发音：

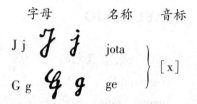

字母　　　　名称　　音标

J j 　　　jota

G g 　　　ge 　　　 [x]

g 在与 e, i 组合以及 j 在与所有元音组合时, 都发 [x] 音。

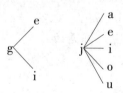

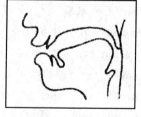

[x] 是舌后小舌擦清辅音。发音时, 小舌向舌后下垂, 两者之间形成缝隙让气流通过。声带不振动。

练习：*j*a, *j*e, *j*i, *j*o, *j*u

　　　*g*e, *g*i

　　　a*j*a, e*j*e, i*j*i, o*j*o, u*j*u, a*g*e, e*g*e

*j*aro, *j*ala, *j*efe, *J*esús, *j*inete, te*j*ido, *j*ota,
*j*oven, *j*uro, *j*uventud
*g*ente, *g*enio, *g*énero, *g*iro, *g*igante, *g*irasol

II. rr 的发音:

在第二课中我们曾经讲过字母 r 是单击颤音。但在词首或 n,
l, s 之后应当发成多击颤音。此外,rr 也是多击颤音。多击颤音的
发音部位和方法与单击颤音 r 相同,只是舌尖需要颤动多次。

练习:*r*a, *r*e, *r*i, *r*o, *r*u
　　　*r*ata, *r*ama, *r*eto, *r*ezo, *R*ita, *r*isa, *r*opa, *r*oca,
　　　*r*udo, *r*umbo
　　　ja*rr*a, ga*rr*a, te*rr*eno, ca*rr*era, a*rr*iba, pe*rr*ito,
　　　ca*rr*o, soco*rr*o, pe*rr*uno, ca*rr*usel

III. y 的发音:

字母　　　名称　　　音标

Y y 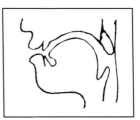　　ye　　　{ [j]
　　　　　　　(i griega)　{ [i]

　y 在元音之前是舌前硬颚擦浊辅音
[j],在一些地区发音与 ll 相同。在元音
之后或单独使用时,发 [i] 音。

练习:*y*a, *y*e, *y*i, *y*o, *y*u
　　　*y*ate, *y*ace, *y*ema, *y*eso, *y*o, *y*odo, *y*ugo, *y*unque
　　　a*y*a, e*y*e, i*y*i, o*y*o, u*y*u
　　　y, ha*y*, cara*y*, le*y*, re*y*, so*y*, ho*y*, mu*y*, bue*y*, u*y*

二、二重元音：

ei：p*ei*ne, s*ei*s, af*ei*ta, r*ey*, r*ei*na, v*ei*nte, ac*ei*te, b*ei*sbol

oi：h*oy*, d*oy*, El*oy*, s*oi*s, b*oi*na, c*oi*ma, *oí*r, *oi*gan, p*oi*se

ui：f*ui*, h*ui*r, m*uy*, c*ui*do, r*ui*do, r*ui*na, L*ui*s, s*ui*zo

三、简单陈述句和特殊疑问句的语调：

I. 陈述句的语调：

1. 西班牙语中简单陈述句的语调应从第一个重读音节到最后一个重读音节始终保持一个高度，直到最后一个音节才逐渐下降。见图例：

Los libros son interesantes.

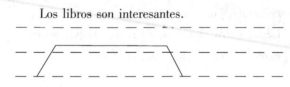

2. 当句子中出现两个以上的并列成分时，最后两个之间通常用连接词 y 连接，其他成分之间则以逗号隔开。说话或朗读时，逗号之前应稍加停顿，语调平直。y 之前语调上升，最后以降调收尾。见图例：

En la habitación hay una mesa, dos sillas y un estante.

两个用 y 连接的列举成分构成一个语调群。在动词前语调群结尾为升调。见图例：

Ana y Li Xin son amigas

II. 疑问句的语调：

1. 带疑问词的问句称为特殊疑问句。其中，疑问词放在句首，必须重读。语调上升到最高度，然后逐渐下降，直至收尾。见图例：

¿Qué hay en el estante?

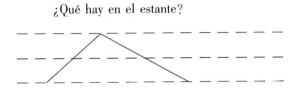

2. 不带疑问词的问句称为一般疑问句。一般疑问句的语调是句首声调较高，句中语调略降低，最后以升调结尾。见图例：

¿Hay muchos obreros en la fábrica?

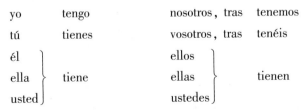

语 法　GRAMÁTICA

一、不规则动词 TENER 的陈述式现在时变位（Conjugación del verbo irregular *Tener* en presente de indicativo）：

yo	tengo	nosotros, tras	tenemos
tú	tienes	vosotros, tras	tenéis
él		ellos	
ella	tiene	ellas	tienen
usted		ustedes	

二、指示形容词和指示代词（Adjetivos demostrativos y pro-

LECCIÓN 5

nombres demostrativos）:

I. 指示形容词:

指示形容词用来标明谈及的事物与对话者双方的相对位置。西班牙语中共有三组指示形容词。现列表如下:

性数 组别	单 数		复 数	
	阳性	阴性	阳性	阴性
第一组	este	esta	estos	estas
第二组	ese	esa	esos	esas
第三组	aquel	aquella	aquellos	aquellas

其中,第一组(这,这些)指与说话人较近的人或物;第二组(那,那些)指与听话者较近的人或物;第三组(那,那些)指与对话双方都较远的人或物。指示形容词是重读词,应当放在所修饰的名词之前,并与之保持性、数的一致;应当注意的是,在指示形容词前面不能再加冠词。例如:

¿Quién es ese muchacho?

¿Cómo son aquellas habitaciones?

II. 指示代词:

指示代词与指示形容词在形式上完全相同,但书写时带重音符号。

性数 组别	单 数		复 数	
	阳性	阴性	阳性	阴性
第一组	éste	ésta	éstos	éstas
第二组	ése	ésa	ésos	ésas
第三组	aquél	aquélla	aquéllos	aquéllas

指示代词单独使用，与所指代的名词在性数上保持一致。例如：

> Esta oficina es grande; ésa es pequeña.

> En este estante hay libros, periódicos y revistas; en aquél no hay nada.

指示代词有中性形式：esto, eso, aquello. 它们没有复数形式，不带重音符号。例如：

> ¿Qué es esto?

> Esto es una mesa.

书写 CALIGRAFÍA

J j   Y y

$\mathcal{Jj}$ $\mathcal{Yy}$

练习 EJERCICIOS

I. 拼读下列音节和单词（**Deletrea las siguientes sílabas y palabras**）:

ja je ji jo ju

ge gi

ra re ri ro ru

ya ye yi yo yu

paja, pijama, café, afeito, jinete, jipi, jobo, jocoso, judas, judo

gesto, gemelo, gemido, gigolo, gitano, ginebra

rana, rasgo, relé, resto, rizo, rima, rosa, rostro, rubio, ruso

gorra, terraza, narré, carrete, pírrico, perrillo, burro, corro, carrujo, carrusel

aya, yaro, yelmo, yegua, yola, yogur, yute, yusera

ay, hay, leyes, reyes, doy, voy, convoy, muy

Cairo, Zaire, bailar, vaina, sainete, paisaje, naife, maimón, laicismo

aceituna, peinar, afeitar, deidad, deleite, reino, reinante

soy, voy, oiga, poise, Coimbra, moisés, boina

muy, buitre, cuidar, cuidan, ruiseñor, ruidos, ruinas, Luisa, Suiza

II. 写出下列字母的书写体大小写 (Escribe en forma manuscrita y en mayúscula y minúscula las siguientes letras) :

j: _____ g: _____ r: _____

y: _____ f: _____ q: _____

III. 将下列动词变位 (Conjuga los siguientes verbos en las personas correspondientes) :

ser (nosotros) _____   tener (vosotros) _____

estar (ustedes) _____   tener (yo) _____

haber _____   ser (vosotros) _____

tener (ustedes) _____   tener (tú) _____

IV. 快速回答下列问题 (Contesta con rapidez a las siguientes preguntas) :

1. ¿Tienes hermanos?

2. ¿Tiene usted amigos?

3. ¿Tienen ustedes muchos amigos?

4. ¿Tenéis una casa nueva?

5. ¿Tenemos un nuevo maestro?

6. ¿Tiene esta casa una sala y una habitación?

7. ¿Tienen los estudiantes muchos libros y revistas?

8. ¿Tienen tus padres sus oficinas en la ciudad?

9. ¿Tiene ese señor mucha ropa en su armario?

10. ¿Cuántos armarios tienen ellos en el dormitorio?

V. 把下列单词连成词组（Une las siguientes palabras en una frase sintáctica）:

Ejemplos: uno, libro, bonito —— un libro bonito

ese, señores, amable —— esos señores amables

1. uno, sofá, grande _____ .

2. dos, señora, simpático _____ .

3. tres, médico, amable _____ .

4. cuatro, habitación, pequeño _____ .

5. cinco, pantalón, azul _____ .

6. seis, empleada, chileno _____ .

7. siete, estudiante, panameño _____ .

8. ocho, cama, pequeño _____ .

9. nueve, armario, nuevo _____ .

10. diez, ciudad, chino _____ .

11. este, chaqueta, feo _____ .

12. este, camisas, bonito _____ .

13. ese, calcetines, blanco _____ .

14. ese, pantalones, negro _____ .

15. aquel, familia, cubano _____ .

16. aquel, hombre, feo _____.

17. aquel, lápices, negro _____.

VI. 朗读下列句子,注意语调 (**Lee las siguientes oraciones, prestando atención a la entonación**):

    1. En el armario hay mucha ropa.

    2. Aquella señora se llama Ema.

    3. Esas ciudades están muy limpias.

    4. Las habitaciones están limpias y ordenadas.

    5. Estas chaquetas son nuevas y bonitas.

    6. En el armario hay dos chaquetas, tres camisas y cinco panta-
lones.

    7. En la sala hay un sofá, un estante, una mesa y cuatro sillas.

    8. ¿Son feos aquellos pantalones negros?

    9. ¿Tienen ustedes amigos en aquella ciudad?

  10. ¿Están nuestros hijos en sus dormitorios?

  11. ¿Cuántas habitaciones tiene aquella casa?

  12. ¿De quiénes son estas camisas y chaquetas?

  13. ¿Dónde están mis libros y periódicos?

VII. 用适当的指示形容词或指示代词填空 (**Rellena los espacios
en blanco con los adjetivos o pronombres demostrativos**):

    1. _____ libros son de los maestros. ¿De quién son
_____?

    2. En _____ habitación hay dos camas. ¿Cuántas camas
hay en _____?

    3. _____ son tus amigas. ¿Y _____, son tus amigas
también?

4. _____ armarios están limpios. ¿Cómo están _____?

5. Dentro de _____ sala hay muchas mesas y sillas. ¿Qué hay en _____?

6. ¿De quiénes son _____ pantalones? ¿Y _____?

7. _____ camisas blancas son feas. ¿Cómo son _____ negras?

8. En _____ mesa hay libros y revistas, pero en _____ no hay nada.

9. "¿Es _____ la habitación de Luis?"
   "No, _____ no es de Luis. _____ es de Luis."

10. Tengo tres hijos: _____ se llama Paco; _____, Pepe y _____ Renato.

VIII. 请将下列句子译成西班牙语 (Traduce las siguientes oraciones al español):

1. 这间大房间很脏（sucio）。那间小的怎么样？

2. 那几条裤子是我丈夫的。这几条是谁的？

3. 这几间厅不干净。那几间也不干净。

4. 你的书和杂志在那个书架上。你朋友的书在那边那个书架上。

5. "这些衬衫是巴科的吗？"
   "不是。这些是他弟弟的。那些是巴科的。"

6. "那边那位女士叫什么？"
   "那边那位难看的吗？叫露西亚。"

7. "我的外衣哪儿去了？"
   "那张沙发上有件黑色外衣。"
   "那件黑的是贝贝的。"

8. 在这些衣柜里有很多衣服。在那些衣柜里什么都没有。

LECCIÓN 5

IX. 抄写课文及字母大小写（Copia el texto y las letras en forma mayúscula y minúscula）。

X. 朗读课文，背诵课文第一部分（Lee el texto y aprende de memoria la primera parte del texto）。

XI. 听写（Dictado）。

XII. 听力练习（Comprensión）。

第 六 课　LECCIÓN 6

语音: **1.** 辅音: **X, K, W**

　　　 2. 以 **N** 结尾的音节: **AN, EN, IN, ON, UN**

语法: **1. ESTAR** + 形容词

　　　 2. 疑问句的词序

句型: **ESTAR** + **ADJ.**

　　　 ¿CUÁNTOS AÑOS TIENE … ?

课 文　TEXTO

¿CUÁNTOS SON Y CUÁNTOS AÑOS TIENEN?

I

LECCIÓN 6

Ésta es la foto de mi familia. Somos siete: mi abuelo, mis padres, mis tres hermanos y yo.

Estamos en la habitación de mi hermana. La habitación está limpia y ordenada. Mi hermana es cantante. Tiene veinticinco años.

El hombre moreno es mi padre. Es taxista. Tiene cincuenta años. Es alto, fuerte y alegre.

La mujer rubia y de blusa roja es mi madre. Es peluquera. Tiene también cincuenta años.

Mi abuelo es mayor. Tiene ochenta años.

II

¿Cuántos sois en tu familia?

En mi familia somos siete: mis abuelos, mis padres, mis dos hermanos y yo.

¿Cuántos hermanos tienes?

Tengo dos hermanos.

¿Cómo está la habitación de tu hermana?

Su habitación está limpia y ordenada.

¿Son jóvenes tus padres? ¿Cuántos años tienen?

Mis padres no son jóvenes. Los dos tienen cincuenta años.

¿Qué son ellos?

Mi padre es taxista y mi madre, peluquera.

¿Son mayores tus abuelos?

Sí, son muy mayores. Tienen ochenta años.

日 常 用 语　FRASES USUALES

¿Qué edad tiene?　您多大年龄? 你几岁?

Tengo cuarenta y cinco años.　我45岁了。

词 汇 表　VOCABULARIO

foto　*f.*　照片

abuelo, la　*m.*, *f.*

　祖父(母), 外祖父(母)

limpio　*adj.*　干净的

ordenado　*adj.*　整齐的

veinticinco　*num.*　二十五

moreno　*adj.*　(皮肤)黑的

taxista　*m.*, *f.*　出租车司机

cincuenta　*num.*　五十

alto　*adj.*　高的

fuerte　*adj.*　强壮的, 有力的

alegre　*adj.*　开朗的

mujer　*f.*　女人, 妇女

rubio　*adj.*　金黄色的

blusa　*f.*　女式衬衣

rojo　*adj.*　红色的

peluquero, ra　*m.*, *f.*

　理发师

también　*adv.*　同样, 也

mayor　*adj.*　老的, 年龄大的

setenta y ocho　*num.*　七十八

补 充 词 汇　PALABRAS ADICIONALES

dieciséis　*num.*　十六

veinte　*num.*　二十

veintiuno　*num.*　二十一

veintidós　*num.*　二十二

treinta　*num.*　三十

bueno　*adj.*　好的

malo　*adj.*　坏的

sucio　*adj.*　脏的

bajo　*adj.*　矮的

LECCIÓN 6

语音 FONÉTICA

一、音素:

I. x 的发音:

字母　　　名称　　　音标

X x *X x* equis $\begin{cases} [\text{s}] \\ [\text{ʁs}] \end{cases}$

x 出现在字首或辅音之前时发 s 音;出现在两个元音之间时发 [ʁs] 音。目前的倾向是在任何情况下都发 [ʁs] 音。

练习: *x*a, *x*e, *x*i, *x*o, *x*u

*x*antoma, *x*antosis, *x*enofobia, *x*erasia, *x*ileno

*x*ilófono, se*x*to, te*x*to, e*x*plica, mi*x*to

a*x*a, e*x*e, i*x*i, o*x*o, u*x*u

e*x*amen, é*x*ito, e*x*igir, é*x*odo, se*x*o, ane*x*o

II. k 的发音:

字母　　　名称　　　音标

K k *K k* ca [k]

与 c 不同, k 在任何情况下都发 [k] 音。但它只被用来拼写外来语。

练习: *k*a, *k*e, *k*i, *k*o, *k*u

a*k*a, e*k*e, i*k*i, o*k*o, u*k*u

*k*aki, *k*arate, *K*enia, To*k*io, *k*ilo, *k*imono,

*k*ola, *k*oda*k*, *k*urdo, *k*umel

III. w 的发音:

字母	名称	音标

W w $\mathcal{W}$ w　dobleuve　　［β］

w 的发音与 b 相同,但只用来拼写外来语。

练习: wa, we, wi, wo, wu

awa, ewe, iwi, owo, uwu

wat, Washington, weber, wolframio

二、以 n 结尾的音节的发音:

辅音 n 在 a, e, i, o, u 五个元音之后构成音节。应该特别引起中国学生的重视。发好这些音的关键在于首先发好元音,然后再把舌尖抬至上齿龈,发出 n 音。

an: pan, van, ancho, lanza, bailan, cantan, están, besan, manteca, afán

en: vence, mente, lento, momento, temen, sensato, gentil, renta, censo, piensen

in: fin, infinito, inmenso, ninfa, lindo, pincel, cojín, sinfín, quinto, cintura

on: pon, don, ron, conde, bondad, lonja, bisonte, corazón, melón, jamón

un: un, untura, undoso, punto, mundo, un niño, un lápiz, un periódico, runrún

语法　GRAMÁTICA

一、动词 SER 和 ESTAR + 形容词 (Los verbos *Ser y Estar*

+ *adjetivo*）：

西班牙语中有两个系动词，即 ser 和 estar。两个动词都可以带形容词作表语。"ser + 形容词"通常表示事物固有的性质；而"estar + 形容词"则表示状态或某种变化的结果。试比较下列例句：

  I. Ema es simpática. （埃玛很可爱。）

     Hoy Ema está muy simpática. （今天埃玛很可爱。）

  II. Éste es mi armario. Es muy grande.

     （这是我的衣柜。衣柜很大。）

     Éste es mi armario. Está limpio y ordenado.

     （这是我的衣柜。它既干净又整齐。）

二、疑问句的词序（Orden de las palabras en las oraciones interrogativas）：

  I. 不带疑问词的疑问句叫一般疑问句。在这种疑问句中，变位动词通常放在句首，随后是主语和谓语或补语及其他成分。例如：

      ¿Es él Pepe?

      ¿Es Pepe chino?

      ¿Es ésta tu casa?

      ¿Hay libros en la mesa?

      ¿Tiene Luis hermanos?

如果谓语是形容词，常常紧跟在动词后面。例如：

      ¿Es grande la casa?

      ¿Son nuevos los libros?

  II. 特殊疑问句是指带疑问代词的疑问句。疑问词放在句首，主语和动词倒装。例如：

      ¿Dónde está vuestra fábrica?

¿Cómo es la escuela de Paco?

¿Cuántas habitaciones tiene esta casa?

书写　CALIGRAFÍA

X　x　　K　k　　W　w

练习　EJERCICIOS

I. 拼读下列音节和单词 (**Deletrea las siguientes sílabas y palabras**) :

xa　xe　xi　xo　xu

xantila, xantoma, xenofobia, xerocopia, xilófono, xilografía
mixto, mixteca, textil, texto, sexto, explico, exporta, exquisito
axa, exe, ixi, oxo, uxu
examen, exacto, exento, exención, máximo, exige, sexo, nexo

ka　ke　ki　ko　ku
kanato, kamala, Kenia, kéfir, kilos, kodak, kulak, kurdo

wa　we　wi　wo　wu
watt, wapilí, wéber, kiwi, whisky, wolframio

plan, manso, panza, suban, gigante, cantar, angosto, tanto,

LECCIÓN 6

santo, llantas

ven, mente, mensaje, gente, denso, Renfe, pensador, sensatez,

sin, fin, tinto, bingo, pintar, inmenso, quinto, cinturón

lindero, comodín

onda, sonda, contar, dónde, corazón, Londres, montaña,

poncho

un run, punta, atún, untar, asunto, mundo, juntos, un beso,

un chico, un sofá

II. 写出下列字母的名称 (Escribe los nombres de las siguientes letras):

w _____ x _____ h _____

y _____ j _____ ch _____

III. 用适当的指示形容词或指示代词填空 (Rellena los espacios en blanco con los adjetivos o pronombres demostrativos):

1. _____ son las fotos de mi familia.

2. _____ habitación es de mi abuelo.

3. _____ casa está limpia y ordenada, pero _____, muy sucias (脏的).

4. _____ mujer rubia es la madre de Luis.

5. "Paco, _____ es mi hermano José."

   "Buenos días."

6. En _____ fotos están Lucía y Ana. Son mis amigas.

7. "¿Quiénes son _____ jóvenes?"

   "¿ _____ rubios o _____ morenos?"

   "_____ morenos."

   "Son los amigos de mi hermano."

8. ¿Cuántas fotos hay sobre _____ mesa?

9. _____ es la escuela de mis hijos. Es muy bonita, ¿verdad? (是不是)

10. "¿Son _____ señores padres de los estudiantes?"

"¿_____ de camisas blancas? No, no son padres de los estudiantes. Son maestros de la escuela.

IV. 将下列单词连接成句子，并朗读（**Une las siguientes palabras en oraciones y léelas**）：

1. tu, tener, hermano, años, cuántos _____

_____.

2. de, quiénes, chaquetas, ser, negros, aquel _____

_____.

3. cuántos, tener, años, abuela, aquel _____

_____.

4. en, familia, su, ser, cuántos _____.

5. ser, cómo, ese, pantalones, blanco _____

_____.

6. qué, ser, mujeres, aquel, rubio _____

_____.

7. casa, tener, cuatro, habitaciones, dos, salas, este _____

_____.

8. dormitorio, nuestro, estar, limpio _____.

9. habitación, de, estudiantes, estar, limpio, no, aquel _____

_____.

10. mis, padres, ser, joven, no _____.

V. 用动词 Ser 或 Estar 的适当形式填空（**Rellena los espacios en**

las formas adecuadas de los verbos *Ser* y *Estar*):

1. ¿Cuántos _____ en la familia de tu amigo?

2. Mi habitación _____ pequeña, pero _____ muy limpia.

3. _____ un estante muy grande. Pero los libros no _____ ordenados.

4. Lucía no _____ bonita, pero tampoco fea.

5. ¿_____ simpáticas Ema y su hermana?

   No, no _____ simpáticas. _____ simpáticas hoy.

6. Aquellas camisas blancas _____ bonitas.

7. Pepe _____ maestro. _____ muy amable.

8. "Tu hija _____ muy bonita con (穿着) esa blusa roja."

   "Muchas gracias."

9. Mis abuelos tienen setenta años. _____ mayores.

10. Los libros y revistas _____ nuevos.

VI. 看图回答下列问题 （**Contesta a las preguntas según los dibujos**):

1. ¿Cuántos años tiene la señora?

2. ¿Cuántos años tiene la peluquera?

3. ¿Cuántos son en la familia de Pepe? ¿Quiénes son ellos?

4. ¿Cuántos son en la familia del taxista? ¿Quiénes son ellos?

5. ¿Cómo están los dormitorios de los estudiantes?

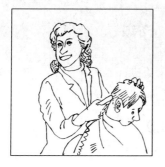

6. ¿Cómo es la peluquera? ¿Cómo son los taxistas?

7. ¿Cuántos hermanos
   tiene Ana?

8. ¿Dónde están tus
   padres?

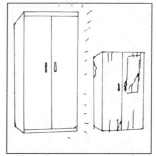

9. ¿De quién es esta sala?
   ¿Qué hay en la sala?

10. ¿De quiénes son los
    armarios? ¿Cómo son
    los armarios?

VII. 用学过的单词和句型描述下列图画（**Describe los siguientes dibujos con palabras y frases estudiadas**）:

1. La familia

2. Los amigos

3. Las ropas

4. La casa

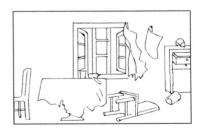

5. Los libros y periódicos

VIII. 请译成西班牙语 (**Traduce al español**) :

这是我的家。我们家有五口人:我爷爷,我父母和我哥哥和我。我父亲是出租汽车司机。我母亲是理发师。

我家有四个房间:三个卧室和一个厅。卧室里有床和衣柜。厅里有一个沙发,一张桌子,一个书柜和五把椅子。厅不大,但很干净、整齐 (arreglado)。

现在我哥哥和我正呆在我们的卧室里。房间不太整齐。床上、椅子上放着衣服、书和杂志。

IX. 抄写字母大小写和课文的第一部分 (**Copia las letras en su forma mayúscula y minúscula y la primera parte del texto**)。

X. 朗读课文并背诵课文第一部分 (**Lee el texto y aprende de memoria la primera parte del texto**)。

XI. 听写 (**Dictado**)。

XII. 听力练习 (**Comprensión**)。

自我测试练习 (5–6 课)
EJERCICIOS DE AUTOEVALUACIÓN

I. 写出下列字母的书写体大小写 (Escribe, en forma manuscrita y en mayúscula y minúscula, las siguientes letras):

j _____   r _____   y _____

w _____   x _____   k _____

II. 用下列疑问代词或形容词填空 (Rellena los espacios en blanco con los adecuados pronombres o adjetivos interrogativos):

qué,   quién,   dónde,   cómo,   cuántos

1. ¿_____ estudiantes tiene la escuela?

2. ¿_____ son los hombres de camisas negras?

3. ¿_____ hay en el armario de Luis?

4. ¿_____ blusas hay en el armario de tu madre?

5. ¿_____ está la oficina de Paco?

6. ¿_____ es usted?

7. ¿_____ son en la familia de la peluquera?

8. ¿De _____ son los calcetines negros?

9. ¿_____ están ustedes?

10. —¿_____ están mis libros?

   —Están sobre la mesa.

III. 写出学过的表示不同颜色的单词 (Escribe las palabras que expresan diferentes colores):

_____   _____   _____

_____   _____   _____

IV. 写出包含下列字母的单词（Escribe las palabras que tengan las siguientes letras）：

h：_____

f：_____

j：_____

o：_____

b：_____

y：_____

V. 选择适当的指示形容词或指示代词填空（Rellena los espacios en blanco con los adecuados adjetivos o pronombres demostrativos）：

1. ¿Hay muchos estudiantes en _____ escuela? ¿Y en _____ también?

2. _____ blusas son de Ana. ¿De quién son _____?

3. En _____ sala no hay nada. ¿Tampoco hay nada en _____?

4. _____ son las fotos de mis amigos.

5. _____ habitaciones están limpias y ordenadas. ¿Cómo están _____?

VI. 选择适当的前置词和冠词填空（Rellena los espacios en blanco con las preposiciones, el artíulo o la forma contracta del artículo y las preposiciones）：

1. _____ hombre rubio se llama Pepe.

2. La foto _____ el taxista está _____ la mesa.

3. _____ jóvenes _____ camisas blancas son _____ nuestra escuela.

4. _____ abuela está _____ su habitación.

5. Allí están Pepe y Paco. _____ dos son muy simpáticos.

6. Dentro _____ el armario está _____ ropa _____ mi hermano.

7. ¿_____ quiénes son estos pantalones?

8. _____ mi familia somos cinco.

VII. 把下列词组变为复数形式（Convierte en plural los siguientes grupos de palabras）：

1. el pantalón _____
2. la camisa _____
3. la habitación _____
4. la blusa _____
5. el cantante _____
6. el calcetín _____
7. la mujer _____
8. la foto _____
9. la familia _____
10. el taxista _____

第 七 课　LECCIÓN 7

语音：**1.** 辅音连缀：**PL, PR, BL, BR, DR, GR**

　　　2. 三重元音：**UAY, UEY**

　　　3. 分音节规则（**III**）

语法：**1.** 动词 **IR** 和 **HACER** 的陈述式现在时变位

　　　2. 第一变位动词

　　　3. 前置词 **A** 和 **CON** 的用法

　　　4. 动词短语 **IR A ＋ INF.**

句型：**¿ADÓNDE VAS?**

　　　VOY AL (LA)...

　　　¿QUÉ VAS A HACER?

　　　VOY A ＋ INF.

课 文　TEXTO

¿ADÓNDE VAN?

I

　　Luis y Pepe son primos. Luis es moreno y Pepe es rubio. Estudian en la universidad. Ahora van a la facultad. Van a hablar con sus profesores.

Manolo es el padre de Luis. Es mecánico. Trabaja en una fábrica muy grande. La fábrica está lejos de la ciudad. Hoy es domingo. Manolo no trabaja; descansa en casa.

Ema es la madre de Luis. Es enfermera. Trabaja en un hospital pequeño. Ahora está en el mercado. Compra comidas para la familia. Va con su hermana Lucía. Luis la llama tía.

II

¿Cómo son Luis y Pepe?

Luis es moreno y Pepe es rubio.

¿Dónde estudian ellos?

Estudian en la universidad.

¿Adónde van ahora y qué van a hacer?

Van a la facultad y van a hablar con sus profesores.

¿Trabaja hoy el padre de Luis?

No, no trabaja; descansa en casa.

¿Por qué no trabaja hoy Manolo?

Manolo no trabaja hoy porque es domingo.

¿Qué compra la madre de Luis en el mercado?

Ella compra comida en el mercado.

¿Con quién está en el mercado Ema?

Ella está con su hermana Lucía.

¿Cómo llama a Lucía Luis?

Luis la llama tía.

日 常 用 语　FRASES USUALES

¿Qué día es hoy, por favor?	请问今天星期几?
Hoy es domingo.	今天星期日。
¿A cuántos estamos hoy?	今天几号?
Hoy estamos a veintitrés.	今天 23 号。

词 汇 表　VOCABULARIO

adónde　*adv.*　去哪里

Luis　路易斯（男人名）

primo, ma　*m.* , *f.*
　　表兄弟, 表姐妹

estudiar　*tr.*　学习

universidad　*f.*　大学

a　*prep.*　朝……, 向……
　　（方向）

facultad　*f.*　系

hablar　*intr.*　谈, 聊天

con　*prep.*　和

profesor, ra　*m.* , *f.*　教师, 老师

lejos de　离……远

hoy　*adv.*　今天

domingo　*m.*　星期天

trabajar　*intr.*　劳动

descansar　*intr.*　休息

hospital　*m.*　医院

mercado　*m.*　市场

comprar　*tr.*　采购, 买

comida　*f.*　食品

para　*prep.*　为了

tío, a　*m.* , *f.*　伯, 叔, 舅;
　　　　　　姨, 姑, 舅妈

hacer *tr.* 做,干	porque *conj.* 因为
por qué *conj.* 为什么	

补 充 词 汇 PALABRAS ADICIONALES

lunes *m.* 星期一	jueves *m.* 星期四
martes *m.* 星期二	viernes *m.* 星期五
miércoles *m.* 星期三	sábado *m.* 星期六

语 音 FONÉTICA

一、音素：

I. 辅音连缀：

辅音 l 和 r 紧接在某些辅音之后构成辅音连缀。发音时,应当注意避免在两个辅音之间插入一个元音。

pl：*pl*ato，so*pl*a，*pl*ebe，*pl*eno，su*pl*icio，im*pl*ica，*pl*omo，de*pl*ora，*pl*us，*pl*uma

pr：*pr*ado，*pr*áctica，*pr*esa，*pr*ecio，*pr*isa，*pr*imavera，*pr*opio，com*pr*o，*pr*uno，*pr*udente

bl：*bl*anca，*bl*asón，ca*bl*e，doma*bl*e，*bl*inda，Du*bl*ín，*bl*oque，nu*bl*ón，*bl*usa，*bl*ume

br：so*br*a，a*br*azo，*br*echa，*br*eve，a*br*il，a*br*igo，*br*oma，*br*onca，*br*uto，*br*usca

dr：*dr*ama，San*dr*a，ma*dr*e，pa*dr*e，pa*dr*ino，Ma*dr*id，*dr*oga，la*dr*ón，*dr*usa，*dr*upa

gr：*gr*ande，*gr*asa，san*gr*e，*gr*emio，*gr*itan，lá*gr*ima，*gr*osor，
lo*gr*o，*gr*uta，*gr*ulla

II. 三重元音：

三重元音由两个弱元音和一个强元音组成。强元音位于两个
弱元音之间。在重读音节中，三重元音的重音落在强元音上。

练习：b*ue*y，Urug*ua*y，Parag*ua*y，averig*üéi*s

III. 分音节规则（III）：

1. 三个辅音在一起时，一般是最后一个辅音和它后面的元音
构成音节。例如：

instituto — ins-ti-tu-to

2. 三重元音单独构成一个音节。例如：

Uruguay — U-ru-guay

3. 辅音连缀单独构成一个音节。例如：

madre — ma-dre；grande — gran-de

4. 带重音符号的弱元音和强元音在一起时，不构成二重元音。
它们各自构成一个音节。例如：

tía — tí-a；Lucía — Lu-cí-a；continúa — con-ti-nú-a

语 法　GRAMÁTICA

一、第一变位规则动词陈述式现在时的变位（**Presente de in-
dicativo de los verbos regulares de la primera conjugación**）：

西班牙语的原形动词都以 ar，er，或 ir 结尾；变位有规则和不
规则之分。以 ar 结尾的 规则变位动词为第一变位动词。

第一变位动词的变位是去掉原形动词的词尾 ar，然后在动词

词根上加如下各人称的词尾。

	单　数	复　数
第一人称	-o	-amos
第二人称	-as	-áis
第三人称	-a	-an

例如：estudiar

yo	estudi**o**	nosotros，tras	estudia**mos**
tú	estudi**as**	vosotros，tras	estudi**áis**
él		ellos	
ella	estudi**a**	ellas	estudi**an**
usted		ustedes	

二、不规则动词 IR 和 HACER 的陈述式现在时变位

(**Conjugación de los verbos irregulares *Ir y Hacer* en presente de indicativo**)：

I. Ir

yo	voy	nosotros，tras	vamos
tú	vas	vosotros，tras	vais
él		ellos	
ella	va	ellas	van
usted		ustedes	

II. Hacer

yo	hago	nosotros，tras	hacemos
tú	haces	vosotros，tras	hacéis

LECCIÓN 7

él			ellos		
ella	} hace		ellas	} hacen	
usted			ustedes		

三、前置词 A 和 CON 的用法 (Uso de las preposiciones *A* y *CON*) :

I. 前置词 a 的用法很多。本课先讲最常见的,即表示方向或目的。例如:

Juan va **a** la fábrica.

Luis va **a** la oficina.

当前置词 a 与定冠词 el 连用时缩合成 al 。例如:

Juan va **al** bar.

Ana y Ema van **al** mercado.

II. 前置词 con 的基本用法有:

1. 表示伴随:

Luis va a hablar **con** su madre.

¿**Con** quiénes va el joven al instituto?

注意:当前置词 con 与主格人称代词 yo 和 tú 连用时,要分别变为 **conmigo** 和 **contigo**.

2. 表示包含或携带:

Esta es una casa **con** cinco habitaciones.

El maestro va a la sala de clase **con** los cuadernos de los alumnos.

3. 表示工具:

Sobre la mesa hay una pluma. Voy a escribir **con** ella.

Los chinos comemos (吃饭)**con** palillos (筷子).

四、动词短语 IR A + INF. (Perifrasis verbal: *Ir a* +

inf.）:

　　动词 IR 由前置词 A 联系与原形动词连用,表示即将发生的事或要做的事。例如:

　　　　Luis *va a* hablar con su padre.

　　　　Vamos a trabajar.

　　动词短语 Ir a + inf. 可以与表示方向或目的的前置词词组 a + n. 连用,表示"到……地方做……事情。"例如:

　　　　Vamos a comprar comidas *al* mercado.

　　　　La madre *va a* trabajar *a* la oficina.

　　如果与动词短语 Ir a + inf. 连用的原形词带有前置词,在提问时应当把前置词提前至句首。例如:

　　　　—¿*Con* quién van a hablar los padres?

　　　　—Los padres van a hablar *con* los profesores.

　　　　—¿*A* quién vas a ver（看）?

　　　　—Voy a ver *a* Luis.

练 习　EJERCICIOS

I. 拼读下列音节和单词（**Deletrea las siguientes sílabas y palabras**）:

pla	ple	pli	plo	plu
pra	pre	pri	pro	pru
bla	ble	bli	blo	blu
bra	bre	bri	bro	bru
dra	dre	dri	dro	dru
gra	gre	gri	gro	gru

plan, plasma, cumple, plebeyo, suplica, aplicado, explota, explora, plumaje, plural

compra, pratense, preciso, prepara, primos, priste, prosa, propicio, prurito, prusiato

dobla, blando, amable, sensible, blindar, Dublín, bloqueo, bloquear, blus, blume

cabra, brazos, breve, abren, brisa, sobrino, broche, cobro, brutal, brusela

ladra, dragón drenaje, padres, drino, driza, padrón, taladro, drupa, drusa

grano, logran, greda, Gregorio, grillo, gritos, logros, grosero, grupo buey, Uruguay, Paraguay, averigüéis

II. 划分下列单词音节 (Delimita las sílabas de las siguientes palabras):

nosotros _____ padres _____ escuela _____

ochenta _____ facultad _____ grande _____

universidad _____ fábrica _____

buey _____ hoy _____ tía _____

instituto _____ Lucía _____ Luis _____

III. 将下列动词变位 (Conjuga los siguientes verbos):

ir (nosotros) _____ tener (yo) _____

estar (ustedes) _____ ser (tú) _____

estudiar (él) _____ hacer (ellos) _____

trabajar (vosotros) _____ hablar (usted) _____

comprar (nosotros) _____ descansar (yo) _____

IV. 看图回答问题（**Contesta a las preguntas según los dibujos**）：

1. ¿ Qué va a hacer el estudiante?

2. ¿Adónde van los médicos?

3. ¿ Adónde van tus primos? （大学）

4. ¿Qué va a hacer la madre? （买食品）

5. ¿ Qué va a hacer la peluquera? （工作）

6. ¿ Dónde estudian los estudiantes?

7. ¿Dónde trabajan los mecánicos?

8. ¿Con quién van a hablar los profesores?

9. ¿Con quién van al mercado los hijos?

10. ¿Adónde van a descansar los abuelos?

V. 将下列单词连成句子, 并添加适当的冠词或前置词 (**Une las siguientes palabras en oraciones, añadiendo los adecuados artículos y preposiciones**):

1. mecánico, trabajar, fábrica _____.

2. jóvenes, estudiar, facultad _____.

3. qué, hacer, tú _____.

4. ir, yo, comprar, dos, camisas, tres pantalones _____

_____ .

5. Manolo, comprar, comidas, mercado _____

_____ .

6. profesores, ir, universidad, estudiantes _____

_____ .

7. cómo, llama, Luis, Pepe _____ .

8. funcionaria, ir, oficina, trabajar _____ .

9. hoy, ir, nosotros, centro, ciudad _____ .

10. adónde, ir, padre, Manolo, qué, ir, hacer _____

_____ .

VI. 根据需要用适当的前置词填空 (Rellena los espacios en blanco con las adecuadas preposiciones según convenga) :

1. Mis primos trabajan _____ una fábrica muy grande.

2. Manolo estudia _____ la facultad de chino _____ la Universidad de Beijing.

3. ¿ Vas _____ ellos _____ el centro _____ la ciudad?

4. ¿_____ quién habla la tía _____ Lucía?

5. La señora va _____ el hospital _____ ver (看) al médico.

6. Llamamos abuelo _____ el padre _____ nuestros padres.

7. La familia _____ el médico no está _____ esta ciudad.

8. Hay libros y revistas _____ la mesa. ¿ _____ quién son?

9. —Hijos, ¿estáis bien?

—Muy bien, mamá. Estamos _____ el tío Lucas.

10. El profesor va _____ la facultad _____ muchos libros.

VII. 根据需要用适当的定冠词或不定冠词填空（**Rellena los espacios en blanco con los adecuados artículos determinados o indeterminados según convenga**）:

1. Esta es _____ casa con cinco habitaciones.

2. Mi madre trabaja en _____ hospital muy grande.
_____ hospital está lejos de _____ ciudad.

3. ¿Por qué no vamos a _____ centro de _____ ciudad ahora?

4. _____ hermano de Luis es _____ profesor. Es _____ joven muy amable.

5. _____ mujer de Pepe compra comidas en _____ mercado.

6. En la mesa hay _____ foto. En _____ foto están Ema y su hermana.

7. Hoy es lunes. No trabajan _____ peluqueros.

8. _____ mujer tiene _____ hijo feo, pero muy simpático.

VIII. 快速回答下列问题（**Contesta con rapidez a las siguientes preguntas**）:

1. ¿Qué estudian tus primos en la universidad?

2. ¿Dónde descansan los empleados de la fábrica?

3. ¿Adónde van los médicos y las enfermeras?

4. ¿Dónde trabaja el esposo de la mujer rubia?

5. ¿Por qué no van a trabajar los padres de Manolo?

6. ¿Qué hace la madre en el mercado el domingo?

7. ¿Qué hacen los estudiantes en la facultad?

8. ¿Con quiénes van al mercado las madres?

9. ¿Cómo llamamos a los hermanos de nuestros padres?

10. ¿Cuántas camisas compra la señora? ¿Y cómo son?

IX. 请将下列句子译成西班牙语（**Traduce las siguientes oraciones al español**）:

1. "您现在去哪里?"

"我去系里。"

"去系里干什么?"

"去和学生们谈谈。"

"今天是星期天。学生们不在系里。他们在家里休息。"

2. "你有几个兄弟?"

"我有两个兄弟。"

"他们在大学里学习吗?"

"路易斯在大学里学习。巴科在一家工厂里干活。"

3. 这张是那位出租司机家的照片。这位是他父亲。他在一家医院里工作。这位是他母亲。她是大学教师。那位穿红衬衫的是他妹妹。她现在在上学。这位穿黑色裤子的是他叔叔。

4. "今天是 7 号。是星期天。我们干点什么?"

"我们去市中心逛一逛（pasear）。"

"我要和我妈妈去市场买食品和衣服。"

5. "谁跟我去一趟我孩子的学校?"

"我跟你一起去。"

"谢谢你。"

IX. 抄写课文第一部分（Copia la primera parte del texto）。

X. 朗读课文并背诵课文第一部分（Lee el texto y aprende de memoria la primera parte del texto）。

XI. 听写（Dictado）。

XII. 听力练习（Comprensión）。

第 八 课　LECCIÓN　8

語音: **1.** 辅音连缀: **CL, CR, FL, FR, TL, TR, GL**
　　　2. C 在 C, N, T 前面的发音: **CC, CN, CT**
語法: **1.** 第二变位动词
　　　2. 动词 **PODER** 和 **VER** 的陈述式现在时变位
　　　3. 动词的宾语
　　　4. 宾格代词 (**I**)
　　　5. 选择连词 **O**
　　　6. 动词短语 **TENER QUE ＋ INF.**
句型: **TENER QUE ＋ INF.**
　　　PODER ＋ INF.

课 文　TEXTO

EN CLASE

I

LECCIÓN 8

Hoy es lunes. Tenemos clase de español. Tenemos que aprender una nueva lección. ¿Cómo la aprendemos? Primero la profesora lee el texto y explica las palabras nuevas. Después hace preguntas y nosotros, mis compañeros y yo, las tenemos que contestar. Algunas preguntas son difíciles y no las podemos contestar bien. También tenemos que comentar el texto. Podemos comentarlo en chino o en español.

Por la tarde no tenemos clase. Voy al hospital a ver a Luisa. Está enferma.

II

¿Qué día es hoy?

Hoy es lunes.

¿Qué tenéis que hacer en clase de español?

En clase de español tenemos que aprender una nueva lección.

¿Lee primero el texto la profesora?

Sí, la profesora lo lee primero.

¿No explica la profesora las nuevas palabras?

Sí, la profesora las explica.

¿Tenéis que contestar a las preguntas de la profesora?

Sí, las tenemos que contestar.

¿Por qué no contestáis bien a algunas preguntas?

No las contestamos bien porque son difíciles.

¿Hay que comentar el texto en clase?

Sí, hay que comentarlo.

¿Tenéis que comentar el texto sólo en español?

Podemos comentarlo en chino o en español.

日 常 用 语　FRASES USUALES

¿Cuál es su nombre, por favor?	请问您的名字?
Mi nombre es Zhang Qiang.	我的名字叫张强。
¿Cuál es su apellido?	他姓什么?
Su apellido es González.	他姓冈萨雷斯。

词 汇 表　VOCABULARIO

clase　*f.*　课堂, 上课

tener　*tr.*　有

tener que　必须, 应该

español　*m.* ; *m.* , *f.*

　西班牙语; 西班牙人

aprender　*tr.*　学, 学习

lección　*f.*　课

primero　*adv.*　首先

leer　*tr.*　念, 读

texto　*m.*　课文

explicar　*tr.*　解释, 讲解

palabra　*f.*　词

después　*adv.*　然后, 以后

pregunta　*f.*　问题

hacer pregunta　提问题

compañero,ra　*m.* , *f.*

　同伴, 同学

contestar　*tr.*　回答

alguno　*adj.*　一些

difícil　*adj.*　难的

comentar	*tr.*	评论	por la tarde		下午
o	*conj.*	或者	ver	*tr.*	看,看望
poder	*tr.*	能够	enfermo	*adj.*	病了
chino	*m.*	中文	hay que		应该,必须

补 充 词 汇　PALABRAS ADICIONALES

semana	*f.*	星期	inglés *m.* ;*m.* , *f.* 英语;英国人
grupo	*m.*	班,组	francés　*m.* ; *m.* , *f.*
muchacho, cha	*m.* , *f.*		法语;法国人
	男孩,女孩		alemán *m.* ;*m.* , *f.* 德语;德国人

语 音　FONÉTICA

一、辅音连缀:

cl: *cl*ase, an*cl*a, chi*cl*e, *cl*ero, *cl*ima, *cl*isé, *cl*oro, *cl*oque, in*cl*uso, *cl*ub

cr: a*cr*acia, *cr*áneo, *cr*ema, *cr*esta, *cr*imen, *cr*istal, *cr*oqueta, mi*cr*obio, *cr*uz, *cr*ucero

fl: in*fl*a, *fl*auta, *fl*ete, *fl*exión, con*fl*icto, *fl*or, *fl*ota, *fl*ujo, *fl*uido

fr: *fr*aga, su*fr*a, *fr*esco, *fr*ente, *fr*ito, *fr*iso, *fr*ontal, *fr*ontera, *fr*uta, *fr*utería

gl: *gl*aciar, *gl*acis, *gl*eba, i*gl*esia, *gl*icol, *gl*icina, an*gl*osajón, *gl*obo, *gl*ucina, *gl*utinoso

tl: a*tl*ántico, a*tl*ético, a*tl*etismo

tr: a*tr*ás, *tr*apo, *tr*es, en*tr*e, *tr*icinio, *tr*iunfo, *tr*opa, pa*tr*ón, *tr*uco, *tr*ucha

二、C 在 C,N,T,D 前面的发音：

C 在 C,N,T, D 之前发 [ɤ] 音。但发音很轻。

练习：acción, lección, inyección, técnico, tecnología, pacto, lectura, conectar, anécdota

语 法　GRAMÁTICA

一、第二变位规则动词的陈述式现在时变位（**Presente de indicativo de los verbos regulares de la segunda conjugación**）：

第二变位动词的变位是去掉原形动词词尾 -er，然后在动词词根上加如下各人称的词尾：

	单　数	复　数
第一人称	-o	-emos
第二人称	-es	-éis
第三人称	-e	-en

例如： aprender

yo	aprend*o*	nosotros，tras	aprend*emos*
tú	aprend*es*	vosotros，tras	aprend*éis*
él		ellos	
ella	aprend*e*	ellas	aprend*en*
usted		ustedes	

二、不规则动词 **Poder** 和 **Ver** 的陈述式现在时变位（**Conjugación de los verbos irregulares *Poder y Ver* en presente de indicativo**）：

I. Poder

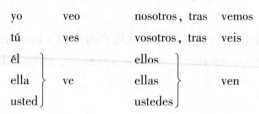

yo	puedo	nosotros, tras	podemos
tú	puedes	vosotros, tras	podéis
él		ellos	
ella	puede	ellas	pueden
usted		ustedes	

II. Ver

yo	veo	nosotros, tras	vemos
tú	ves	vosotros, tras	veis
él		ellos	
ella	ve	ellas	ven
usted		ustedes	

三、动词的宾语（**Complementos del verbo**）：

西班牙语中的动词可以有直接和间接宾语。本课先学习直接宾语。

可以被宾格代词指代的部分为动词的直接宾语。它通常是名词或代词，置于动词之后。例如：

Aprendemos **una nueva lección**.

Voy a hacer **unas preguntas**.

句子中的斜体部分即为动词的直接宾语。

如果直接宾语是指称人的名词，则在它的前面加前置词 a。例如：

Voy a ver **a Luis**.

就直接宾语提问时，应当根据直接宾语是指物的名词还是指人的名词而分别采用疑问词 **qué** 或 **a quién**。例如：

—¿**Qué** vas a comprar al mercado?

—Voy a comprar comidas.

—¿*A quién* vais a ver el lunes?

—El lunes vamos a ver a Juan.

四、宾格代词（Pronombres acusativos）（Ⅰ）：

为了避免词语重复，并保持语句衔接，西班牙语中各种代词使用相当广泛。宾格代词用来指代动词的直接宾语。本课先学习作直接宾语用的宾格代词的第三人称单复数。

	单　数	复　数
阳　性	lo	los
阴　性	la	las

Ⅰ. 宾格代词必须与所指代的名词保持性数的一致。

—¿Dónde compran ustedes *las comidas*?

—*Las* compramos en el mercado.

—El profesor lee *el texto* y tenemos que comentar*lo*.

—¿Vas a ver *a Luis* al hospital?

—Sí, voy a ver*lo* al hospital.

Ⅱ. 宾格代词置于变位动词之前，与之分写。

—¿Aprendéis *una nueva lección*?

Sí, *la* aprendemos.

—¿Explica hoy el profesor *el texto* en clase?

No, el profesor no *lo* explica hoy en clase.

宾格代词做动词短语的宾语时，可以前置或后置。后置时，与原形动词连写。

—¿Va usted a comprar *comidas* al mercado?

Sí, voy a comprar*las* al mercado.

o: Sí, *las* voy a comprar al mercado.

—¿Dónde va Juan a leer *el periódico*?

Va a leer*lo* en la sala.

o: *Lo* va a leer en la sala.

III. 当直接宾语出现在动词之前时,需要用宾格代词复指。

Estas revistas las tenéis que leer hoy.

A mi tío lo voy a ver ahora.

五、选择连词 O (Conjunción disyuntiva *O*):

连接词 o 用于连接并列的成分,相当于中文里的"或者"。例如:

Podemos ir a verlo hoy o el domingo.

—¿Hablamos chino o español?

—Chino, por favor.

六、动词短语 Tener que + inf. (Perífrasis verbal *Tener que* + *inf.*):

动词短语 Tener que + inf. 表示"必须,应该做······事"或"不得不做······事"。

Los alumnos **tienen que** estudiar mucho.

En casa no hay comida. La madre **tiene que** comprarla.

练习 EJERCICIOS

I. 拼读下列音节和单词 (Deletrea las siguientes sílabas y palabras):

cla	cle	cli	clo	clu
cra	cre	cri	cro	cru
fla	fle	fli	flo	flu
fra	fre	fri	fro	fru

gla　gle　gli　glo　glu

tla　tle　tli　tlo　tlu

tra　tre　tri　tro　tru

anclaje, claxon, clérigo, bucle, clica, clínica, cloral, clorato, incluyo, incluso

craso, craqueo, credo, crece, crisol, crisis, cromo, crónica, cruces, cruzamos

flamenco, chifla, flexible, flecha, conflicto, flojo, floral, influyo, fluir

fracaso, franja, fresa, frenar, friso, frívolo, frotar, fronda, frutas, frustrar

glasto, gladio, inglés, glera, glicol, glicina, glosa, gloria, gluma, glutinoso

Atlanta, atlántico, atletismo, atléticos

trasto, arrastra, tregua, entrega, trigo, intriga, tropos, Castro, trufa, patrulla

lecciones, succino, inyectar, actas, actuar, técnico, impacto, lecturas, contactos

II. 将下列动词变位（Conjuga los siguientes verbos）:

tener（vosotros）_____　　ir（ellos）_____

comentar（yo）_____　　hacer（yo）_____

poder（usted）_____　　leer（nosotros）_____

ser（ustedes）_____　　ver（yo）_____

leer（tú）_____　　aprender（usted）_____

III. 看图回答下列问题。注意使用宾格代词指代相应的成分（Contesta a las preguntas según los dibujos, sustituyendo con los pro-

125

nombres personales acusativos las partes correspondientes):

1. ¿Quién compra comidas en el mercado?

2. ¿Dónde estudian el español los jóvenes?

3. ¿Hace preguntas el profesor en chino o en español?

4. ¿Hablan español aquellos señores?

5. ¿Leéis libros en español en la facultad?

6. ¿Quiénes van a ver a Luisa el domingo?

7. ¿Tienen que contestar las preguntas en español los estudiantes?

8. ¿Pueden los estudiantes contestar las preguntas en chino?

9. ¿Tienen ellos clases de chino los lunes y martes?

10. ¿Explica la profesora los textos en chino o en español?

IV. 仿照例句回答下列问题。注意必须使用动词短语 tener que + inf. (**Contesta a las siguientes preguntas según el modelo, teniendo en cuenta que hay que usar la perífrasis verbal** *tener que* + *inf.*) :

Ejemplos: —¿Mamá, puedo ir al centro de la ciudad ahora?

—No, hijo, no puedes ir al centro de la ciudad. Ahora tienes que ir a la escuela.

1. ¿Podemos ir a ver a Luis hoy?

2. ¿Puede hablar con usted mi padre el lunes?

LECCIÓN 8

3. ¿Puedo hacerle a usted unas preguntas ahora?
4. ¿Pueden descansar hoy los mecánicos?
5. ¿Podemos comentar el texto en chino?
6. ¿Puedes contestar las preguntas en español?
7. ¿Pueden los estudiantes aprender la nueva lección el martes?
8. ¿Podemos hablar con la profesora Lucía ahora?
9. ¿Puedo leer primero el texto y después las palabras nuevas?
10. ¿Pueden ellos ir a comprar comidas por la tarde?

V. 快速回答下列问题（Contesta con rapidez a las siguientes preguntas）:

1. ¿Estudias español en esta universidad?
2. ¿Lees periódicos y revistas en casa?
3. ¿Tenemos clase de chino hoy por la tarde?
4. ¿Vas al hospital a ver a tus padres esta tarde?
5. ¿Hace preguntas difíciles la profesora en clase?
6. ¿Tengo que contestar las preguntas ahora?
7. ¿Ves a aquellos jóvenes altos y fuertes?
8. ¿Vamos a aprender el español con este profesor o con aquél?
9. ¿Comentáis el texto en chino o en español en clase?
10. ¿Tienen que aprender una nueva lección los estudiantes?

VI. 把括号里的原形动词变为适当的形式（Pon los infinitivos entre paréntesis en la forma debida）:

1. Hoy _____ (ser) domingo. No _____ (haber) clases en la facultad. Los estudiantes _____ (descansar) en casa o _____ (ir) a pasear al centro de la ciudad.
2. Ema _____ (ser) una mujer de cuarenta años. _____

(tener) tres hijos. Los tres _____ (ir) a la escuela. Ema no _____ (trabajar). La vida (生活) _____ (ser) muy difícil para la familia.

3. —¿_____ (leer, tú) mucho en español?

—No mucho. Sólo _____ (leer, yo) los textos y algunas revistas.

—¡ No _____ (poder) ser! _____ (tener, tú) que leer más.

—Los libros en español _____ (ser) muy difíciles.

—_____ (haber) también cosas fáciles.

VII. 请将下列句子译成西班牙语 (Traduce las siguientes oraciones al español)：

1. 我父亲病了, 现在在医院里。我下午必须去看看他。

2. 今天是星期三。我们有两节西班牙语课。课上我们要评述课文。

3. 课文里有很多生词。路易斯问他父亲。父亲就给他解释。

4. "我能看看这些杂志吗?"

   "可以。但是你只能在房间里看。"

5. 我叫安娜, 是古巴人, 今年 8 岁。我现在在学校读书。我的几位老师都很和蔼可亲。在课上, 他们提问, 我和我的同学们回答。有些问题很难。我们答不好。

VIII. 朗读下列句子, 注意语调 (Lee las siguientes oraciones prestando especial atención a la entonación)：

1. ¿Tenemos que ir a clase hoy?

2. ¿Qué hacéis en las clases de español?

3. ¿Vamos a verlo porque está enfermo?

4. ¿Cómo comentan los estudiantes el texto?

5. Tenemos que leer el texto y aprender las palabras nuevas.

6. Hoy es domingo. Podemos descansar en casa.

7. En la mesa hay plumas, lápices, libros y revistas.

8. El profesor hace preguntas primero y después las contestamos.

9. No contestamos bien algunas preguntas porque son muy difíciles.

10. Paco, Pepe, Ana, Luisa y yo vamos al mercado, compramos comidas y volvemos a casa.

IX. 抄写课文第一部分（**Copia la primera parte del texto**）。

X. 朗读课文并背诵课文第一部分（**Lee el texto y aprende la primera parte del texto**）。

XI. 听写（**Dictado**）。

XII. 听力练习（**Comprensión**）。

自我测试练习（7－8 课）
EJERCICIOS DE AUTOEVALUACIÓN

I. 写出两课中含有下列字母的单词（Escribe las palabras que contengan las siguientes letras）:

d: _____

c: _____

l: _____

x: _____

ñ: _____

II. 选择适当的前置词或冠词及前置词和冠词的缩合形式填空（Rellena los espacios en blanco con las adecuadas preposiciones, el artículo y forma contracta del artículo y las preposiciones）:

1. Ana es _____ señora de 40 años. Es _____ madre _____ Manolo y Pepe.

2. _____ clase _____ español no podemos hablar chino.

3. Luis es chileno, pero habla _____ chino _____ sus amigos.

4. _____ hijos van _____ el hospital _____ ver _____ su padre enfermo.

5. Vamos a tener _____ nueva profesora. Se llama Lucía. Ahora está _____ la oficina.

6. ¿Vas a _____ facultad? Voy _____ (tú).

III. 笔头回答下列问题（Contesta por escrito a las siguientes preguntas）:

1. ¿Ves esas camisas rojas?

_____

2. ¿Haces los ejercicios con pluma o lápiz?

_____

3. ¿Dónde estudia usted español?

_____

4. ¿Con quién va a hablar tu tío?

_____

5. ¿Comentamos el texto ahora o después?

_____

6. ¿Leemos primero estos libros o aquéllos?

_____

7. ¿Tienes que comprar nuevas ropas para tus hijos?

_____

8. ¿Contestan bien los compañeros a las preguntas de los profesores?

_____

9. ¿Aprenden ustedes la lección 10 en las clases de hoy?

_____

10. ¿Puedo no trabajar hoy y descansar en casa?

_____

11. ¿Por qué no puedes ir a la oficina hoy?

_____

12. ¿Por qué explica el profesor esas palabras?

_____

IV. 把下列单词变为复数，连接为词组，并加上定冠词（**Une las siguientes palabras en estructuras sintácticas y agrega el artículo determinado**）:

1. nuevo   lección _____

2. hospital   bonito _____

3. compañero   español _____

4. pregunta   difícil _____

5. facultad   grande _____

6. profesor   simpático _____

V. 用括号中合适的词填空（**Rellena los espacios en blanco con una palabra adecuada que hay entre paréntesis**）:

1. Hoy (es, está) _____ sábado. Nosotros no (tenemos, hay) _____ clases.

2. Luis (está, es) _____ enfermo. Descansa (en, sobre) _____ casa.

3. Hoy (por, para) _____ la tarde vamos a la universidad.

4. Mi hermano puede (leer, ver) _____ libros en español.

5. Shanghai (es, está) _____ una ciudad muy grande. Pero (es, está) _____ muy limpia.

6. ¿(Por qué, Porque) _____ no contestan bien a las preguntas?

7. ¿(Cuál, Qué) _____ es su nombre, por favor?

8. Hoy (estamos, somos) _____ a 20.

第 九 课　LECCIÓN 9

语音: **1.** 重读词和非重读词
　　　2. 语调群
语法: **1.** 第三变位动词
　　　2. 动词 **QUERER** 和 **VENIR** 的变位
　　　3. 重读物主形容词
　　　4. 间接宾语和状语
句型: **QUERER + INF.**

课　文　TEXTO

PEPE Y PACO

I

　　Paco es panameño. Pero ahora vive en China. Vive con su tío en una casa muy grande. La casa tiene varios dormitorios, dos salas, dos cocinas y tres cuartos de baño. Pepe, un amigo suyo, viene de España a verlo. Quiere pasar unos días con él.

Paco: Pepe, estás en tu casa. Esa es tu habitación. Tienes una mesa, una silla y una cama.

Pepe: Muchas gracias. ¿Me puedes dar unas llaves de la casa?

Paco: Sí. Aquí las tienes. Con esta grande abres la puerta de la casa y con la pequeña puedes abrir la$^{(1)}$ de tu habitación. Las tienes que guardar bien.

Pepe: Sí, las voy a guardar muy bien. Ahora, ¿qué vamos a hacer?

Paco: Comer. ¿Comemos ya? Después vamos a ver una película.

Pepe: Bien. ¿Pero me esperas un rato? Voy al lavabo.

Paco: No hay prisa. ¿Pero dónde están mis llaves?

Pepe: Las tienes en la mesa.

II

Señor A: ¿Es suyo el libro?

Señor B: Sí, es mío.

Señor C: No, el libro no es suyo. Es mío. Aquí está mi nombre.

Señor B: Pero ¡Dios mío! ¡Qué dices! El nombre es mío. Aquí tiene mi carnet.

Señor A: Vamos a ver... Es verdad. Es suyo el libro.

日 常 用 语　FRASES USUALES

—Con permiso, ¿puedo irme? 劳驾,我可以走了吗?

—Como quiera. 请便。

Perdón. Lo siento mucho. 对不起。我很遗憾。

注 释　NOTAS

(1) 句中的 la 是代词，代指前面已经出现的 puerta。

词 汇 表　VOCABULARIO

vivir	*intr.*	居住	guardar *tr.*	保存

vivir　*intr.*　居住

China　中国

cuarto de baño　卫生间

suyo　*adj.*　他的；他们的；您的

venir　*intr.*　来

España　西班牙

querer　*tr.*　想，希望

pasar　*tr.*　过，度过

día　*m.*　天

gracias　*f. pl.*　谢谢

llave　*f.*　钥匙

dar　*tr.*　给

claro　*adv.*　当然了

abrir　*tr.*　开，打开

puerta　*f.*　门

guardar　*tr.*　保存

bien　*adv.*　好

muy　*adv.*　很

comer　*tr. , intr.*　吃饭

ya　*adv.*　现在，已经

película　*f.*　电影

esperar　*tr.*　等待，希望

lavabo　*m.*　卫生间

prisa　*f.*　急事，着急

mío　*adj.*　我的

decir　*tr.*　说

carnet　*m.*　证件

llevarse　*prnl.*　带走

verdad　*f.*　真理，事实

LECCIÓN 9

补充词汇 PALABRAS ADICIONALES

escribir	*tr.*	写	cantar	*tr.*	唱歌
discutir	*tr.*	讨论	dormir	*tr.*	睡觉
saber	*tr.*	知道	beber	*tr.*	喝

语音 FONÉTICA

一、重读词与非重读词 (Palabras tónicas y átonas) :

在句子中,有些词重读,有些词不重读。一般来说,名词、数词、主格代词、动词、形容词、长尾物主形容词、副词、疑问词等实词为重读词;而冠词、前置词、连词、短尾物主形容词、宾格及与格代词等为非重读词。例如:

Hoy vamos *a* aprender *una* nueva lección: *la* lección diez.

Mi oficina no está *en el* centro *de la* ciudad.

在这两个句子中,斜体字为非重读词,其余的为重读词。

二、语调群:

较长的句子不可能一口气读完。因此必须在句子内部做适当的停顿。处在两次停顿之间的单词构成语调群。每个语调群必须具有语义上的相对完整性。不超过七、八个音节的短句只有一个语调群。例如:El edificio es alto. 这类句子要一口气说完,只在句尾停顿。八至十四、五个音节的句子可以一口气说完,也可以将它分为两个语调群,在中间做适当的停顿。在以下例句中,我们用↓表示停顿,用↑表示语调上升,用↓表示语调下降。

1. Todos los días ↑ Lucía tiene dos horas de clase. ↓

2. Los obreros de esta fábrica ↑ no descansan los sábados y do-

mingos. ↓

3. Esta tarde ↑ los alumnos van al hospital ↑ a ver al profesor enfermo. ↓

语 法　GRAMÁTICA

一、第三变位规则动词的陈述式现在时变位（**Verbos regulares de la tercera conjugación en el presente de indicativo**）：

第三变位动词的变位是去掉原形动词词尾 -ir ，然后在动词词根上加如下各人称的词尾：

	单　　数	复　　数
第一人称	-o	-imos
第二人称	-es	-ís
第三人称	-e	-en

例如：　vivir

yo	viv**o**	nosotros, tras	viv**imos**
tú	viv**es**	vosotros, tras	viv**ís**
él		ellos	
ella	viv**e**	ellas	viv**en**
usted		ustedes	

二、不规则动词 **QUERER** 和 **VENIR** 的陈述式现在时变位
（**Conjugación de los verbos irregulares *Querer y Venir* en presente de indicativo**）：

Ⅰ. Querer

yo	quiero	nosotros，tras	queremos
tú	quieres	vosotros，tras	queréis
él		ellos	
ella	quiere	ellas	quieren
usted		ustedes	

II. Venir

yo	vengo	nosotros，tras	venimos
tú	vienes	vosotros，tras	venís
él		ellos	
ella	viene	ellas	vienen
usted		ustedes	

三、重读物主形容词（**Adjetivos posesivos tónicos**）：

I. 重读物主形容词的形式：

	单　　数	复　　数
第一人称	mío，a	nuestro，tra
	míos，as	nuestros，tras
第二人称	tuyo，ya	vuestro，tra
	tuyos，yas	vuestros，tras
第三人称	suyo，ya	suyo，ya
	suyos，yas	suyos，yas

II. 重读物主形容词的用法：

重读物主形容词必须置于所修饰的名词之后，与其保持性、数一致。具体用法如下：

1. 与带冠词的名词连用。例如：

un amigo *mío*，una tía *suya*，unos primos *vuestros*，

la universidad *nuestra*, las *habitaciones* suyas.

2. 在名词谓语句中作表语。例如：

Esa habitación es *tuya*.

Estos libros son *nuestros*.

Las camisas sucias no son *mías*, son *suyas*.

3. 在惊叹句和呼语中与不带冠词的名词连用。例如：

¡Madre *mía*! Los ejercicios son muy difíciles.

¡Dios *mío*! Tengo que hacerlo todo hoy.

¡Amigo *mío*! ¿Cómo estás?

4. 重读物主形容词可加冠词而代词化。例如：

Éstos son mis libros. ¿Dónde están *los tuyos*?

Vuestra casa es grande. *La nuestra* es pequeña.

四、间接宾语和状语 (Complemento indirecto y circunstancial):

I. 可以被与格代词(将在下课学习)指代的部分为动词的间接宾语。作间接宾语的名词之前一定要带前置词 a。例如：

Tengo que comprar comidas *a mis padres*.

La profesora explica el nuevo texto *a los alumnos*.

El abuelo hace una pregunta *al niño*, pero el niño no la contesta.

II. 状语表示动词涉及的行为发生的时间、地点、方式、条件等，回答由 ¿Dónde? ¿Cómo? ¿Cuándo? 等疑问词提出的问题。充当状语的词类主要是副词和前置词＋名词一起构成的词组。例如：

—¿Dónde está tu casa?

Mi casa está *en el centro de la ciudad*.

—¿Explica *primero* la profesora el texto y *después* lo comentamos?

No, no comentamos el texto *hoy*. Lo vamos a hacer *mañana*.

LECCIÓN 9

练习 EJERCICIOS

I. 拼读下列音节和单词（Deletrea las siguientes sílabas y palabras）:

al   el   il   ol   ul

an   en   in   on   un

ia   ie   io   iu

cal, mal, alba, delta, mil, miel, col, soldado, ultra, pulpo

antes, pan, amante, diamante, mente, gente, bendice, lentes,

oyente, Inma, infiel, incómodo, sinfín, pinza, cintas, ondas,

poncho, fondo, sondeo, montaña, asunto, juntos, un beso,

conjunto, cundir, profundo

estudiante, confianza, alianza, dientes, hirviente, caliente,

mientes, concerniente

Juan, cuándo, cuánto, guantes, Ruanda, puente, cuentos

II. 写出下列动词的陈述式现在时变位（Conjuga los verbos en las personas correspondientes del presente de indicativo）:

vivir（nosotros）_____   esperar（ustedes）_____

abrir（ellos）_____   comer（yo）_____

venir（vosotros）_____   querer（tú）_____

escribir（él）_____   discutir（usted）_____

III. 朗读下列句子,注意重读词和非重读词（Lee las siguientes oraciones, teniendo en cuenta las palabras tónicas y átonas）:

  1. Ahora vamos a ver la película.

  2. ¿Dónde están mis llaves?

3. Un amigo mío va a venir hoy por la tarde.

4. Su ropa está en aquel armario nuevo.

5. Hay cinco habitaciones en la casa: una sala y tres dormitorios y una cocina.

6. Paco hace una pregunta muy difícil y su padre no sabe cómo contestarla.

7. Luis y Pepe quieren hacer los ejercicios, pero no tienen plumas.

8. Mi tío está enfermo. Tengo que ir a verlo al hospital el lunes por la tarde.

9. ¡Madre mía! Cinco compañeros viven en una habitación pequeña.

10. ¿Quieres venir conmigo? Te espero en el dormitorio de tus amigos Pepe y Paco.

IV. 将下列词组译成西班牙语（Traduce al español los siguientes grupos de palabras）：

1. 我的朋友们   2. 我的一个朋友

3. 她的叔叔   4. 她的一个叔叔

5. 我们的表兄弟   6. 我们的一些表兄弟

7. 他的兄弟们   8. 他的几个兄弟

9. 你们的书和报   10. 他们的钥匙

11. 你的桌子和椅子   12. 我们的房间

V. 用非重读物主形容词和重读物主形容词填空（Rellena los espacios en blanco con los adjetivos posesivos tónicos y átonos）：

1. —Estas blusas son _____. ¿Por qué está en _____ armario.

2. Un amigo _____ va a venir a verte. Puedes esperarlo en
   _____ dormitorio.

3. ¡ Dios _____ ! _____ hijo no está en la escuela.
   ¿Dónde puede estar?

4. —¿Papá, son _____ estos calcetines blancos?
   —No, no son _____ . Son de _____ madre.

5. —¿Profesor, cómo es _____ universidad?
   —Es pequeña, pero muy bonita.

6. —¿Son _____ esas habitaciones con camas y mesas? —
   preguntan los compañeros.
   — Sí, son _____ . —contesta el profesor.

7. —¡ Pero hijo _____ ! ¿Qué quieres hacer?
   —Nada. Unas fotos _____ han desaparecido（不见了）.

8. —¿De quiénes son las camisas?
   —¿No son _____ ?
   —No, no son _____ . No tengo camisas azules.

9. Hoy Juan tiene _____ habitación muy limpia y ordenada,
   porque una amiga _____ viene a verlo.

10. —Señores, están ustedes en _____ casa.
    —Muchas gracias. Es usted muy amable.

VI. 将括号里的原形动词变为陈述式现在时的适当人称（Pon el infinitivo entre paréntesis en personas correspondientes del presente de indicativo）：

1. Muchos chinos _____ (vivir) en España.

2. ¿Cuántos estudiantes _____ (venir) a la facultad hoy?

3. El joven no _____ (comer) nada porque _____ (estar) enfermo.

4. —¿_____ (querer, vosotros) venir a mi casa el domingo?

　　—Algunos sí, pero yo no _____ (poder) ir, porque

　　_____ (tener) que trabajar.

5. —¿Dónde _____ (guardar, nosotros) la ropa?

　　—_____ (poder) guardarla en los armarios.

6. _____ (querer, yo) ver una película española. ¿Dónde

　　_____ (poder) verla?

7. _____ (estudiar, nosotros) ahora en Beijing, pero nues-

　　tras familias _____ (vivir) en Shanghai.

8. _____ (escribir, él) mucho, pero no _____ (es-

　　cribir) muy bien.

9. ¿Qué _____ (hacer, nosotros) ahora? _____ (com-

　　er) ya?

10. La madre _____ (esperar) al hijo a la puerta de la casa.

VII. 笔头回答下列问题，注意使用宾格人称代词（Contesta por escrito a las siguientes preguntas, teniendo en cuenta el uso de pronombres personales acusativos）:

1. ¿Podemos comentar el texto en español?

　　_____

2. ¿Dónde puedo guardar los libros?

　　_____

3. ¿Quieren ustedes ir a ver una película conmigo?

　　_____

4. ¿Dónde tengo las llaves de la habitación?

_____

5. ¿Aprendemos hoy la lección 12?

_____

6. ¿Queréis ver la habitación?

_____

7. ¿Tiene la casa dos dormitorios y un cuarto de baño?

_____

8. ¿Quieres comprar una nueva casa?

_____

VIII. 用适当的前置词填空 (Rellena los espacios en blanco con las adecuadas preposiciones):

1. Los jóvenes escriben _____ plumas.

2. _____ esa llave puedes abrir las puertas de la sala y los dormitorios.

3. El texto _____ la lección 13 es difícil.

4. Vivimos _____ una ciudad pequeña.

5. Ya no quiero discutir _____ (tú).

IX. 请将下列句子译成西班牙语 (Traduce las siguientes oraciones al español):

1. 他和他的一个叔叔住在西班牙的一个小城市里。

2. "这条黑裤子是你的吗?"

"不是我的。是我的一个弟弟的。"

3. 这些书是我们的。你们可以看。

4. "我想在您家住几天。"

"您就把它当成自己的家。那间房间是您的。这是房间的钥匙。"

"太谢谢了。"

5. "诸位能不能把名字用钢笔写在这儿?"

"当然可以。我们现在就写。"

"谢谢。不着急。"

X. 朗读课文并背诵课文第一部分（Lee el texto y aprende de memoria la primera parte del texto）。

XI. 听写（Dictado）。

XII. 听力练习（Ejercicios de comprensión）。

第 十 课　LECCIÓN 10

语法: **1.** 宾格代词（**II**）

　　2. 与格人称代词

　　3. 动词 **SABER** 和 **VOLVER** 的陈述式现在时变位

　　4. 疑问代词 **CUÁL** 的用法

　　5. 及物动词和不及物动词

课 文　TEXTO

EL HIJO ESTÁ ENFERMO

I

Padre:	Hola, hijo mío. ¿Estás bien?
Hijo:	No. Estoy muy mal. Tengo fiebre.
Padre:	Te llevo ahora mismo al hospital en coche.

En el hospital, el médico ausculta al enfermo, le toma el pulso y le hace algunas preguntas.

Médico: Tiene una gripe muy fuerte. Ahora le receto unas pastillas. Al lado del hospital hay una farmacia. Allí puede comprarlas.

(En la farmacia)

Padre: Señorita, queremos comprar unas pastillas.

Señorita: ¿Tiene usted la receta del doctor?

Padre: Sí. Aquí la tengo.

Señorita: ¿Me la puede dar por favor?

El padre le da la receta a la señorita. Ella la lee y va por las pastillas. Unos minutos después, vuelve con ellas y se[1] las entrega al padre.

Padre: Gracias. Hasta luego.

Señorita: Adiós.

II

¿Cómo está el hijo?

El hijo está enfermo.

¿Por qué lleva el padre al hijo al hospital?

El padre lo lleva al hospital porque está muy mal.

¿Qué le hace el médico al enfermo?

El médico le ausculta, le toma el pulso y le hace algunas preguntas.

¿Le receta el médico al enfermo unas pastillas?

LECCIÓN 10

Sí, el médico se las receta.

¿Dónde tienen que comprar las pastillas el padre y el hijo?

Tienen que comprarlas en la farmacia.

¿Qué hace la señorita después de leer la receta?

Después de leerla, la señorita va por las pastillas y unos minutos después se las entrega al padre.

日常用语　FRASES USUALES

—¿En qué puedo servirle?　我能帮您什么忙吗?

—Nada. Muchas gracias.　没什么。非常感谢。

—¿Puede hacerme un favor?　您能帮我一个忙吗?

—Claro, dígame.　当然了，请讲。

注　释　NOTAS

(1) 当第三人称宾格代词和与格代词同时出现时，与格代词不用 le，而用 se。

词 汇 表　VOCABULARIO

hola　*interj.*　喂，你好

fiebre　*f.*　发烧

llevar　*tr.*　送，带

ahora mismo　立即，马上

coche	*m.* 轿车	señorita	*f.* 小姐
auscultar	*tr.* 听诊	receta	*f.* 处方
tomar el pulso	号脉	por	*prep.* 为了, 因为
gripe	*f.* 感冒	minuto	*m.* 分钟
recetar	*tr.* 开处方, 开药	volver	*intr.* 回来
pastilla	*f.* 药片	entregar	*tr.* 交, 给
al lado de	在……旁边	hasta luego	再见
farmacia	*f.* 药店	adiós	*m.* 再见
allí	*adv.* 那里		

补充词汇 PALABRAS ADICIONALES

necesitar	*tr.* 需要	autobús	*m.* 公共汽车
dejar	*tr.* 放; 搁下	bicicleta	*f.* 自行车
creer	*tr.* 相信	medicina	*f.* 药

语法 GRAMÁTICA

一、宾格代词 (Pronombres acusativos):

在第 8 课中我们讲解了用宾格代词的第三人称单数和复数形式指代直接宾语的用法。本课接着讲宾格代词第一和第二人称的单数、复数形式。

	单 数	复 数
第一人称	me	nos
第二人称	te	os

例如:

Juan, unos amigos tuyos *te* esperan allí.

Tenéis que ir a la oficina de Luis. Quiere ver*os* y hablar con vosotros.

—¿Adónde *nos* quiere llevar el señor?

—No lo sé.

二、与格代词 (Pronombres dativos):

与格代词用来指代间接宾语。它的第一和第二人称的单数和复数形式与指代直接宾语的 宾格代词相同。但第三人称不同。请看下表：

	单　数	复　数
第一人称	me	nos
第二人称	te	os
第三人称	*le*	*les*

例如：

La profesora *nos* hace preguntas y las contestamos.

El médico *le* toma el pulso al médico y después *le* va a recetar unas pastillas.

Mi primo quiere leer revistas. *Le* voy a llevar algunas.

¿Quién puede explicar*me* el texto con palabras fáciles?

三、在学习掌握宾格、与格代词时,应当注意以下几点:

1. 第一、二人称的代词究竟是宾格,还是与格,要靠上下文确定。例如：

El profesor viene a ver*nos* y *nos* trae unos libros.

El médico *me* ausculta y después *me* receta unas pastillas.

Quiero ver*te* hoy por la tarde (下午) y hacer*te* unas preguntas.

2. 在西班牙的一些地区,指代指人直接宾语时,不用宾格代词

（lo，los，la，las），而用与格代词（le，les）。这种现象称作 leísmo
（与格替代宾格）。例如：

> Luis，una señorita *le*（**lo**）espera a la puerta.

> Mi padre está enfermo. Voy a ver*le*（**lo**）esta tarde.

> Esa profesora habla muy rápido（快）. No *le*（**la**）comprendo.

3. 由于与格代词第三人称形式既可指代 él，ella，ellos，ellas，
也可指代 usted，ustedes，在所指不明确的情况下，需要重复上述有
关主格代词，以免产生歧义。例如：

> ¿Puedo hacer*le a usted* unas preguntas?

> Aquel joven rubio puede llevar*la a ella* al hospital.

四、不规则动词 VOLVER 和 SABER 的陈述式现在时的变位（Conjugación de los verbos irregulares *Volver y Saber* en presente de indicativo.）：

I. Volver

yo	vuelvo	nosotros, tras	volvemos
tú	vuelves	vosotros, tras	volvéis
él		ellos	
ella	vuelve	ellas	vuelven
usted		ustedes	

II. Saber

yo	sé	nosotros, tras	sabemos
tú	sabes	vosotros, tras	sabéis
él		ellos	
ella	sabe	ellas	saben
usted		ustedes	

五、疑问代词 CUÁL 的用法（Uso del pronombre interrogativo *Cuál*）：

疑问代词 cuál 及其复数形式 cuáles 含义相当于汉语中的"哪一个"，"哪一些"。可由 de 引导的前置词词组修饰。请看例句：

¿*Cuál de* esos señores es el padre de Ema?

¿*Cuáles de* los libros son tuyos?

¿*Cuáles de* las chaquetas quieren ustedes comprar?

如果选择范围明确，也可以单独使用：

¿*Cuál* es tu revista? (相当于：¿*Cuál de* estas revistas es tuya?）

¿*Cuáles* son las habitaciones de estos amigos? (相当于：¿*Cuáles de* estas habitaciones son suyas?）

如果疑问代词 cuál 问及的对象在陈述句中带前置词，提问时应当将前置词置于 cuál 之前：

¿*Con cuál* de ellos quieres hablar?

¿*En cuál* de los edificios está tu casa?

六、及物动词和不及物动词（Verbos transitivos e intransitivos）：

带直接宾语的动词是及物动词；不带直接宾语的动词是不及物动词。例如：

Los jóvenes *leen revistas* en la sala de clase. (句子中的 revistas 是动词 leen 的直接宾语，所以 leer 在句子中是及物动词。)

Paco *vive* en España. (句子中的动词 vive 不带直接宾语，所以是不及物动词。)

应当注意的是，及物动词和不及物动词的概念是相对的，经常只能在具体语句中才能断定。例如：

Hoy en clase el profesor nos *explica el texto.*

Aquel profesor *explica* poco en clase.

在第一个例句中, explicar 是及物动词, 而在第二个例句中, 则是不及物动词。

练 习　EJERCICIOS

I. 拼读下列音节和单词 (**Deletrea las siguientes sílabas y palabras**) :

ar　er　ir　or　ur

rra　rre　rri　rro　rru

árbol, arma, desarma, alarma, Ernesto, fértil, sermón, desértico, nirvana, virgen, sirven, norteño, horchata, cortura, púrpura, urgente, murmura

rato, ramas, caras, resto, daré, régimen, serio, Marisa, cariño, coro, pero, rotundo, ruta, rústico, Perú, cara, llora, arrastra, amarra, reza, reto, carreta, carretera, rival, Ricardo, arriba, gorrito, cero, puro, cerro, burro, Rusia, rural, arrullo, perruno

alma, arma, caldo, cardo, selva, serba, silbato, sirviente, soldán, sordo, sultán, zurdo, pulpo, púrpura

II. 将下列原形动词变为陈述式现在时的适当人称 (**Conjuga los siguientes infinitivos en personas correspondientes del presente de indicativo**) :

llevar (yo) _____　　　tomar (nosotros) _____

volver (ellos) _____ volver (tú) _____

saber (yo) _____ saber (ustedes) _____

pasar (vosotros) _____ discutir (él) _____

entregar (ella) _____ tomar (usted) _____

III. 用适当的冠词或冠词与前置词的缩合形式填空 (**Rellena los espacios en blanco con los adecuados artículos y forma contracta del artículo y las preposiciones**) :

1. Hijo mío, vamos a _____ hospital ahora mismo.

2. A _____ lado de nuestra oficina hay _____ mercado muy grande.

3. _____ médico me toma _____ pulso y me ausculta.

4. _____ señorita rubia lee _____ receta y me entrega unas pastillas.

5. Tiene usted ____ gripe muy fuerte. Tiene que ir al médico.

IV. 用宾格或与格代词替换句子中的斜体字 (**Sustituye las palabras en cursiva por los pronombres acusativos o dativos**) :

Ejemplo: Juan está enfermo. Voy a ver a *Juan.*
Juan está enfermo. Voy a verlo.

1. Un amigo suyo viene a ver (*a ti*). Tienes que esperar (*a él*) en casa.

_____

2. La hija está enferma. Los padres llevan *a la hija* al hospital.

_____

3. Los compañeros van a hacer (*a nosotros*) muchas preguntas y tenemos que contestar *las preguntas.*

---

4. El joven estudia en la universidad. El abuelo quiere comprar *al joven* unos libros.

---

5. Luisa y Ana no vienen a comer. ¿ Llevamos *a Luisa y Ana* alguna comida a su habitación?

---

6. La película es muy buena. Tenéis que ver *la película.*

---

7. Estas palabras son nuevas. ¿Puede leer (*a nosotros*) *estas palabras?*

---

8. El texto es muy difícil. El profesor va a explicar (*a vosotros*) *el texto.*

---

9. La señorita toma el lápiz y da (*a mí*) *el lápiz.*

---

10. Quiero saber el nombre de la ciudad. ¿Puede escribir (*a mí*) *el nombre* aquí?

---

11. El hombre toma la llave y entrega (*a nosotros*) *la llave.*

_____

12. —Tío Pepe, hoy es su cumpleaños (生日) y compramos (*a usted*) una camisa.

—Quiero ver *la camisa.* ¿Podéis pasar (*a mí*) *la camisa?*

—Tiene usted *la camisa* a su lado.

_____

V. 回答下列问题 (Contesta a las siguientes preguntas) :

1. ¿Cuál de los jóvenes es tu primo?

_____

2. ¿Cuál de las habitaciones es tuya?

_____

3. ¿Cuál de las puertas tengo que abrir?

_____

4. ¿Cuáles de los libros quieren leer los estudiantes?

_____

5. ¿Cuáles de las camisas quiere usted comprar?

_____

6. ¿Cuáles de tus amigos saben español?

_____

7. ¿En cuál de las universidades estudia el hijo de Luis?

_____

8. ¿En cuál de las ciudades vive la familia de Manolo?

_____

9. ¿Con cuáles de los señores queréis hablar?

_____

10. ¿A cuál de los hospitales llevamos a los enfermos?

_____

11. ¿A cuál de las señoritas tengo que preguntar?

_____

12. ¿A cuál de ellos tenemos que entregar la receta?

_____

13. ¿Cuál es la casa del señor González?

_____

14. ¿Cuáles son vuestras salas de clase?

_____

15. ¿Cuáles son tus preguntas?

_____

LECCIÓN 10

VI. 用适当的指示形容词或指示代词填空（Rellena los espacios en blanco con los adjetivos o pronombres demostrativos）：

1. ¿Cuál de los libros quieres leer? _____ o _____.

2. —¿Cuál de _____ blusas está limpia?

   — _____ roja está limpia.

3. —¿En cuál de _____ farmacias trabaja mi tía?

   —En _____ de puertas azules.

4. —¿Dónde está la facultad de español?

   —Está en _____ edificio blanco.

5. _____ dormitorio es de los abuelos. _____, de los padres, y _____, de los hijos.

6. ¿Cuál de las llaves es para esta habitación: _____, _____ o _____?

7. —¿Cuál de las películas vamos a ver hoy?

   —Las dos. Primero _____ y después _____.

8. _____ lecciones son difíciles. _____, son difíciles también?

VII. 将括号里的原形动词变为陈述式现在时的适当人称（Pon el infinitivo entre paréntesis en personas correspondientes del presente de indicativo）：

1. —¿_____ (saber, tú) el nombre de aquel señor rubio?

   —No, no lo _____ (saber, yo).

2. El médico me _____ (tomar) el pulso y me _____ (recetar) algunas pastillas.

3. _____ (estar, nosotros) muy mal. _____ (tener) fiebre.

4. Luis y Pepe _____ (volver) al dormitorio con periódicos y revistas.

5. La enfermera _____ (venir) y _____ (entregar) unas pastillas al enfermo.

VIII. 快速回答下列问题（**Contesta con rapidez a las siguientes preguntas**）：

1. ¿Cómo está la mujer del peluquero?
2. ¿Cuántas habitaciones necesitáis?
3. ¿Dónde tenemos que dejar los periódicos y revistas?
4. ¿Cómo van los jóvenes a la escuela los lunes?
5. ¿Cuántas palabras en inglés saben los compañeros?
6. ¿Cuándo vuelven los compañeros de la facultad?
7. ¿Habláis con los profesores en inglés en clase?
8. ¿A cuál de los hospitales quieren llevar al enfermo?
9. ¿Llevamos las medicinas al abuelo después de comprarlas?
10. ¿Vienen de otra ciudad a verte tus tíos este domingo?

IX. 请将下列句子译成西班牙语（**Traduce las siguientes oraciones al español**）：

1. "小姐，我能问您几个问题吗？"
   "当然可以。您现在就可以问。"
2. 医生给病人听诊、号脉，并提了一些问题。
3. 老师会带书来，把它交给你们。
4. "护士小姐，您能给我开些药吗？"
   "我不是医生。那位医生可以给你开。"
5. "你奶奶得了重感冒。你们必须用车把她送到医院去。"
6. "那支红色钢笔是我的。你能把它递给我吗？"

"我现在就递给你。"

7. "您等我们一会儿, 行吗? 我母亲去取上衣, 马上就回来。"

8. "哪个衣柜是我的?"

"那个白色的是你的。钥匙在这儿。你现在就可以用钥匙把柜子打开。"

9. "这儿有五个门。哪一个是卫生间的? 是这个, 还是那个?"

10. "先生, 我应该把这个交给哪位女士?"

"你得把它交给那位金黄色头发的女士。"

X. 朗读课文, 并背诵课文第一部分 (Lee el texto y aprende de memoria la primera parte del texto)。

XI. 听写 (Dictado)。

XII. 听力练习 (Comprensión)。

自我测试练习(9—10 课)
EJERCICIOS DE AUTOEVALUACIÓN

I. 写出下列字母书写体大小写 (Escribe, en forma manuscrita y en mayúscula y minúscula, las siguientes letras):

a _____   p _____   q _____

ll _____   ñ _____   g _____

v _____   f _____   t _____

II. 写出这两课中含有下列字母的单词 (Escribe las palabras que contengan las siguientes letras):

ll: _____

f: _____

g: _____

c: _____

d: _____

ch: _____

III. 针对斜体部分提问 (Haz preguntas referentes a las partes en cursiva):

1. *Un médico y su mujer* viven en este edificio.

   _____

2. Unos amigos míos estudian *español* en la universidad.

   _____

3. Llevamos a casa *al abuelo* enfermo.

   _____

4. *Tres* hermanos suyos trabajan en la fábrica de coches.

_____

5. El peluquero compra comidas *en el mercado*.

_____

6. El mecánico quiere ir *al centro de la ciudad*.

_____

7. *Estos* armarios son grandes y están limpios.

_____

8. El joven escribe con *pluma*.

_____

9. Voy a escribir con *este* lápiz.

_____

10. Mi tío está *muy mal*.

_____

IV. 用宾格或与格代词替换斜体部分（Sustituye con los pronombres personales acusativos o dativos las partes en cursiva）：

1. El sábado mi padre y yo vamos a ver *la película*.

_____

2. Paco lee el texto y después el profesor explica *el texto*.

_____

164

3. ¿Cuándo tenemos que entregar esto (*a vosotros*) ?

_____

4. Juana viene ahora mismo. Esperamos (*a ella*) un rato.

_____

5. Tenemos muchas preguntas y podemos hacer *las preguntas* a la profesora.

_____

6. Luis no tiene la llave de la casa. Tengo que dar (*a él*) la mía.

_____

7. La enferma va a ver al médico y éste receta (*a ella*) unas pastillas.

_____

8. Nuestro hijo no está en Beijing, pero escribe (*a nosotros*) mucho.

_____

V. 用适当的前置词或冠词与前置词的缩合形式填空（**Rellena los espacios en blanco con preposiciones o formas contractas del artículo y las preposiciones**）:

1. ¿Me esperas un rato? Voy _____ las llaves.

2. La señorita _____ la farmacia vuelve _____ la receta y la entrega al enfermo.

3. ¿Qué podemos hacer _____ usted?

4. Al lado _____ el hospital hay una farmacia.

5. ¿Vas a trabajar _____ coche?

6. Luis vive _____ su abuelo, muy mayor ya, _____ el campo（农村）.

7. Escribo mucho _____ mis padres porque no viven aquí.

8. Los domingos, mi madre va _____ el mercado y compra comidas _____ la familia.

VI. 改正下列句子中的错误（Corrige las faltas de las siguientes oraciones）:

1. Después de leer el libro, Luis le entrega a Pepe.

_____

2. El profesor nos hace preguntas y les contestamos.

_____

3. Las pastillas los tienes sobre la mesa.

_____

4. ¿Quieres leer estas revistas? Voy a llevártelas al dormitorio.

_____

5. ¿Quieres esa pluma? La te paso ahora mismo.

_____

6. Llamamos a la puerta y el abuelo lo nos abre.

_____

7. —Señorita, aquí tengo la receta del doctor. ¿Quiere leerlo?

_____

8. La señorita vuelve con las pastillas y las os entrega.

_____

9. El médico lo toma el pulso y la hace algunas preguntas.

_____

10. ¿Quiere usted comidas? Puede las comprar en el mercado.

_____

第 十一 课　LECCIÓN 11

语法: **1.** 宾格、与格人称代词
2. 钟点表示法
3. 动词 DAR 和 TRAER 的变位

课　文　TEXTO

EN LA BIBLIOTECA

I

Hoy es martes. Son las nueve de la mañana. Muchos lectores van a la Biblioteca de Beijing. Allí hay novelas, periódicos, revistas... Ellos pueden leerlos.

Para pedir libros, los lectores tienen que encontrar primero sus títulos y números. Los escriben en un papel y se lo pasan a un bibliotecario. Este los busca en los estantes y unos minutos después se los trae a los lectores. ¿Quiere usted llevárselos a casa? Bien. Pero tiene que devolvérselos a la biblioteca dentro de un mes. Si no, no le van a prestar más libros.

II

¿Qué hora es?

Es la una.

¿Qué hora es?

Son las dos y media.

¿Qué hora es?

Son las tres y cuarto.

¿Qué hora es?

Es la una menos cuarto.

¿Adónde van los lectores?

Los lectores van a la biblioteca.

¿Qué van a hacer a la Biblioteca de Beijing?

Van a la Biblioteca de Beijing a leer libros, periódicos y revistas.

¿Qué tiene que hacer un lector para pedir libros?

Tiene que encontrar los títulos y números de los libros, escribirlos en un papel y pasárselo a un bibliotecario.

¿Qué va a hacer el bibliotecario con el papel?

Él busca los libros en los estantes y se los trae al lector.

¿Puede llevarse los libros a casa el lector?

Sí, pero tiene que devolvérselos a la biblioteca en un mes.

¿Cuándo tiene que devolver el libro el lector?

Tiene que devolverlo en un mes.

¿ Van a prestarte más libros los bibliotecarios si no los devuelves en un mes?

No, no van a prestármelos si no los devuelvo en un mes.

日常用语　FRASES USUALES

—Por favor, ¿tienes hora? 请问几点了？

—Sí, son las doce menos cuarto. 现在是 11 点 45 分。

词 汇 表　VOCABULARIO

biblioteca　*f.*　图书馆

mañana　*f.*　上午

lector, ra　*m.*, *f.*　读者

pedir　*tr.*　求借

encontrar　*tr.*　找到

título　*m.*　题目

número　*m.*　号码

papel　*m.*　纸

pasar　*tr.*　递给

bibliotecario, ria　*m.*, *f.*

　　图书管理员

buscar　*tr.*　寻找

traer　*tr.*　带来

dentro de　在……之内

devolver　*tr.*　归还

mes　*m.*　月

si　*conj.*　如果

prestar　*tr.*　出借

hora　*f.*　小时

cuarto　*m.*　一刻钟

media　*f.*　半

cuándo　*adv.*　什么时候

补 充 词 汇 PALABRAS ADICIONALES

segundo　*m.*　秒
mañana　*adv.*　明天

menos　*adv.*　差

不 规 则 动 词　（VERBOS IRREGULARES）

devolver　　　Se conjuga como ***volver.***

语 法　GRAMÁTICA

一、宾格、与格代词同时使用（Pronombres personales acusativos y dativos en una misma secuencia）：

I. 动词的直接宾语和间接宾语可以同时分别由宾格和与格代词指代。其中指代间接宾语的与格代词在前；指代直接宾语的宾格代词在后。请看例句：

Quiero leer el periódico.　¿Puede usted pasár***melo***?

Juan tiene una bicicleta, pero no ***te la*** quiere prestar.

Os hacemos preguntas y ***nos las*** contestáis después.

II. 当宾格、与格代词同时出现时，第三人称单、复数与格代词改用其变体 se。请看例句：

Aquí están las llaves de tu hermano.　¿Puedes llevár***se***las?

Profesor, ¿es ésta tu revista? ¿Puedo pedír***se***la a usted?

¿Quiere usar（使用）mi bicicleta? Si puede volver dentro de media hora, ***se*** la presto.

LECCIÓN 11

应当注意,当宾格、与格代词同时使用,又置于动词的某些非人称形式之后,与之连写时,要在相应的字母上添加重音符号。请看例句:

Quiero leer la revista. ¿Cuándo puedes tra*é*rmela?

Luis os va a hacer preguntas y tenéis que contest*á*rselas en español.

二、钟点表示法 (Formas de decir las horas) (I):

提问:¿Qué hora es?

回答:Es la una.

　　　Es la una y diez

　　　Es la una y cuarto.

　　　Es la una y media.

　　　Son las dos menos cuarto.

　　　Son las dos en punto.

　　　Son las cinco y veinticinco minutos.

　　　Son las siete y cuarenta minutos.

注意:从 1:00 — 1:59 (la una y cincuenta y nueve),动词用单数。从 2:00 开始,动词用复数。

三、不规则动词 DAR 和 TRAER 的变位 (Conjugación de los verbos irregulares *Dar y Traer*):

I. Dar

yo	doy	nosotros, tras	damos
tú	das	vosotros, tras	dais
él		ellos	
ella	da	ellas	dan
usted		ustedes	

II. Traer

yo	traigo	nosotros, tras	traemos
tú	traes	vosotros, tras	traéis

él ⎫		ellos ⎫	
ella ⎬	trae	ellas ⎬	traen
usted ⎭		ustedes ⎭	

练 习 EJERCICIOS

I. 拼读下列音节和单词（Deletrea las siguientes sílabas y palabras）:

ca	que	qui	co	cu
ga	gue	gui	go	gu
ta	te	ti	to	tu
da	de	di	do	du

cato, gato, laca, larga, caca, carga, por qué, pague, queso,

guerra, duque, largue, quiso, guijo, caqui, Anguita, quiñón,

guiño, coma, goma, manco, mango, banco, bango

culi, gula, cuna, gusto, cruza, gruta

tata, dato, nata, nada, pantano, panda, teme, deme, antes,

Andes, sartén, andén, tira, dirá, tierno, diestro, patina, bandido

tomo, domo, tonto, tondo, toña, doña

tuna, duna, tupa, duque, tuero, duelo

II. 看图回答下列问题（Contesta a las siguientes preguntas según los dibujos）:

1. ¿Qué hora es?

2. ¿Qué hora es?

3. ¿Qué hora es?

4. ¿Qué hora es?

5. ¿Qué hora es?

6. ¿Qué hora es?

7. ¿Es la una?

8. ¿Son las dos y media?

9. ¿Son las cinco y cuarto?

10. ¿Son las ocho?

11. ¿Son las doce y veinte?   12. ¿Son las once menos diez?

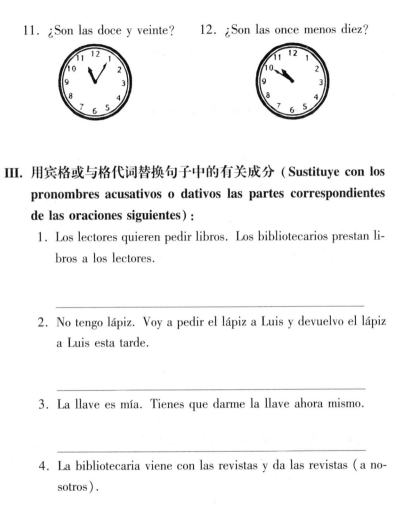

III. 用宾格或与格代词替换句子中的有关成分（**Sustituye con los pronombres acusativos o dativos las partes correspondientes de las oraciones siguientes**）：

1. Los lectores quieren pedir libros. Los bibliotecarios prestan libros a los lectores.

_____

2. No tengo lápiz. Voy a pedir el lápiz a Luis y devuelvo el lápiz a Luis esta tarde.

_____

3. La llave es mía. Tienes que darme la llave ahora mismo.

_____

4. La bibliotecaria viene con las revistas y da las revistas (a nosotros).

_____

5. — ¿Cuándo va a devolverme la pluma?
   — Voy a devolver la pluma (a usted) el martes.

_____

6. —¿Cuándo les vas a explicar las palabras nuevas?
    —Les voy a explicar las palabras el jueves.

    _____

7. Su primo tiene coche. Puede pedir el coche a su primo.

    _____

8. Si sabemos los títulos de los libros, escribimos los títulos para
    ustedes ahora mismo.

    _____

9. ¿Necesitas el diccionario? Traigo el diccionario (a ti) por la
    tarde.

    _____

10. Si necesitáis mesas y sillas, podemos traer las mesas y sillas
    (a vosotros) también.

    _____

IV. 将括号里的原形动词变为陈述式现在时的适当人称（**Pon los
infinitivos entre paréntesis en personas correspondientes del
presente de indicativo**）:

1. —¿Cuándo _____ (poder, tú) darme el título del libro?
    — _____ (dártelo) mañana.
2. Os _____ (prestar, yo) el coche, pero ¿cuándo
    _____ (devolvérmelo)?
3. La señorita _____ (venir) y me _____ (dar) unos
    papeles.

4. —¿Qué _____ (buscar, vosotros) , hijos míos?

   —Camisas y pantalones limpios.

5. —Voy a la Biblioteca de Beijing. ¿ _____ (venir, vosotros) conmigo?

6. La madre _____ (volver) a casa y _____ (llevar) al hijo a la escuela.

7. Si no _____ (leer, tú) , no _____ (aprender) nada.

8. —¿Qué _____ (hacer, vosotros) aquí?

   —Nada. _____ (esperar) a unos amigos.

9. _____ (traer, yo) los periódicos. ¿ _____ (querer, ustedes) leerlos?

10. ¿Qué _____ (tener, yo) que hacer si no _____ (saber) el número de la revista?

V. 用括号里的词填空 (Rellena los espacios en blanco con las palabras entre paréntesis) :

1. Los estudiantes van a _____ libros a la biblioteca y los bibliotecarios se los _____.

   (prestar   pedir)

2. Si quieren _____ a Manolo, lo van a _____ en casa.

   (encontrar   buscar)

3. El abuelo _____ enfermo. _____ una gripe fuerte.

   (ser   estar)

4. La casa de Lucía _____ muy pequeña. Y _____ lejos de su oficina.

   (ser   estar)

5. Los padres _____ a los hijos a la escuela los lunes y los _____ a casa los viernes.

(llevar   traer)

6. —¿Adónde _____, Pepe?

— A casa. Pero _____ dentro de unos minutos.

(volver   ir)

7. Ya no _____ (nosotros) papeles. _____ comprarlos.

(tener   tener que)

8. En Beijing _____ muchas universidades. Pero sólo algunas _____ facultades de español.

(haber   tener)

9. —¿_____ es su apellido?

—Wang. Me llamo Wang Jun.

—¿_____ es? ¿Médico, profesor, funcionario ...?

—Soy funcionario.

(qué   cuál)

10. —¿_____ libros va a pedir?

—Cuatro. Y ¿_____ tengo que devolverlos?

—Dentro de un mes.

(cuánto   cuándo)

VI. 快速回答下列问题 (Contesta con rapidez a las siguientes preguntas):

1. ¿Quién me espera al lado del edificio?

2. ¿Nos explicas el texto en español?

3. ¿Van a llevar los papeles a la biblioteca?

4. ¿Vais a llevar las comidas al enfermo al hospital?

5. ¿Cuándo nos puedes traer el nuevo diccionario?

6. ¿Tienen ellos un coche pero no quieren prestároslo?

7. ¿Les escriben a ustedes en chino o en español?

8. ¿Pueden los lectores llevarse los libros a casa si quieren?

9. ¿Te va a recetar unas pastillas el doctor después de tomarte el pulso?

10. ¿Cuándo me puedes dar los títulos de aquellas revistas españolas?

11. ¿Tenemos que escribir nuestras preguntas y entregarlas al profesor?

12. ¿En cuál de las bibliotecas podemos encontrar algunos periódicos en chino?

13. ¿Cuáles de los libros tenemos que devolverle primero y cuáles después?

14. ¿A quién tenemos que entregar las llaves después de abrir la puerta?

VII. 请译成西班牙语 (Traduce al español):

今天是星期三。现在是下午两点半。李明和他的父亲去北京图书馆借书。图书馆里有许多读者。他们在看书、报或杂志。李明把书名和书号写在纸上,将它递给图书管理员。两分钟以后,她拿着书回来了,把它交给李明。"我必须在一个月内把书还给你们,是不是?"李明问小姐。小姐回答说:"是的。您必须在一个月内还书。"

李明的父亲想借几本英文杂志。"您只能在图书馆里看,不能带回家。""我知道。我就在这儿看。一小时以后还给您。"

VIII. 朗读课文,并背诵课文第一部分 (Lee el texto y aprende de memoria la primera parte del texto)。

LECCIÓN 11

IX. 听写（Dictado）。

X. 听力练习（Comprensión）。

第 十 二 课　LECCIÓN 12

复 习　REPASO

语法：**1.** 冠词、名词、形容词之间的一致关系
　　　2. 指量数词 1—100
　　　3. 动词 CONOCER 和 DECIR 的变位

课 文　TEXTO

LUCÍA Y EMA

I

Entre esos dos edificios hay un jardín. En el jardín están Lucía y Ema con sus hijos. La casa de aquélla está en este edificio alto y la casa de ésta, en aquél más bajo. Lucía es profesora de español. Tiene veinte alumnos. Todos son muy simpáticos e inteligentes. Lucía tiene dos horas de clase todos los días. Va al colegio por la mañana y vuelve a casa por la tarde.

Ema tiene una pequeña tienda. La tienda está al lado de su casa. En la tienda hay muchos artículos buenos y baratos. Cuando los vecinos necesitan alguna cosa, vienen a comprársela a Ema y ella se la vende. Ema abre la tienda temprano y la cierra tarde. Sólo puede descansar los sábados y domingos.

II

¿Dónde hay un jardín?

Hay un jardín entre esos dos edificios.

¿Quiénes están en el jardín?

Lucía y Ema están en el jardín.

¿Cuántos alumnos tiene Lucía?

Ella tiene veinte alumnos.

¿Cómo son los alumnos?

Son simpáticos e inteligentes.

¿Qué vienen a hacer a la tienda de Ema sus vecinos?

Ellos vienen a hacer compras.

¿Cuándo descansa Ema?

Ema descansa los sábados y domingos.

词 汇 表　VOCABULARIO

entre *prep.* 在……之间	artículo *m.* 商品
repaso *m.* 复习	barato *adj.* 便宜的
jardín *m.* 花园	cosa *f.* 东西
edificio *m.* 楼房	vecino *m.* 邻居
más *adv.* 更,更加	vender *tr.* 卖
todo *adj.* 所有的	temprano *adv.* 早
inteligente *adj.* 聪明的	cerrar *tr.* 关
colegio *m.* 学校	tarde *adv.* 晚,迟
tienda *f.* 商店	compra *f.* 买

语 法　GRAMÁTICA

一、冠词、代词、形容词和名词以及主语和动词之间的一致关系（**Concordancia de los artículos, pronombres, adjetivos y sustantivos así como el sujeto y el verbo**）：

性、数和人称的一致关系是西班牙语的重要组句手段。以下分两大类讲解：

I. 名词与其附加成份（冠词、代词、形容词）的性数一致关系。

例如：

>   *un* hospi*tal* limpi*o*,
>
>   un*a* chaquet*a* bonit*a*,
>
>   l*os* amig*os* mí*os*,
>
>   l*as* alumn*as* español*as*,
>
>   est*a* cas*a* pequeñ*a*,
>
>   est*os* pantalon*es* negr*os* y és*os* blanc*os*

II. 动词与主语的人称和数的一致关系。例如：

>   *Pepe es* español.
>
>   *Pepe y yo* trabaja*mos* en una fábrica.
>
>   *Ema y tú* ten*éis* que venir el domingo.
>
>   *¿Viven ustedes* en el centro de la ciudad?
>
>   *Nuestros padres* descans*an* hoy en casa.

应当注意的是,有时主语和动词的人称在表面上可以不一致。这主要取决于是否把说话人包括在主语之内。试比较下面两个例句：

>   *Los alumnos* estudi*an* mucho.
>
>   *Los alumnos* estudia*mos* mucho.

二、指量数词（**Numerales cardinales**）（1-100）：

uno	1
dos	2
tres	3
cuatro	4
cinco	5
seis	6
siete	7
ocho	8

nueve		9
diez		10
once		11
doce		12
trece		13
catorce		14
quince		15
dieciséis	(diez y seis)	16
diecisiete	(diez y siete)	17
dieciocho	(diez y ocho)	18
diecinueve	(diez y nueve)	19
veinte		20
veintiuno	(veinte y uno)	21
veintidós	(veinte y dos)	22
veintitrés	(veinte y tres)	23
veinticuatro	(veinte y cuatro)	24
veinticinco	(veinte y cinco)	25
veintiséis	(veinte y seis)	26
veintisiete	(veinte y siete)	27
veintiocho	(veinte y ocho)	28
veintinueve	(veinte y nueve)	29
treinta		30
treinta y uno		31
treinta y dos		32
cuarenta		40
cincuenta		50
sesenta		60
setenta		70

ochenta	80
noventa	90
cien (ciento 超过一百时用)	100

I. 指量数词 16 – 19, 21 – 29 可以有两种写法,即连写成一个词或分开写成三个词。其中, dieci**é**is, veintid**ó**s, veintitr**é**s, veintis**é**is 等连写时带重音符号。

II. 指量数词可以作为形容词或代词。用作形容词时置于名词之前。例如:

En este colegio hay ***treinta*** profesores.

Mi hermana viene de la tienda con ***dos*** blusas nuevas.

用作代词时,指量数词可以和定冠词或前置词词组合用,也可以单独使用。例如:

El tiene ***tres*** hermanos. ***Los tres*** viven en otra ciudad.

En la oficina trabajan ***cinco*** señoritas. ***Dos de ellas*** saben español.

—¿Cuántas pastillas tiene que tomar el enfermo?

—***Tres.***

III. 数词 uno 在阳性名词前去掉词尾 o,变成 ***un***。如:***un*** estudiante, ***un*** hospital。在阴性名词前变为 ***una***。如:***una*** oficina, ***una*** farmacia。上述规则同样适用于所有个位数为 1 的数词。如:veniti***ún*** (veinte y ***un***) jóvenes; veinti***una*** (veinte y ***una***) bibliotecarias; treinta y ***un*** estantes; treinta y ***una*** plumas。

IV. 数词 ciento 只有在计数时使用。当用作形容词或名词时,它便失去最后一个音节 to,变为 ***cien***。如:***cien*** enfermos; ***cien*** horas。

三、不规则动词 DECIR 和 CONOCER 的陈述式现在时的变

位 (Conjugación de los verbos irregulares *Decir* y *Conocer* en presente de indicativo) :

I. Decir

yo	digo	nosotros, tras	decimos
tú	dices	vosotros, tras	decís
él		ellos	
ella	dice	ellas	dicen
usted		ustedes	

II. Conocer

yo	conozco	nosotros, tras	conocemos
tú	conoces	vosotros, tras	conocéis
él		ellos	
ella	conoce	ellas	conocen
usted		ustedes	

练 习　EJERCICIOS

I. 拼读下列音节和单词 (Deletrea las siguientes sílabas y palabras) :

pa　pe　pi　po　pu
ba　be　bi　bo　bu
va　ve　vi　vo　vu

pata, bata, vaso, paño, baño, en vano, pasto, basta, vasto

Pepe, bebe, ven, peso, beso, velo, peste, bestia, vestido

pino, binomio, vino, pisado, bisonte, visado, copio, labio, gaviota, copo, cabo, lavo, cono, abono, votos, polvo, bolsa, volteo

puro, buró, vuela, pulso, bulto, vulgo, puesto, bueno, vuestro

II. 连接下列单词,并添加不定冠词;然后再将词组变为复数,同时加 定 冠 词 (Une las siguientes palabras en estructuras sintácticas con el artículo indeterminado y luego conviértelas en plural con el artículo determinado):

Ejemplos: chaqueta, limpio: una chaqueta limpia;

las chaquetas limplias.

1. casa, bonito _____
2. texto, difícil _____
3. edificio, alto _____
4. hombre, bajo _____
5. enfermera, simpático _____
6. jardín, pequeño _____
7. vecino, amable _____
8. alumno, inteligente _____
9. mecánico, joven _____
10. mujer, mayor _____

III. 连接下列数词与形容词和名词,组成词组 (Forma grupos sintácticos con los siguientes numerales cardinales, sustantivos y adjetivos):

1. un, tienda, pequeña _____
2. dos, pregunta, difícil _____
3. cinco, jardín, bonito _____

4. ocho, fábrica, grande _____

5. diez, alumno, chino _____

6. once, sala, feo _____

7. catorce, armario, limpio _____

8. quince, chaqueta, azul _____

9. veintiuno, blusa, negro _____

10. treinta y uno, coche, nuevo _____

11. cuarenta y uno, mecánico, joven _____

12. cincuenta y uno, universidad, español _____

13. setenta y uno, mujer, enfermo _____

14. ciento, estudiante, inteligente _____

15. ciento, casa, bajo _____

IV. 仿照例句快速回答下列问题（Contesta con rapidez a las siguientes preguntas según el modelo）:

Modelo: ¿Compras comidas en este mercado?

Sí, compro comidas en este mercado.

Sí, las compro en este mercado.

1. ¿Conocéis a ese hombre bajo y rubio?

2. ¿Conoces a los profesores de nuestra facultad?

3. ¿Abre Ema la tienda temprano o tarde?

4. ¿Vende Ema ropas y comidas a los vecinos?

5. ¿Te vende la farmacéutica（药剂师）pastillas si no tienes la receta del doctor?

6. ¿Dónde puedo encontrar al señor López, en el jardín o en la tienda?

7. ¿Queréis cerrar la biblioteca ahora porque tenéis prisa?

8. ¿Tenemos que cerrar la sala y entregar la llave al profesor?

9. ¿Puede encontrarme el diccionario si le digo el título de él?

10. ¿Quién puede decirme el nombre y apellido del mecánico?

11. ¿Le tengo que dar el papel a Luis si lo veo en la facultad?

12. ¿Quieren ustedes ver la película por la mañana o por la tarde?

V. 用适当的前置词或前置词和冠词的缩合形式填空（**Rellena los espacios en blanco con preposiciones o forma contracta del artículo y preposiciones**）:

1. El abuelo lleva _____ el niño _____ el jardín.

2. Hoy _____ la tarde vamos _____ el centro de la ciudad.

3. La oficina _____ Ana está _____ aquel edificio alto.

4. Son las once _____ la mañana. Vamos a casa.

5. ¿_____ cuál _____ ellos tenemos que hablar?

6. ¿Cuántos alumnos están dentro _____ la habitación?

7. _____ favor, ¿dónde está la biblioteca _____ vuestra universidad?

8. _____ los dos edificios hay un bonito jardín.

VI. 用适当的宾格或与格代词填空（**Rellena los espacios en blanco con los adecuados pronombres acusativos o dativos**）:

1. Aquí están las revistas. Puede leer _____.

2. ¿Quién es la señorita rubia? No _____ conozco.

3. Estas palabras no _____ conocemos. ¿Puede explicar _____?

4. El hombre pregunta a la mujer, pero ésta no _____ contesta.

5. Si alguien llama a la puerta, ¿_____ abro?

6. Luis tiene coche. ¿Por qué no _____ pedimos?

7. (A vosotros) _____ presto la llave. Pero ¿cuándo _____ devolvéis?

8. Luisa compra el sofá y Ema _____ vende.

9. ¿Son vuestras las plumas? _____ doy ahora mismo.

10. ¿Venís conmigo? Bien, _____ espero a la puerta.

VII. 朗读下列句子,注意语音和语调 (**Lee las siguientes oraciones, prestando atención a la pronunciación y entonación**):

1. Luis y Pepe son hermanos. Luis es rubio y Pepe es moreno.

2. Ema tiene una tienda pequeña. Su marido, Paco, es mecánico.

3. Mi casa está en aquel edificio bajo. Tiene tres dormitorios y una sala.

4. Manolo, Ana, Renato y yo somos de esta facultad.

5. Allí hay un bonito jardín. ¿Por qué no vamos a pasear?

6. ¿Sabes español? ¿Dónde lo estudias?

7. ¿Estás mal? ¿Tienes fiebre? Ahora te llevamos al hospital.

8. ¿Por qué los alumnos van a la escuela el sábado por la tarde?

9. ¿Por qué la enfermera lee la receta y después habla con el médico?

10. ¿Qué van a hacer ustedes el domingo si no quieren ver la película?

VIII. 请将下列句子译成西班牙语 (**Traduce las siguientes oraciones al español**):

1. 西班牙语系有100名学生: 61 名男生, 39 名女生。很多学生是北京人。有一些来自其他城市。

2. "几点了?"

"12 点差一刻。我们去吃饭吧。"

3. 她的一个叔叔是理发师, 54 岁,住在上海。这个星期天来看她。

4. 那些年青人不愿上课,因为他们的老师讲解得很差。他们向老师提问题,他也不回答。

5. "哪一件上衣是你的:这件白的,那件红的,还是那件黑的?"

"那件黑的是我的。这件白的是露西亚的。"

6. 那位先生用铅笔在纸上写了几个字,把它交给了女公务员。她看了看,把它递给了我。

7. "你应该把这事告诉你丈夫。"

"他病了。在发烧。我不能告诉他。"

8. "房子不小,而且很干净。里面有一个厅,两个卧室,一个厨房和一个卫生间。"

"在什么地方?"

"在你们大学旁边。"

X. 朗读课文, 并背诵课文第一部分 (Lee el texto y aprende de memoria la primera parte del texto)。

X. 听写 (Dictado)。

XI. 听力练习 (Comprensión)。

第 十三 课　LECCIÓN 13

语法：**1.** 陈述式现在时

　　　2. 代词式动词(Ⅰ)

　　　3. 时间从句（CUANDO）

课文　TEXTO

MIS PADRES

I

　　Somos cuatro en familia: mi padre, mi madre, mi hermana y yo. En invierno mi abuela viene a vivir unos meses con nosotros. Ella vive en el campo.

　　Mi padre tiene cuarenta y cinco años. Es profesor. Trabaja en una escuela secundaria. Mi madre, de cuarenta y tres años, es médica de un hospital. De lunes a viernes ellos se levantan muy temprano, a las seis o a las seis y cuarto. Se visten, hacen la cama, se asean; todo lo[1] hacen muy rápido. Luego ella entra en la cocina y empieza a preparar el desayuno. Él se ocupa en limpiar la casa. Va de una habitación a otra. Cuando todo está listo nos despiertan a mí[2] y a mi hermana. Después de desayunar todos salimos. Mis padres van a su trabajo y mi hermana y yo vamos a nuestras escuelas.

No podemos almorzar juntos en casa, porque mis padres no regresan hasta muy tarde. Nos reunimos a cenar a las siete y media. Vemos la televisión media hora y luego nosotros, los hijos, leemos y estudiamos. Por la noche, mis padres todavía tienen mucho que hacer. Siempre están muy ocupados. Cuando se duchan y se acuestan ya es casi la medianoche.

Yo ya soy mayor. Pienso ayudarlos por lo menos en algunos quehaceres.

II

—Susana, ¿vives con tus padres?

—Sí. No sólo yo, sino también mis dos hermanos.

—¿Son mayores ya tus padres?

—No tanto. Él tiene cincuenta y dos, y ella, cincuenta.

—¿Qué es tu padre? ¿Ingeniero?

—No, él es empresario.

—Y tu madre, ¿también trabaja?

—No, ella es ama de casa.

—Entonces, no necesita levantarse muy temprano, ¿no es cierto?

—¡Qué va! En casa ella se levanta antes que nadie. Siempre tiene mucho que hacer.

—Cierto, todas las madres son así. Seguro que ella también se acuesta muy tarde.

—Efectivamente. Cuando ella se ducha y se prepara para dormir, ya todos estamos en la cama.

注 释　NOTAS

1. lo: 第三人称宾格代词的中性形式, 无复数。在这里复指位移到动词之前的 todo。
2. a mí: mí 是第一人称代词单数的夺格形式, 必须与前置词连用。

词汇表　VOCABULARIO

invierno *m.*	冬天	desayuno *m.*	早饭
campo *m.*	农村, 田野	ocuparse *prnl.*	
secundario *adj.*	中级的		忙于(做某事)
levantarse *prnl.*	起床	limpiar *tr.*	打扫, 清洁
vestirse *prnl.*	穿衣	otro *adj.*	另一个
hacer la cama	整理床铺	listo *adj.*	停当, 好了
asearse *prnl.*	洗漱	despertar *tr.*	叫醒
rápido *adv.*	快	desayunar *tr.*	吃早饭
entrar *intr.*	进入	salir *intr.*	离开, 出去
empezar *tr.*	开始	almorzar *tr.*	吃午饭
preparar *tr.*	准备	junto *adj.*	一起

LECCIÓN 13

regresar *intr.* 回来,返回

hasta *prep.* 直到

reunirse *prnl.* 会集,聚集

cenar *tr.* 吃晚饭

televisión *f.* 电视

tener mucho que hacer
　　有许多事情要做

siempre *adv.* 永远,总是

ocupado *p. p.* 忙碌,忙于

ducharse *prnl.* 淋浴

medianoche *f.* 半夜

acostarse *prnl.* 上床

pensar *tr.* 想

ayudar *tr.* 帮助

quehacer *m.* 事情,家务

no sólo... sino también
　　不仅……而且

tanto *adv.* 如此,这样

empresario, ria *m.* , *f.* 企业家

ama de casa 家庭主妇

cierto *adj.* 确实的

qué va 哪里,哪哟

entonces *adv.* 于是,那么

antes que nadie 比(谁)都早

seguro *adv.* 肯定,保准

efectivamente *adv.*
　　确实如此

así *adv.* 这样

不 规 则 动 词 VERBOS IRREGULARES

vestir(se)　　　Se conjuga como *pedir.*

empezar　　　　Se conjuga como *cerrar.*

despertar(se)　Se conjuga como *cerrar.*

acostar(se)　　Se conjuga como *almorzar.*

pensar　　　　　Se conjuga como *empezar.*

salir　　　　　　*salgo* , *sales* , *sale* , *salimos* , *salís* , *salen.*

almorzar　　　　*almuerzo* , *almuerzas* , *almuerza* ,
　　　　　　　　　almorzamos , *almorzáis* , *almuerzan.*

dormir　　　　　*duermo* , *duermes* , *duerme* , *dormimos* ,
　　　　　　　　　dormís , *duermen.*

词汇 LÉXICO

I. levantar(se)

A. *tr.* 举起

1. Niño, eres muy pequeño; no puedes levantar esa silla.

2. Susana, ¿quieres levantar el sofá? Te ayudo.

B. *prnl.* 起床

1. ¿A qué hora te levantas todos los días?

2. Ellos dos se levantan muy temprano.

3. Mi madre es la primera en levantarse.

II. vestir(se)

A. *tr.* 给……穿衣

1. La madre despierta a la niña y la viste.

2. Mi abuelo está muy enfermo. Yo tengo que vestirlo todas las mañanas.

B. *prnl.* 穿衣

1. Todos nos levantamos muy temprano y nos vestimos rápido.

2. La mujer se despierta, se viste, se levanta y entra en la cocina.

III. todo

A. *adj.* 所有的

1. Les traigo todas las revistas.

2. Todos estos libros son míos.

3. Me levanto a las seis y media todas las mañanas.

4. ¿Conoces a todos los profesores?

      5. Toda la familia vive en esta casa.

  B. *pron.*   全部,全体

      1. ¿Todos sois de la misma facultad?

      2. Todos queremos ir allá.

      3. Todo está listo. Ya podemos comer.

IV. nada   *pron.*

  A. 用在带否定词的动词之后，加强否定语气：

      1. —¿Quieres comer algo（一些,一点）?

          —Gracias, no quiero comer nada.

      2. —¿Ven algo al otro lado?

          —No, no vemos nada.

  B. 用在动词之前,表示否定：

      1. Si no quieres saber nada, nada te digo.

      2. Estoy enferma. Nada puedo hacer.

  C. 单独用在答句中,表示否定：

      1. —¿Qué le traes?

          —Nada.

      2. —¿Qué quieres decirme?

          —Nada.

语 法　GRAMÁTICA

一、陈述式现在时的用法（Usos del presente de indicativo）：

I. 表示说话的时候正在进行的动作或发生的事件。例如：

Estudiamos un nuevo texto en esta clase.

Ahora la profesora explica las nuevas palabras.

II. 以说话的时候为基点,向其前后延伸的一个时段里惯常的动作或事件,例如:

Estos días tengo mucho que hacer; no puedo leer nada.

Estas semanas los niños no van al colegio.

二、代词式动词 (Verbos pronominales):

句中的名词如是动作的执行者,称作**施事**;若是承受者,则称作**受事**。有时它可能身兼二职,同时充当**施事**和**受事**。此时,在西班牙语中,与之相关的动词用代词式,即根据不同人称带相应的代词:

	单　数	复　数
第一人称	me	nos
第二人称	te	os
第三人称	se	se

课文中的 se levantan, se visten, se asean 均属这种用法,意思是:**自己把自己抬起来,自己给自己穿衣,自己给自己洗漱**,等等。所以有些语法教科书上也将之称为**自复动词**或**自反动词**,表示**动作返回施事本身**。如果施事是人或动物,绝大多数及物动词的代词式都具有这种含义。不过这只是代词式动词所涵盖的语义范围的一部分,所以还是用代词式这个较为宽泛的术语来称呼更适宜一些。这个问题我们将在以后陆续涉及。

例句表明,代词置于变位动词之前。如果代词式动词是原形动词,则代词置于其后,并与之连写。例如:

Tienes que **levantarte.** (O: Te tienes que levantar.)

Voy a **acostarme.** (O: Me voy a acostar.)

三、时间从句（Oración subordinada temporal）：

时间从句表示主句动作发生的时间，借助连词与主句衔接。cuando 是常用的连词之一，不重读。例如：

Cuando trabajo, él descansa.

Juan entra cuando leemos.

练习　EJERCICIOS

I. 将下列原形动词变为陈述式现在时（Conjuga en presente de indicativo los siguientes infinitivos）：

1. entrar, preparar, regresar, desayunar, cenar, necesitar;
2. empezar, despertar, almorzar;
3. salir, discutir, escribir, vivir;
4. levantarse, vestirse, asearse, ocuparse, reunirse, ducharse, acostarse.

II. 按所给模式，将原形动词变为陈述式现在时的所有人称（Conjuga en todas las personas del presente de indicativo los infinitivos dados según los modelos）：

1. *Me* levanto.　　Voy a levantar*me*.

   levantarse, vestirse, asearse, reunirse, ducharse, acostarse

2. *Los* despierto.　　Voy a despertar*los*.

   auscultar, buscar, cerrar, comentar, comer, comprar, encontrar, escribir, estudiar, guardar, hacer.

3. No *se lo* doy.　　No quiero dár*selo*.

   devolver, explicar, leer, llevar, pasar, pedir, prestar, recetar, traer, vender

III. 把原形动词变为适当的时态和人称（**Pon el infinitvo en el tiempo y persona correspondiente**）:

1. Ahora (buscar, yo) _____ un lápiz para escribir.

2. Todos los días, en clase el profesor (hacer) _____ preguntas y los alumnos (contestar) _____ .

3. Estos días (estudiar, nosotros) _____ mucho y (descansar) _____ poco.

4. (Ser) _____ una buena película. (Tener, tú) _____ que verla.

5. ¿Cuándo (poder, ustedes) _____ devolverme las revistas?

6. ¿(Hablar, vosotros) _____ español?

7. ¿Dónde (guardar) _____ los niños sus cosas?

8. Todas las mañanas (leer, nosotros) _____ media hora antes de empezar las clases.

9. ¿Quiénes (trabajar) _____ con ustedes?

10. ¿(Querer) _____ pedirme algunos libros?

IV. 用连词 **cuando** 衔接两个简单句（**Enlaza las dos oraciones simples mediante** *cuando*）:

> **Ejemplo:** **La profesora te hace preguntas. Tienes que contestar.**
>
> **Cuando la profesora te hace preguntas, tienes que contestar.**

1. No quiero discutir. Como.

2. Mi madre prepara el desayuno. Nos despertamos.

_____

3. Sales de la habitación. Tienes que cerrar la puerta.

_____

4. Ellos trabajan. Tú descansas.

_____

5. Empezamos a preparar la cena. Regresan nuestros padres.

_____

6. Me despierto. Mi hermana está en la cocina.

_____

7. Podemos ver la televisión. Nos reunimos en la cena.

_____

8. Mi prima limpia la casa. Yo la ayudo.

_____

9. Mi amiga tiene algún buen libro. Siempre me lo presta.

_____

10. Necesito alguna ropa. La busco en el armario.

_____

V. 仿照所给模式,用各组词汇造句 (**Forma oraciones con las palabras dadas según el modelo**):

    Modelo: **La madre levanta a los niños.**

             La madre se levanta.

1. tú, despertarme a mí.

_____

2. yo, vestir a mi hermanita.

_____

3. el padre, asear al hijo.

_____

4. la abuela, duchar a los niños.

_____

5. vosotros, levantarnos a nosotros.

_____

6. la madre, acostar a la niña.

_____

7. nosotros, reunir los libros

_____

LECCIÓN 13

VI. 回答下列问题（**Contesta a las siguientes preguntas**）：

1. ¿Cuántos sois en tu familia?

2. ¿Quiénes son?

3. ¿Tienes abuelos? ¿Viven ellos con vosotros?

4. ¿Qué edad tiene tu padre? ¿Qué es él? ¿Y tu madre?

5. ¿Vives en casa o en la Universidad?

6. ¿A qué hora se levantan tus padres? ¿Qué hacen después de levantarse?

7. ¿Te levantas antes que ellos?

8. ¿Quién prepara el desayuno en tu casa?

9. ¿Cuándo empiezan a trabajar tus padres?

10. ¿A qué hora empiezan tus clases?

11. ¿Podéis almorzar juntos en casa?

12. ¿Cuándo podéis reuniros toda la familia?

13. ¿Qué hacéis después de la cena?

14. ¿A qué hora te acuestas tú?

15. ¿Cuántas horas duermes al día?

VII. 用 **nada** 或 **todo** 的适当形式填空（**Rellena los espacios en blanco con *nada* o con las adecuadas formas de *todo***）：

1. "¿Qué hay sobre esa mesa?"

   "Sobre ella no hay _____ ."

2. "¿Quiénes quieren ir a la biblioteca?"

   "_____ queremos ir allí. "

3. Yo conozco a _____ los profesores.

4. Abro el armario, pero no veo _____ dentro.

5. ¿Piensas leer _____ estas revistas?

6. Por la noche puede reunirse _____ la familia.

7. Yo no sé _____. _____ puedo decirte.

8. Aquí guardo _____ mis libros.

9. Ellos se ocupan de la limpieza de _____ el edificio.

10. Hoy ella está enferma. _____ puede hacer.

VIII. 用适当的前置词或前置词和冠词的缩合形式填空 (**Rellena los espacios en blanco con la preposición adecuada o la forma contracta del artículo y las preposiciones**) :

1. No quiero decir eso _____ el abuelo.

2. Por la noche, los alumnos estudian _____ la biblioteca.

3. ¿Qué hay _____ la mesa?

4. Nos reunimos _____ comentar la película.

5. ¿ _____ quién son estas llaves?

6. Estos niños vienen _____ el colegio.

7. Su primo trabaja _____ una fábrica _____ papel.

8. ¿ _____ quién vive usted?

9. Todos los días salimos _____ casa _____ muchos libros.

10. Tienes que llevar estas revistas _____ la profesora.

IX. 根据情况和需要用定冠词或不定冠词填空 (**Rellena los espacios en blanco con el artículo determinado o indeterminado según convenga y sea necesario**) :

1. ¿Qué vamos a hacer en _____ clase de hoy?

2. Vamos a repasar _____ lección.

3. Allá hay _____ edificio. ¿Viven ustedes en él?

4. Mis revistas están sobre la mesa. ¿Dónde están _____ tuyas?

5. Fuera de clases leemos _____ periódicos, revistas y

novelas（小说）.

6. Hablamos mucho en _____ español.

7. Nuestra facultad está en este edificio. ¿ _____ vuestra también?

8. Escribo a mis padres（写信）. ¿ También escribes a _____ tuyos?

9. ¿Tienen _____ clases de español esta mañana?

10. Al mediodía no podemos almorzar juntos en _____ casa.

X. 请将下列句子译成西班牙语（**Traduce al español las siguientes oraciones**）：

1. 我每天6点半起床。我弟弟7点起床。

2. 小家伙，你是自己穿衣服还是妈妈给你穿？

3. 所有这些书都是你的。

4. 好吧，我把一切都告诉你们。

5. "这个房间里有什么？"
   "什么也没有。"

6. 他什么也不想干，就想睡觉。

7. "你想吃点什么？"
   "什么也不想吃。"

8. 大家都在教室里。

9. 每天我们穿好衣服之后马上洗漱。

10. 你们每天都这么早醒来吗？

XI. 列举你所知道的亲属名称，并为他们每人安排一种职业，然后再谈谈他们之中一些人的每日活动（**Enumera los nombres de parentesco que conozcas y asígnale a cada uno de ellos una profesión. Por ejemplo**：*Mi tío es ingeniero. Mi prima es* *obrera.* **etc. Luego habla de lo que hacen algunos de ellos todos los días.)** 。

XII. 针对斜体部分提问（Haz preguntas referentes a la parte en cursiva）：

1. Somos *cinco* en familia.

_____

2. *Cada invierno* mi abuela viene a vivir con nosotros.

_____

3. Ella vive *en el campo.*

_____

4. Mi madre tiene *cuarenta y tres años.*

_____

5. Todos los días ellos se levantan *a las seis.*

_____

6. Todo lo hacen *muy rápido.*

_____

7. Mi padre se ocupa en *limpiar toda la casa.*

_____

8. *Cuando todo está listo* nos despiertan a mí y a mi hermana.

_____

9. Ellos van a *su oficina.*

---

10. No podemos almorzar juntos en casa, *porque mis padres no regresan hasta muy tarde.*

---

11. Vemos la televisión *media hora.*

---

12. Pienso *ayudarlos por lo menos en algunos quehaceres.*

XIII. 双人快速口头练习 (Practica oralmente con fluidez los siguientes ejercicios con algún compañero) :

1. 听同伴说出下列短语后, 立即加上 todo 的适当形式 (Completa con la forma adecuada de *todo* una vez que tu compañero haya formulado las siguientes expresiones) :

Ejemplo: la semana - *toda* la semana

las camisas, las chaquetas, el colegio, los cocineros, los coches, el domingo, el edificio, la escuela, el estante, los estudiantes, la facultad, las fábricas, las farmacias, la habitación, los hospitales, el jardín, los jueves, la mañana, el mes, las mujeres, los obreros, las palabras, las preguntas, las profesoras, los sábados, la universidad, los vecinos, nosotros, vosotras.

2. 同伴说出动词后,请立即改换人称 (Cambia de persona de los verbos que tu compañero te vaya diciendo) :

Ejemplo: **Me levanto a las seis y media.** *- Te levantas* **a las seis y media.**

Te ayudo. *- Me ayudas.*

nos levantamos temprano, os vestís rápido, te aseas, le presto el libro, ellos nos despiertan, se reúnen ellas, piensas ayudarme, os acostáis tarde, él se ducha por la noche, te hago una pregunta, me devuelves las revistas, nos ocupamos en eso, ella te explica la lección, él te pasa el lápiz, te vendo el coche.

XIV. 口语训练参考题 (**Algunos temas para la práctica oral**) :

1. Conversación sobre la familia;

2. ¿Qué haces todos los días?

3. ¿Qué hace todos los días algún amigo tuyo?

XV. 笔录上述任何一题的内容 (**Redacta sobre cualquiera de los temas mencionados**) 。

第 十四 课　LECCIÓN 14

语法: 1. 代词式动词 (II)
2. 条件从句(SI)
3. 原因从句 (PORQUE)
4. 连词 Y 的变体 E

课 文　TEXTO

ACERCA DEL HORARIO

I

En todas partes debe haber un horario. Según él se efectúan[1] las actividades diarias. En China, por ejemplo, mucha gente tiene que levantarse antes de las siete. Claro, tú puedes levantarte un poco más temprano o un poco más tarde. Pero recuerda[2] : tu trabajo o tus clases comienzan a las ocho en punto. Los sábados y domingos el horario puede ser un poco diferente. En algunos países cambia el horario según estaciones.

Después de levantarnos, nos lavamos, nos cepillamos los dientes, nos peinamos y preparamos el desayuno. Luego de tomarlo, vamos a la oficina o a las escuelas.

En la Universidad tenemos cuatro clases por la mañana. Entre clase y clase hay diez minutos de recreo. Pero entre las primeras dos y las últimas dos[3] el recreo es un poco más largo: dura veinte minutos.

Almorzamos a las doce. Al mediodía podemos descansar algún tiempo. Unos prefieren echar una breve siesta y otros no.

Por la tarde, a la una y media o a las dos volvemos a estudiar o trabajar.

A partir de las cuatro y media, hacemos deportes hasta la hora de la cena. Cenamos entre las seis y seis y media.

Por la noche, si no tenemos clases, vamos a la biblioteca a leer o repasar las lecciones. A las diez, nos acostamos. Dormimos ocho horas diarias.

II

—Tomás, ¿tenéis en España un horario igual que aquí?

—No, bastante diferente.

—¿Cuál es la diferencia?

—Nos levantamos tarde, porque no nos acostamos tan temprano como aquí.

—¿A qué hora se levantan tus padres, por ejemplo?

—A las ocho. Después de vestirse y asearse, toman el desayuno. Luego van al trabajo.

—Deben comenzar a trabajar a las nueve.

—Sí, o a las nueve y media.

—¡Es muy tarde! ¿A qué hora se almuerzan entonces?

—En España decimos "comida". Comemos entre las dos y las tres.

—Entonces los españoles debéis cenar a las ocho de la tarde.

—¡Qué va! Cenamos a las nueve, nueve y media, e incluso a las diez de la noche.

注 释 NOTAS

1. se efectúan las actividades diarias：受事作主语,动词用代词式(加 se),与受事主语保持数和人称的一致。

2. recuerda：动词 recordar 的命令式第二人称单数。

3. las primeras dos y las últimas dos：las primeras dos clases y las últimas dos clases.

词 汇 表 VOCABULARIO

acerca de　关于	trabajo　*m.*　工作
horario *m.*　作息时间,时刻表	clase　*f.*　课,课时
parte　*f.*　部分,地方	comenzar　*tr.*　开始
deber　*tr.*　应该,想必	diferente　*adj.*　不同,有别的
según　*prep.*　根据	país　*m.*　国度,国家
efectuar　*tr.*　开展,实行	cambiar　*intr.*　变化,改换
actividad　*f.*　活动	estación　*f.*　季节
por ejemplo　比如	lavarse　*prnl.*　洗脸
gente　*f.*　人,人们	cepillar　*tr.*　刷
antes　*adv.*　以前,之前	diente　*m.*　牙齿
un poco más　较……多一点	peinarse　*prnl.*　梳头
recordar　*tr.*　记忆,记住	tomar　*tr.*　拿起;(此处)吃

LECCIÓN 14

por la mañana　上午

recreo　*m.*　休憩

primero　*adj.*　第一

último　*adj.*　最后的

durar　*intr.*　持续

al mediodía　中午

bastante　*adj.*　相当的

tiempo　*m.*　时间

preferir　*tr.*　喜欢，偏爱

echar siesta　睡午觉

breve　*adj.*　短暂的

volver a + *inf.*　重新 (做某事)

tarde　*f.*　下午

a partir de　从……起

deporte　*m.*　体育活动

cena　*f.*　晚饭

igual que　跟……一样

diferencia　*f.*　区别

algo　*pron.* ; *adv.*

　　一些；一点

tan ... como　跟……一样

almuerzo　*m.*　午饭

incluso　*adv.*　甚至

不规则动词　VERBOS IRREGULARES

recordar　　Se conjuga como *almorzar.*

comenzar　　Se conjuga como *empezar.*

efectuar　　(虽是规则动词，但变位时须加重音符号)：

　　　　　　efectúo , *efectúas* , *efectúa* , *efectuamos* , *efectuáis* ,

　　　　　　efectúan.

preferir　　*prefiero* , *prefieres* , *prefiere* , *preferimos* , *preferís* ,

　　　　　　prefieren.

词汇　LÉXICO

I. mucho (poco)

　　A. *adj.*　多 (少)

    1. Tenemos muchas revistas y pocos libros.

    2. En nuestra facultad no hay muchos alumnos.

B. *pron.* 许多

    1. Muchos de mis amigos estudian en las universidades.

    2. Viven (vivimos) aquí muchos de nosotros.

C. *adv.* 多(少)

    1. Nuestro profesor trabaja mucho y descansa poco.

    2. Mi hermano come mucho.

II. entre *prep.* 在······之间

    1. Entre esos dos edificios hay un jardín.

    2. Podemos reunirnos entre las seis y media y las siete.

    3. Vamos a levantar esta mesa entre tú y yo.

III. alguno

A. *adj.* 一(个,些),某(个,些)

    1. ¿Puedes prestarme algún libro?

    2. Profesora, quiero hacerle algunas preguntas.

    3. Vienen a verme algunos amigos.

B. *pron.* 一(个,些),某(个,些)

    1. Si necesitas lápices, aquí tengo algunos.

    2. Algunas de tus amigas quieren ir al campo.

IV. volver

A. *intr.* 返回,回(来,去)

    1. Vamos a la oficina por la mañana y volvemos a casa por la tarde.

    2. Luisa sale a las ocho. ¿A qué hora vuelve?

B. volver a + *inf.* 重新,再次(做某事)

    1. Después de descansar unos minutos, volvemos a trabajar.

    2. Después de la cena, vuelve a leer.

语 法　GRAMÁTICA

一、代词式动词 (Verbos pronominales) :

不仅宾格受事(直接宾语)与施事重叠时要用代词式动词,与格受事(间接宾语)与施事重叠时也要用代词式动词。如:nos cepillamos los dientes, me lavo las manos. 这两句中跟施事重叠的分别是与格受事 nos 和 me, 因为宾格受事的位置为 los dientes 和 las manos 占据。

二、条件从句(Oración subordinada condicional) :

条件从句表示完成主句动作所依赖的条件。主句和从句通过连词 si 衔接。从句可在主句前,也可在主句后。例如:

Si quieres, vamos a comer.

Vamos a comer si quieres.

三、原因从句 (Oración subordinada causal) :

原因从句表示主句动作发生的原因。如果使用连词 porque 则置于主句之后。例如:

Mis abuelos no trabajan porque son muy mayores.

四、连词 y 的变体 e (e , variante de la conjunción y) :

如果连词 y 后面的单词以 i 或 hi 开头,为避免拗口的 y-i 连读,应使用其变体 e。例如:

Cenamos a las nueve, nueve y media, **e incluso** a las diez de la noche.

Mi amigo habla español **e inglés.**

练习 EJERCICIOS

I. 将动词变为陈述式现在时（**Conjuga los verbos en presente de indicativo**）：

1. *efectuar*, recordar, comenzar, descansar, echar, repasar, almorzar；

2. deber, *preferir*, volver, leer, dormir, salir；

3. *levantarse*, lavarse, cepillarse los dientes, peinarse, acostarse；

4. prepararlo, estudiarlas, tomarlo, quererla, dársela, *enseñárselos*, *pedírselas.*

（斜体动词笔头做）

II. 仿照所给模式,将动词变为陈述式现在时（**Conjuga los verbos en presente de indicativo según los modelos**）：

Modelos：*Te* **levantas antes de las siete.**
Tienes que levantar*te* antes de las siete.

1. despertarse, ducharse, lavarse, cepillarse los dientes, vestirse, peinarse；

2. comenzarla, ayudarlo, recordarlo, prepararlas, echarlos, leer-

LECCIÓN 14

las, repasarlos, abrirlo, cerrarlas, devolvérselo, explicárselo, llevárselos

---

III. 将原形动词变为适当的时态和人称 (Pon el infinitivo en el tiempo y la persona correspondiente) :

1. Cuando vemos una película, la (comentar) _____.
2. Su tía (comprar) _____ ropa en esa tienda.
3. ¿Tus libros? Ahora mismo te los (devolver, yo) _____.
4. Profesora, ¿ qué (estudiar, nosotros) _____ en esta clase?
5. Sus amigos (trabajar) _____ en aquella fábrica.
6. ¿De qué farmacia nos (querer, tú) _____ hablar?
7. Estos meses su abuela (vivir) _____ en el campo.
8. Cuando no tenemos clases, (leer) _____ en la biblioteca.
9. ¿(Cepillarse, tú) _____ los dientes por la mañana o por la noche?
10. Los niños (lavarse) _____ las manos (手) antes de comer.

IV. 用连词 si 或 porque 衔接两个简单句 (Enlaza las dos oraciones simples con las conjunciones si o porque según convenga) :

Ejemplo: Los españoles se levantan tarde. Ellos no se acuestan tan temprano como aquí.

Los españoles se levantan tarde, *porque* no se acuestan tan temprano como aquí.

1. Tú quieres. Te puedo ayudar.

2. No tenemos clases. Vamos a la biblioteca.

3. Tienes que levantarte antes de las siete y media. Las clases comienzan a las ocho en punto.

4. En las dos oficinas, el trabajo no empieza a la misma (同一个) hora. Tienen diferentes horarios.

5. Prefieres echar una siesta. Puedes hacerlo en este sofá.

6. Ahora podemos ir al dormitorio. El recreo es bastante largo.

7. Usted piensa comer algo. Va a encontrar comida en la cocina.

8. No descanso bien al mediodía. No puedo trabajar por la tarde.

_____

9. Él no te va a decir nada. Nada sabe.

_____

10. Quieres ir a hacer deportes. Vamos a hablar de eso por la noche.

_____

V. 用所给单词造句，根据需要设法用上连词 **si** 或 **porque**（Forma oraciones tratando de utilizar *si* o *porque*, según convenga）:

1. peinarme rápido, tener poco tiempo.

_____

2. no saber nosotros qué ir a hacer, no encontrar al profesor.

_____

3. no poder dormir por la noche el joven, ser su primer día en la universidad.

_____

4. tener que ir a acostarse, nosotros, ya（已经）ser medianoche.

_____

5. querer, tú, ducharse, ahí estar el cuarto de baño.

_____

6. todo estar listo, ir yo a despertar a los niños.

_____

7. no poder, nosotros, cenar juntos, mis padres regresar muy tarde.

_____

8. hoy, no poder salir yo, tener mucho que hacer.

_____

9. querer tú, explicar yo cuál ser la diferencia entre estas dos palabras.

_____

10. querer usted leer la revista, prestársela

_____

VI. 回答下列问题 (Contesta a las siguientes preguntas):

1. ¿Por qué podemos efectuar nuestras actividades diarias casi (几乎) al mismo tiempo?

2. ¿A qué hora se levanta la gente en China?

3. ¿Puedes levantarte muy tarde?

4. ¿Qué otras cosas debe hacer la gente después de levantarse?

5. ¿Cuántas clases tenéis por la mañana en la universidad?

6. ¿No hay ningún recreo entre clase y clase?

7. ¿Almuerzan a la misma hora los estudiantes y los profesores?

8. ¿Qué actividades hay al mediodía?

9. ¿Prefieres hacer la siesta o leer después del almuerzo?

10. ¿Cuándo vuelve la gente a trabajar y estudiar en la universidad?

11. ¿A partir de qué hora comenzáis a hacer deportes?

12. ¿A qué hora cenáis?

13. ¿Sabes a qué hora cenan los españoles?

14. ¿Cuál es la diferencia entre el horario chino y el español?

15. ¿Qué haces tú cuando no tienes clases por la noche?

16. ¿A qué hora se acuestan los estudiantes?

17. ¿Se acuestan los profesores a la misma hora?

18. ¿Cuántas horas dormís al día?

VII. 用 mucho, poco, alguno 的适当形式填空（**Rellena los espacios en blanco con la forma adecuada de** *mucho*, *poco* o *alguno*）：

1. En esa ciudad hay _____ farmacias y _____ hospitales.

2. ¿Puedes llevar a Antonio _____ revistas?

3. "¿Cuántas chaquetas tienes?"
   "Muy _____."

4. Su abuelo almuerza _____, pero cena _____.

5. Conozco a _____ jóvenes cubanos, no _____.

6. "¿Trabajáis _____ estos días?"
   "Sí."

7. _____ de nuestros profesores son extranjeros（外国人，外国的）.

8. "Todos vosotros queréis ir ahí?"

"_____ sí, otros no."

9. _____ de estos libros son para ustedes.

10. "¿Habláis mucho español?"

"¡Qué va! Muy _____."

VIII. 根据情况,用 volver 或 volver a 填空 (Rellena los espacios en blanco con *volver* o *volver a* según convenga):

1. Todos los días salgo a las siete de la mañana y _____ a las seis y media de la tarde.

2. Estos días él tiene mucho que hacer. Después del almuerzo _____ trabajar.

3. Es un buen libro. Pienso _____ leerlo.

4. Mi tío está en su oficina. No sé cuándo puede _____.

5. La madre dice que va a comprar algo y _____ ahora mismo.

6. El profesor _____ explicarnos la lección, porque es muy difícil.

7. Cuando su padre _____ del trabajo, no quiere hacer nada.

8. El texto no es muy fácil. Tienes que _____ estudiarlo.

9. A esta hora ellos ya deben _____ de las clases.

10. La casa no está limpia todavía. Tienes que _____ limpiarla.

IX. 用适当的前置词或前置词与冠词的缩合形式填空 (Rellena los espacios en blanco con la preposición adecuada o la forma contracta del artículo y las preposiciones):

LECCIÓN 14

1. El jardín está _____ lado _____ el edificio.
2. La Universidad está cerca _____ mi casa.
3. ¿Qué quieres hacer _____ esta llave?
4. No conocemos _____ estos jóvenes.
5. Ellos se levantan _____ las seis y media.
6. Los papeles son _____ el médico.
7. Tengo una habitación _____ cuarto de baño.
8. ¿_____ quién quieres dar los periódicos?
9. ¿_____ dónde vienen ustedes?
10. ¿_____ qué voy a escribir?

X. 根据情况和需要用定冠词或不定冠词填空（**Rellena los espacios en blanco con el artículo determinado o indeterminado según convenga y sea necesario**）:

1. La niña está enferma. Tiene que guardar _____ cama.
2. Vengo a devolverte _____ libros.
3. Sobre la mesa hay _____ libros, _____ revistas, _____ lápices, _____ plumas, _____ papeles.
4. Todos descansamos _____ domingo.
5. ¿Ves? Ahí hay _____ farmacia. Vamos allá.
6. Luis es _____ funcionario.
7. Ellas estudian _____ español.
8. Profesora, ¿puedo hacerle _____ pregunta?
9. Taciana sólo tiene _____ hermana.
10. Tenéis que reuniros a _____ ocho en punto.

XI. 请将下列句子译成西班牙语（**Traduce al español las Siguientes frases**）:

1. 下午我给你带来几本杂志。
2. 你们可以在三四点钟之间去看她。
3. 我母亲每天都有很多家务事要干。
4. 这几天你怎么了? 吃得很少。
5. 这一周我们西班牙语课很少。
6. 那个沙发在窗户和衣柜之间。
7. 他父亲早上六点去上班,很晚才回来。
8. 我去一下商店,这就回来。
9. 老师,课文太难了! 劳驾再给我们讲一遍。
10. 我可不想再见他了!

XII. 针对斜体部分提问 (Haz preguntas referentes a la parte en cursiva):

1. En China mucha gente tiene que levantarse *antes de las siete*.

2. Tú no puedes levantarte después de las siete, *porque tu trabajo o tus clases comienzan a las ocho en punto*.

3. Después de levantarnos, *nos lavamos, nos cepillamos los dientes, nos peinamos y preparamos el desayuno*.

4. Luego de tomar el desayuno vamos *a la oficina o a las escuelas*.

5. En la Universidad tenemos *cuatro clases* por la mañana.

6. Entre clase y clase hay *diez minutos de recreo*.

7. Entre las primeras dos clases y las últimas dos el recreo dura *veinte minutos*.

8. *Al mediodía, después del almuerzo*, podemos descansar bastante tiempo.

9. Algunos prefieren *echar una breve siesta*.

10. A la una y media o a las dos *volvemos a trabajar o estudiar*.

LECCIÓN 14

11. A partir de las cuatro y media hacemos deportes hasta *la hora de la cena*.

12. Cenamos *entre las seis y seis y media*.

13. Por la noche, si no tenemos clases, vamos a la biblioteca *a leer o repasar las lecciones*.

14. Antes de acostarnos, *leemos, vemos la televisión o efectuamos algunas otras actividades*.

15. En España el horario es *un poco diferente que en China*.

XIII. 双人快速练习 (Practica los siguientes ejercicios con rapidez con algún compañero) :

1. 用 mucho, poco 或 alguno 的适当形式回答同伴的问题 (Contesta a las preguntas de tu compañero con la forma adecuada de *mucho*, *poco* o *alguno*) :

> **Ejemplo: Pregunta (1): ¿Hay muchas mesas en esta sala?**
>
> **No, *pocas*.**

(palabras que se pueden usar en la pregunta: silla, armario, estante, sofá ...).

> **Pregunta (2): ¿Tienes muchos calcetines?**
>
> **Bueno, *algunos*.**

(palabras que se pueden usar en la pregunta: blusa, camisa, chaqueta, lápiz, libro, hermano, primo, tío ...)

2. 同伴说出动词的及物形式后,请将其变为相应的代词式 (Utiliza la forma pronominal correspondiente a los verbos transitivos que vaya diciendo tu compañero) :

> **Ejemplo: La madre *lava* al niño. — La madre *se lava*.**

O: *Cepillo* la ropa. — *Me cepillo* los dientes.

levanto la silla, lavas a tu hermanito, ella cepilla los zapatos, la abuela peina a la niña, el padre acuesta al hijo, mi amigo me despierta, el abuelo viste al nieto (孙子), la mujer limpia la cocina.

XIV. 口头练习参考题 (**Temas para la práctica oral**):

　　1. mi horario;

　　2. el horario de mi familia;

　　3. el horario de la Universidad;

　　4. la diferencia de horario de actividades entre distintos países.

XV. 笔录上述任何一题 (**Redacta sobre cualquiera de los temas mencionados**).

第 十五 课　LECCIÓN 15

语法: **1.** 命令式(**I**)

2. 直接宾语从句 (**QUE**)

3. 否定连词 (**NI**)

课文　TEXTO

LA COMIDA

I

Una madre le dice a su hijo casi todos los días: ven, hijo, toma este vaso de leche y come un huevo. Ella sabe que si no come, el niño no va a tener buena salud. Se dice[1] frecuentemente: comemos para vivir, pero no vivimos para comer. Todos sabemos que sin comer no podemos vivir.

En muchas partes, la gente come tres veces al día: el desayuno, el almuerzo (o la comida) y la cena. Pero sabemos que la comida no se prepara ni se sirve de la misma manera en todas partes. Por ejemplo, la manera de servir no es igual en China que en Occidente. Es notable la diferencia. Aquí los platos pueden ser muchos o pocos, pero siempre se sirven al mismo tiempo en la mesa y se comen con arroz o pan. Los chinos comemos con palillos. En Occidente, los platos no son muchos. La comida comienza con un plato frío, luego viene la sopa. El primero y el segundo plato se sirven uno tras otro. Por último, el "postre" y el café. Según costumbres occidentales, a cada persona le sirven la comida en su propio plato y él come con los cubiertos (tenedor, cuchillo y cuchara).

II

—Mira, allí hay un restaurante español.

—Es el primero en China. Si quieres, vamos allá.

—Por favor, señorita, ¿hay una mesa libre?

—Junto a la ventana hay una.

—Luis, deja tus cosas en la silla de al lado y siéntate.

—Da igual. Las pongo aquí. Está bien. A ver, ¿qué deseas comer?

—De la cocina española conozco poco. Pide tú los platos.

—Bueno, de primero[2], una ensalada. ¿Qué dices?

—Está bien. Si es de verduras me gusta más.

—De segundo, mm...[3] vamos a ver. Pero dime: ¿prefieres carne o

229

pescado?

—Me da igual. Pide tú.

—De postre, pienso pedir frutas del tiempo[4].

—Para mí[5], también.

注 释　NOTAS

1. se dice：动词的无人称形式之一。
2. de primero：作为第一道(菜)。
3. mm...：表示犹豫不决时的语气词,相当汉语的"唔"。
4. frutas del tiempo：时令水果。
5. para mí：参看第 13 课注释(2)。

词 汇 表　VOCABULARIO

casi　*adv.*　几乎

vaso　*m.*　杯子

leche　*f.*　奶,乳汁

huevo　*m.*　鸡蛋

sin　*prep.*　没有,不

salud　*f.*　身体

frecuentemente　*adv.*　经常地

vez　*f.*　次,回

al día　每天

ni　*conj.*　也不,甚至不

servir(se)　*tr.*, *prnl.*
　　　　服务;进餐

mismo　*adj.*　同一个

manera　*f.*　方式

Occidente　*m.*　西方

notable　*adj.*　显著的

plato　*m.*　盘子;(每道)菜

junto con　跟……一起

arroz　*m.*　稻子,大米,米饭

pan　*m.*　面包

palillo　*m.*　小棍儿;筷子

sopa　*f.*　汤

segundo　*adj.*　第二个

tras　*prep.*　在……之后

por último 最后	libre *adj.* 自由的,空的
postre *m.* 饭后甜食	junto a 靠近……的
café *m.* 咖啡	ventana *f.* 窗户
costumbre *f.* 习惯	sentarse *prnl.* 坐下
occidental *adj.* 西方的	desear *tr.* 想,要,希望
persona *f.* (每个)人	conocer *tr.* 认识,了解,知道
propio *adj.* 自己的	poner *tr.* 放置,安放
cubierto *m.* (整套)餐具	pedir *tr.* 请求,要求;点菜
(刀,叉,匙)	por *prep.* 为,代替
tenedor *m.* 叉	ensalada *f.* 沙拉,凉菜
cuchillo *m.* 刀	gustar *intr.* 喜欢,喜好
cuchara *f.* 勺儿,汤匙	verdura *f.* 蔬菜,青菜
mirar *tr.* 看,望	carne *f.* 肉
restaurante *m.* 饭馆	pescado *m.* (捕获供食用的)鱼
allá *adv.* 那边	fruta *f.* 水果
por favor 请,劳驾	

不 规 则 动 词 VERBOS IRREGULARES

sentar(se)   Se conjuga como *comenzar*.

pedir   Se conjuga como *servir*.

saber: *sé, sabes, sabe, sabemos, sabéis, saben.*

servir: *sirvo, sirves, sirve, servimos, servís, sirven.*

poner: *pongo, pones, pone, ponemos, ponéis, ponen.*

LECCIÓN 15

词汇 LÉXICO

I. venir

   A. *intr.* 来

     1. Mi amigo Fernando quiere venir a China.

     2. Puedes venir a mi casa esta tarde.

     3. Ven acá. Te voy a decir una cosa.

     4. Vamos a clase. ¿Vienes con nosotros?

   B. venir a + *inf.* 来 (做某事)

     1. Vengo a decirte una cosa.

     2. ¿Vienen a verte tus amigos cubanos?

II. ni *conj.* (连词 y 的否定形式)

     1. No tengo ni libros ni revistas.

     2. No quiere comer ni pan ni arroz.

III. conocer *tr.* 认识

     1. —¿Conoces a la profesora María Muñoz?

       —No, no la conozco.

     2. —¿Conocen ustedes muchas ciudades de China?

       —Sí, conocemos bastantes.

     3. Dicen que tu amigo es un buen médico. Quiero conocerlo.

IV. gustar *intr.*

   A. (名词做主语)喜欢

     1. —¿Te gusta el texto?

       —Sí, me gusta, pero es muy difícil.

     2. Esos libros no nos gustan.

3. —¿Le gusta el café con leche?

—No, lo prefiero sin leche.

B. (原形动词作主语) 喜欢

1. —¿A Beatriz le gusta leer?

—Sí, le gusta mucho.

2. Me gusta estudiar español.

语法　GRAMÁTICA

一、命令式第二人称单复数 (Modo imperativo: segunda persona singular y plural):

当对话的一方向另一方发出祈使或命令的语气时，西班牙语中动词须采取相应的屈折形式，称做命令式。第二人称单复数的命令式变位规则是：第一、第二、第三变位动词，各自去掉原形动词词尾 -ar, -er, -ir, 在动词词干上加相应的命令式词尾。请看下表：

	例词	单数	复数
第一变位	trabaj*ar*	trabaj*a*	trabaj*ad*
第二变位	aprend*er*	aprend*e*	aprend*ed*
第三变位	escrib*ir*	escrib*e*	escrib*id*

有些动词的词干元音 e, o 在某些人称的变位中成为重读音节时，转换为相应的二重元音 ie 和 ue。这种情况也经常发生在命令式第二人称单数的变位中。例如：

原形动词	com*e*nzar	v*o*lver
陈述式现在时第一人称单数	com*ie*nzo	v*ue*lvo
命令式第二人称单数	com*ie*nza	v*ue*lve

本课词汇表中的 sentarse 就属于这类动词。

还有些动词的词干元音 e 在同样情况下转换为 i。命令式第二人称单数也依此例。例如：

p*e*dir　　p*i*do　　p*i*de

本课新出现的 servir 也属此例。

许多常用动词的第二人称单数的命令式是完全不规则的：

decir: di	salir: sal
hacer: haz	ser: sé
ir: ve	tener: ten
poner: pon	venir: ven

宾格和与格代词、代词式动词的代词置于命令式动词之后，并与之连写，有时为了保持重读音节不位移，还须加重音符号。如：Ay*ú*denme. Lev*án*tate.

代词式动词第二人称复数命令式还有一点特殊变化，即加上与之连写的后置代词时，失去词尾辅音 d：levantaos；而且如果是第二、第三变位动词，还须加重音符号：vestíos。

二、直接宾语从句 (Oración subordinada complemento directo)：

及物动词的直接宾语可以是个名词，如：Yo quiero decir una cosa. 但也可以是一个句子，如：Yo quiero decir *que* él no puede hacerlo. 这便是直接宾语从句，通过连词 que 与主句衔接。表示思维、心理、感受和语言交际活动的动词大抵都可作直接宾语从句的主句动词。如：conocer, contestar, decir, pensar, preguntar, recordar, saber, ver 等。

三、否定连词 (ni) (Conjunción negativa *ni*)：

在西班牙语中经常使用副词 no 来表示否定。如：No quiero

leer este libro. 当连续否定两个以上的成分时,就要使用否定连词 ni。实际上它是连词 y 的否定形式。如: No quiero leer este libro ni ése otro. 有时甚至出现连续使用两个以上 ni 的情况。如: No quiero leer este libro ni ése ni aquél. 此时,它的含义相当于汉语中的既不……又不。

练习　EJERCICIOS

I. 将动词变位 (Conjuga los verbos):

1. 命令式 en modo imperativo (tú, vosotros): tomar, desayunar, preparar, dejar, desear, *sentarse*, *comenzar*, empezar, cerrar, pensar, comer, *leer*, vender, *volver*, devolver, escribir, abrir, discutir, preferir, *pedir*, *servir*;

decir, *hacer*, *ir*, *poner*, *salir*, *ser*, *tener*, *venir*.

2. 陈述式现在时 (en presente de indicativo: todas las personas): servir, dejar, *sentarse*, desear, *pedir*.

(斜体动词笔头做)

II. 将动词变为命令式的适当人称 (Pon los verbos en la persona correspondiente del modo imperativo):

1. Nuria, (abrir, tú) _____ la ventana, por favor. Aquí hace mucho calor.

2. (Estudiar, vosotros) _____ , hijos míos.

3. (Escribir, vosotros) _____ estas palabras en un papel.

4. (Devolver, tú) _____ esos libros a la biblioteca.

5. (Cerrar, tú) _____ la puerta. Entra el viento (风).

6. (Descansar, vosotros) _____ , muchachos. Ya es hora.

7. (Explicarme, tú) _____ qué quiere decir eso.

8. (Guardarlos, vosotros) _____ bien.

9. (Hablarle, tú) _____ del problema. (问题).

10. (Traerme, tú) _____ algunos libros.

III. 按照所给模式做动词变位 (**Conjuga los verbos según los modelos**):

> **Modelos:** (1) **te levantas - levántate**
> **os levantáis - levantaos**
> (2) **me lo dices - dímelo**
> **me lo decís - decídmelo**

1. levantarse, vestirse, asearse, ocuparse, despertarse, reunirse, ducharse, acostarse, lavarse, cepillarse los dientes, peinarse, servirse, sentarse;

2. pedírselo, abrirlas, cerrarlos, prestármela, pasármelas, llevársela, traérmelas, tomarlo, devolvérselos, leerla, comprárnosla, contestarnos, ayudarles, buscarlos, explicárnoslo.

IV. 用相应的动词命令式替代动词短语 deber + *inf.* (应该, 必须) (**Sustituye la perífrasis verbal** *deber* + *inf.* **por la correspondiente forma del modo imperativo**):

> **Ejemplo:** **Debéis trabajar mucho. -Trabajad mucho.**

1. Debes aprender _____ eso.

2. Debéis cerrar _____ la tienda.

3. Debes comer _____ rápido. Ya no tenemos mucho tiempo.

4. A tu hijo le gusta la chaqueta. Debes comprársela _____.

5. ¿Por qué no queréis ayudarles? Debéis contestarme _____.

6. Ya es muy tarde. Debéis descansar _____.

7. La pluma es suya. Debes devolvérsela _____.

8. ¿Dónde están los periódicos de hoy? Debes buscarlos _____.

9. ¿Cómo es la palabra? Debes escribírmela _____ en ese papel.

10. Si no queréis venir con nosotros, debéis decírnoslo _____.

V. 将动词变为适当的时态或式（Pon los verbos en el tiempo y el modo correspondientes）:

1. (Levantarse, vosotros) _____ rápido. Ya (ser) _____ las siete y media.

2. ¿(Querer, tú) _____ hablar conmigo? Entonces, (sentarse, tú) _____ y (decirme, tú) _____ qué quieres.

3. Ahí (estar) _____ el libro. (Abrirlo, tú) _____ y (leer, tú) _____.

4. Si (querer, vosotros) _____ asearos, (hacerlo, vosotros) _____ ahora mismo.

5. (Entrar, vosotros) _____. Fuera (外面) (hacer) _____ mucho frío.

6. Ahora (necesitar, yo) _____ esas revistas.

237

(Devolvérmelas, tú) _____ .

7. Ya es muy tarde. No (poder, tú) _____ regresar. (Dormir, tú) _____ en este sofá.

8. Tu amigo (estar) _____ en el hospital. (Ir, tú) _____ ahí a verlo.

9. Ahora no (tener, yo) _____ tiempo de decirte nada. (Venir, tú) _____ a las dos de la tarde.

10. ¿(Poder, vosotros) _____ hacerlo? (Pensarlo, vosotros) _____ bien.

VI. 用连词 que 将两个简单句衔接为一个直接宾语从句（**Enlaza con la conjunción** *que* **las dos oraciones simples para formar una compuesta subordinada, complemento directo**）：

Ejemplo：**Sin comer, el niño no puede tener buena salud. La madre sabe.**

La madre sabe *que sin comer, el niño no puede tener buena salud.*

1. Va a venir mucha gente. Pienso yo.

_____

2. Juan hace deporte todos los días. Dice Beatriz.

_____

3. Son diferentes la comida china y la occidental. Sabemos.

_____

4. Sus padres van a regresar tarde. Piensa la niña.

_____

5. Tenemos que repasar todas las lecciones. Dice la profesora.

_____

6. El recreo dura veinte minutos. Les digo.

_____

7. Entre aquellos dos edificios hay un jardín muy bonito. Yo sé.

_____

8. Nos ocupamos de estos quehaceres. Tú sabes.

_____

9. Ya podemos entrar en la sala. Pensamos.

_____

10. Aquella habitación está libre. Ellos saben.

_____

VII. A. 用 **venir, conocer** 或 **gustar** 的适当形式填空（**Rellena los espacios en blanco con la forma adecuada de** *venir, conocer o gustar*）:

1. _____ (yo) a decirte una cosa.

2. Rosa es prima de Carlos. ¿No la _____ (tú)?

3. Vamos al centro. ¿Queréis _____ con nosotras?

4. A ella no le _____ comer en los restaurantes.

5. (nosotros) _____ a un muchacho llamado Manuel. Pero no es panameño, sino cubano.

6. Mira esas camisas azules. ¿Te _____ ?

7. ¿Cuándo puedo _____ a hablar con usted?

8. _____, niño. Te llevo al jardín.

9. A todos les _____ la comida china.

10. ¿Quién es usted? No lo _____ (yo).

B. 将下列肯定句变为否定句(Forma oraciones negativas con las siguientes) :

1. Ellos hablan chino y español.

_____

2. Tenemos clases por la mañana y por la tarde.

_____

3. El niño quiere tomar la leche y comer el huevo.

_____

4. A esta hora ella se viste y se asea.

_____

5. A mí me gustan la comida china y la occidental.

_____

6. Pienso servirle los platos y el postre.

_____

7. Conocemos a Pablo y a Marta.

_____

8. Aquí hay restaurantes chinos, españoles y franceses.

_____

VIII. 用适当的前置词或前置词和冠词的缩合形式填空（**Rellena los espacios en blanco con la preposición adecuada o la forma contracta del artículo y las preposiciones**）：

1. _____ verano mis abuelos vienen a vivir _____ nosotros.

2. Mi tía, _____ cuarenta y un años, es enfermera.

3. A las ocho en punto todos entramos _____ el aula.

4. A esta hora los médicos deben salir _____ el hospital.

5. ¿Cuándo podemos reunirnos _____ cenar?

6. Tú puedes ayudarle _____ lo menos _____ algo.

7. Cuando yo me preparo _____ dormir, ellos ya están en la cama.

8. Todas las mañanas la madre sale _____ el hijo a esta hora.

9. Sé un poco de inglés. Pienso volver _____ estudiarlo.

10. Esa mujer va _____ una tienda _____ otra. ¿Qué busca?

IX. 根据情况和需要用定冠词或不定冠词填空（**Rellena los espacios en blanco con el artículo determinado o indeterminado según convenga y sea necesario**）：

241

LECCIÓN 15

1. Somos cinco en _____ familia.
2. Los hermanos viven en _____ ciudad, pero sus padres, en _____ campo.
3. Mi amiga es _____ profesora de _____ inglés. Trabaja en _____ escuela secundaria.
4. ¿A qué hora empieza a preparar _____ desayuno tu madre?
5. Estos señores son _____ ingenieros de _____ fábrica.
6. Por la noche vemos _____ televisión.
7. Nosotros dos nos ocupamos de limpiar toda _____ sala.
8. ¿Qué hacen ustedes después de _____ cena?
9. Ella se levanta a las cinco. A esta hora todavía estamos en _____ cama.
10. Esa gente no hace nada sino hablar todo _____ día.

X. 请将下列句子译成西班牙语（**Traduce al español las siguientes oraciones**）:

1. "你认识那位太太吗？"
   "我不认识她。"
2. 我们这就来帮你们的忙。
3. 何塞，有个女孩来找你。
4. 这孩子既不喜欢吃鸡蛋也不喜欢喝牛奶。
5. 这些书我们都喜欢。
6. 他们熟悉好些西班牙城市。
7. 是你来找我还是我去找你？
8. 他们今天和明天都没课。
9. 你不喜欢这本杂志？
10. 学生们喜欢用西班牙语跟老师谈话。

XI. 回答下列问题（**Contesta a las siguientes preguntas**）:

1. ¿Qué les dicen las madres a sus hijos casi todos los días?
2. ¿Por qué les dicen eso?
3. ¿Cuántas veces come al día la gente en general（通常，一般）?
4. ¿Cómo se llaman las tres comidas respectivamente（各自，相应）?
5. ¿Se prepara y se sirve la comida de la misma manera en todas partes?
6. ¿Cuál es la diferencia entre China y Occidente en este sentido（在这方面）?
7. ¿Comemos los chinos muchos platos todos los días?
8. ¿A los chinos nos gusta comer con cubiertos?
9. ¿Cuál es la manera de servir la comida en Occidente?
10. ¿Te gusta comer en el restaurante?
11. ¿Pides muchos platos cuando comes en un restaurante?
12. ¿Qué te gusta: carne, pescado o verduras?

XII. 假设你们在一家饭铺门前，请使用所给单词与同伴会话（**Improvisa un diálogo con un compañero suponiendo que estáis delante de un restaurante. Trata de utilizar las palabras dadas**）:

entrar, venir, una mesa libre, dejar, sentarse, gustar, servirse.

XIII. 阅读下列课文，别为生词担忧，只要抓住主要意思，能就其内容进行问答即可（**Lee el siguiente texto. No importa que haya algunas palabras desconocidas. Basta con captar la idea principal para poder preguntar y contestar sobre su contenido**）:

Nadie puede vivir sin comer. Sin embargo, no vivimos para comer, sino que comemos para vivir.

En la mayor parte del mundo, la gente come tres veces al día. Las tres comidas son: desayuno, almuerzo y cena.

Los chinos desayunamos más o menos a las siete de la mañana. En el desayuno nos gusta tomar: sopa de arroz, panecillos, empanadas, tortas de maíz, ... Comemos más en el almuerzo y en la cena. Además de carne, verduras y sopa, comemos arroz, panecillos o tallarines.

En el desayuno, los occidentales toman generalmente café con leche y pan con mantequilla o mermelada.

Los occidentales almuerzan y cenan más tarde que nosotros. En algunos países incluso se cena a las once de la noche.

En Europa y América del Norte se consume mucha carne, y también en algunos países latinoamericanos. Claro, no todos comen bien. Los ricos siempre están mejor alimentados que los pobres.

XIV. 口头练习参考题 (**Temas para la práctica oral**):

   1. la comida en tu casa;

   2. la comida en el comedor de la Universidad;

   3. la comida en casa de algún amigo.

XV. 笔录上述任何一题 (**Redacta sobre cualquiera de los temas mencionados**)。

第 十六 课　LECCIÓN 16

语法: 1. 命令式(Ⅱ)
　　　2. 形容词比较级(Ⅰ)

课文　TEXTO

DE COMPRAS

I

Es un fin de semana de septicmbre. Hace buen día. Marta y Sandra no están ocupadas. Como a todas las mujeres, a ellas también les
gusta pasear por las calles y ver las tiendas del centro de la ciudad.
Marta se acerca a un escaparate.

　　—Mira, Sandra, ¡ qué bonitos zapatos! Me apatece comprar un
　　　par de éstos.

—Pero no me parece de buena calidad y pueden romperse fácilmente. A mí me gusta ese otro modelo, sobre todo el blanco.

—Entremos, pues.

Las dos chicas entran en la zapatería y se acercan al mostrador.

—Buenas tardes, ¿qué desean ustedes? —les pregunta el dependiente.

—Muéstreme por favor esos zapatos.

—¿Cuáles? ¿El modelo blanco? Dígame qué número calza usted. De ese modelo sólo queda un par grande. Veo que usted debe calzar 35,5.

—¡Qué pena! ¿No tienen ustedes otros del mismo modelo, pero de color oscuro?

—Espere, voy a sacar del mostrador ésos otros. Mire usted este par gris oscuro. Pruébeselo. Es tan bonito como el blanco, de tacón un poco más alto. Claro, es algo más caro que el otro.

—El color me gusta, pero prefiero uno de tacón menos alto que ése.

—Entonces, pruébese ese otro. Son zapatos muy cómodos.

—Me queda bien. Está bien, me quedo con ellos. ¿Le pago a usted?

—No, en la caja.

—Gracias.

II

—Buenos días, señorita, sáqueme por favor esa chaqueta azul.

—Me parece un poco corta para usted. Mire ésa de color café. ¿Le gusta?

—No mucho. ¿De las azules no tienen ustedes otras más largas?

—Lo siento. Pero tenemos unas negras tan largas como las de color café, y además menos caras que ellas.

—No, gracias. Espere, veo por allá[1] unas camisas. Parecen de buena calidad. Haga el favor de sacármelas.

—Aquí las tiene. De veras son muy buenas, pero son de diferentes precios. Por ejemplo, las azules son más caras que las blancas, y éstas más caras que las amarillas. Las de color café son tan baratas como las rojas.

—Prefiero dos de éstas amarillas.

—Pues, son menos caras que las azules, y un poco más caras que las blancas. Pruébesela, si quiere.

—Me queda bien, ¿verdad? Bueno, me las llevo. ¿Cuánto le debo?

—186 yuanes.

—Muchas gracias, Adiós.

LECCIÓN 16

注释 NOTAS

1. por allá: 那儿,那边 (表示泛指方位) 。

词汇表 VOCABULARIO

de compras　购物,买东西

fin　*m.*　终结;末尾

septiembre　*m.*　九月

ocupado　*p. p.*　忙;被占用

pasear　*intr.*　散步

calle　*f.*　街道

acercarse　*prnl.*　走近,靠近

escaparate　*m.*　橱窗

apetecer　*tr.*　想望,渴望

calidad　*f.*　质量

romper　*tr.*　弄破,打破

fácilmente　*adv.*　容易地

sobre todo　尤其,特别是

modelo　*m.*　模式,样式

pues　*adv.*　那么

chico, ca　*m. , f.*
　　男 (女) 孩 (青少年)

zapatería　*f.*　鞋店

mostrador　*m.*　柜台

preguntar　*tr.*　发问,提问题

dependiente　*m. , f.*　售货员

mostrar　*tr.*
　　展示,拿给……看

calzar　*tr.*　穿〔鞋〕

quedarse　*prnl.*　留下,剩下

pena　*f.*　痛苦,遗憾

color　*m.*　颜色

oscuro　*adj.*　暗的,深 (色) 的

sacar　*tr.*　取出

gris　*adj.*　灰色的

probar(se)　*tr. , prnl.*
　　试,试 (衣物)

tacón　*m.*　鞋跟

caro　*adj.*　贵的

cómodo　*adj.*　舒适的

pagar　*tr.*　付款

caja　*f.*　付款处

parecer　*intr.*　像是;使觉得

café　*m. ; adj.*　咖啡色 (的)

sentir　*tr.*　感觉;抱歉

además　*adv.*　此外

hacer el favor　请,劳驾

precio *m.* 价钱   deber *tr.* 该,欠
amarillo *adj.* 黄颜色的

补 充 词 汇 PALABRAS ADICIONALES

cereal *m.* 粮食   frasco *m.* 小瓶
algodón *m.* 棉花   crema *f.* 奶油,润肤膏
jabón (una pastilla de) *m.*   champú *m.* 洗头膏,香波
  肥皂(一块)   peine *m.* 梳子
pasta de dientes (un tubo de)
  牙膏(一筒)

不 规 则 动 词 VERBOS IRREGULARES

mostrar   Se conjuga como *acostar.*
probar(se)   Se conjuga como *acostar.*
parecer   Se conjuga como *apetecer.*
sentir   Se conjuga como *preferir*
apetecer   *apetezco , apeteces , apetece , apetecemos ,*
                   apetecéis , apetecen.

词 汇 LÉXICO

I. hacer *tr.*

  A. 做

1. "¿Qué hacen ustedes aquí?"

   "No hacemos nada. Descansamos."

2. Tenemos que hacer todos estos ejercicios (练习).

B. (组成短语)

1. Profesora, ¿puedo hacerle algunas preguntas?

2. Señorita, haga el favor de pasarme aquella chaqueta.

3. Hoy hace buen día.

4. Al levantarme, hago la cama rápido.

II. favor *m.* por favor 请

1. Siéntense, por favor.

2. Hagan el favor de entrar por aquí.

3. Por favor, ¿qué desea usted?

4. Espérame, por favor.

III. un poco

A. *pron.* 一点, 一些

1. "¿Quiere usted arroz?"

   "Un poco, por favor."

2. ¿Vamos a limpiar la sala? Bueno, voy a traer un poco de agua.

B. *adv.* 一点, 一会儿

1. Fernando, tienes que descansar un poco.

2. No puedo contestarle ahora. Voy a pensarlo un poco.

IV. deber *tr.*

A. 应该, 必须

1. ¿Debo decir eso a todos?

    2. ¿Debemos esperarte aquí?

    3. No deben ustedes hablar sin pensar.

B. ~（de）想必

    1. "Dónde están tus amigos?"

      "Deben（de）estar en la sala."

    2. "Cuándo puede reunirse la familia?"

      "Debe（de）reunirse a la hora de cenar."

C. 欠,该

    1. —¿Cuánto le debo? ¿Pago aquí mismo?

      —Sí, son 135 yuanes.

    2. A Pablo le debo muchos favores.

语 法　GRAMÁTICA

一、命令式（Modo imperativo）:

第二人称礼貌式的单复数和第一人称复数的命令式是这样构成的:根据第一、第二、第三变位动词,分别在动词词根上加下列词尾:

	第一变位	第二变位	第三变位
例词	trabajar	aprender	escribir
单数（usted）	trabaj*e*	aprend*a*	escrib*a*
复数（ustedes）	trabaj*en*	aprend*an*	escrib*an*
第一人称复数（nosotros）	trabaj*emos*	aprend*amos*	escrib*amos*

    不规则动词礼貌式单复数命令式构成,是把该动词的陈述式现在时第一人称单数的词尾去掉,加上命令式词尾:

acostarse: me acuesto
              acuéstese usted   acuéstense ustedes
conocer: conozco
              conozca usted   conozcan ustedes
decir: digo
              diga usted   digan ustedes
dormir: duermo
              duerma usted   duerman ustedes
empezar: empiezo
          *   empicce usted   empiecen ustedes
hacer: hago
              haga usted   hagan ustedes
poner: pongo
              ponga usted   pongan ustedes
salir: salgo
              salga usted   salgan ustedes
tener: tengo
              tenga usted   tengan ustedes
traer: traigo
              traiga usted   traigan ustedes
venir: vengo
              venga usted   vengan ustedes
ver: veo
              vea usted   vean ustedes
vestirse: me visto
              vístase usted   vístanse ustedes
volver: vuelvo
              vuelva usted   vuelvan ustedes

请注意带＊处的书写变化。这是为了保持发音不变。这种现象涉及许多动词,务请随时留意。

下面三个动词的礼貌式命令式变位更为特殊,分别是:

dar	**dé** usted	**den** ustedes
ir	**vaya** usted	**vayan** ustedes
saber	**sepa** usted	**sepan** ustedes

不规则动词第一人称复数的命令式变位将在下一课讲解。

二、形容词比较级(Grado comparativo del adjetivo):

当我们对一类事物中的不同个体的同质特征进行比较时,便要用有关形容词的比较级。西班牙语形容词比较级有三种形式:

1. 同等级(de igualdad)

结构	例句
tan ... como	Juan es tan alto como Pedro.
	Tengo un libro tan bueno como éste.

2. 较高级(de superioridad)

结构	例句
más ... que ...	Antonia es más alta que Luisa.
	Tengo una pluma más bonita que la tuya.

3. 较低级(de inferioridad)

结构	例句
menos ... que ...	Esta casa es menos grande que aquélla.

Voy a comprar un coche menos
caro que el tuyo.

练 习 EJERCICIOS

I. 请将动词变位 (Conjuga los verbos) :

1. en presente de indicativo: pasear, ver, *acercarse*, apetecer, comprar, entrar, desear, mostrar, sacar, *decir*, quedarse, calzar, *probar*, esperar, preferir, *sentar*, pagar, sentir, saber;

2. en modo imperativo (**tú**, **vosotros**): pasear, *ver*, entrar, preguntar, probar, *pagar*, pasar, sacar, cerrar, *empezar*, comenzar, probar, mostrar, dormir, pedir, *vestir*, hacer, tener, decir, salir, poner, venir; saber;

3. en modo imperativo (**usted**, **ustedes**): esperar, comer, abrir, cerrar, *sacar*, *comenzar*, probar, mostrar, *dormir*, volver, pedir, vestir, conocer, decir, hacer, tener, poner, salir, venir, ver, dar, saber

(斜体字笔头做)

II. 请按照模式将动词变位(四个人称)(**Conjuga los verbos en cuatro personas**: **tú**, **vosotros**, **usted**, **ustedes**, **según los modelos**) :

Modelos: (1) te levantas — levántate

(2) se las lleva — lléveselas

despertarse, vestirse, cepillasrse los dientes, asearse, acostarse, lavarse las manos, probarse, sentarse, *acercarse*, *vestirse*, *pagarle*, hacerlo, traérmelos, decírmelo, *sacármelos*

(斜体字笔头做)

III. 请用命令式回答问题 (**Contesta a las preguntas empleando el modo imperativo: usted, ustedes**):

    1. ¿Puedo probarme la camisa?

    _____

    2. ¿Dónde tenemos que pagar?

    _____

    3. ¿Podemos sentarnos aquí?

    _____

    4. ¿Le saco esta chaqueta?

    _____

    5. Hace mucho viento (风). ¿Hay que cerrar las ventanas?

    _____

    6. ¿Cuándo tenemos que venir?

    _____

    7. ¿Qué prefieren ustedes: té o café (茶还是咖啡)?

    _____

    8. ¿A quién tengo que devolver las revistas?

    _____

9. ¿Puedo lavarme las manos aquí mismo?

_____

10. ¿Podemos quedarnos con estos libros?

_____

IV. 将原形动词变为适当的式和人称（**Pon los infinitivos en el modo y la persona correspondientes**）：

1. "¿Se puede?"

   "Adelante. Buenas noches, Susana."

   "Buenas noches, profesor. (Venir, yo) _____ a devolverle el libro."

   "Gracias, (dejarlo, usted) _____ allá en el estante. (Sentarse) _____ y (servirse) _____ una taza de té (一杯茶)."

2. "Señorita, (mostrarme) _____ una chaqueta gris."

   "Aquí (tener) _____ una. (Probársela) _____, a ver si le (quedar) _____ bien."

   "Me (quedar) _____ un poco más grande. (Sacarme) _____ otra más pequeña."

   "(Probarse) _____ ésta."

   "Me queda bien. ¿Cuánto vale (价值)?"

   "98 yuanes."

   "¿Le (pagar) _____ a usted?"

   "No. (hacer) _____ el favor de pagar en la caja."

3. "Señor bibliotecario, (venir, nosotros) _____ a ayudarle en su trabajo. ¿Qué (tener) _____ que hacer?"

"Muchas gracias. Bueno, (ir, ustedes) _____ a otra sala, (abrir) _____ todas las ventanas. Luego (limpiar)
_____ las mesas, las sillas y los estantes. "
"Entonces (ir) _____ allí. "
" (Esperar) _____ . (Ayudarme) _____ a poner esta
mesa cerca a aquella puerta. "

**V. 请快速将下列句子译成西班牙语 (Traduce con rapidez las si-
guientes oraciones al español) :**

1. 您讲吧!
2. 我需要这本书。您下午给我带来吧。
3. 请诸位快走!
4. 这几位, 快起床, 穿衣服。
5. 请告诉我几点了。
6. 请各位都出来。
7. 请您帮我一下。
8. 各位都干活吧。
9. 请您把门打开。
10. 请那几位把那几扇窗户关上。
11. 请各位给我写信呀!
12. 这是他的衣服。请您给他带去。

**VI. 用适当的单词填空, 使形容词以比较级形式出现 (Rellena los
espacios en blanco con las palabras correspondientes para que
el adjetivo aparezca en el grado comparativo) :**

1. Señorita, haga el favor de mostrarme otra camisa _____
larga, pero _____ cara que ésta.
2. Mire ésta. Es tan larga _____ aquélla y _____

barata.

3. Señor, páseme aquella gorra （帽子） azul. Me parece
_____ bonita _____ ésta.

4. Sí, es _____ bonita, pero también _____ cara.

5. Veo que es de _____ calidad. ¿Cuánto vale （值，价
值）?

6. Veinticinco yuanes. Vale cinco yuanes _____ que ésa.

7. Entonces páseme otra del mismo color, pero _____ barata
_____ ésta.

8. Mire ésta. Es _____ bonita como ésta, pero _____
barata que ésta. Vale diecinueve.

9. Vivimos en un edificio _____ alto que éste.

10. Mi primo es _____ bajo como el tuyo.

VII. 用所给单词和形容词比较级造句（Forma oraciones con las palabras dadas y el grado comparativo del adjetivo）:

1. tener, casa, grande.

_____

2. haber, armario, nuevo.

_____

3. querer comprar, blusa, bonito.

_____

4. texto, difícil, otro.

_____

5. tener, gripe, fuerte.

_____

6. foto, feo.

_____

7. trabajar, biblioteca, pequeño.

_____

8. sala, estar, limpio.

_____

9. Rosa, moreno, Yolanda.

_____

10. mostrar, pantalones, largo, caro.

_____

VIII. 将下列句子译成西班牙语（**Traduce al español las siguientes oraciones**）：

1. 你还欠我两本书呢。
2. 能劳驾诸位站起来吗？
3. 劳驾请您把那件女上衣取出来。
4. 如果你不想去，那就必须告诉他。
5. "想要饭后甜食吗？"
   "来一点吧！"
6. 这篇课文有点难。

    7. 那房间里想必有个衣柜吧。

    8. 给我一点鱼和一点肉。

IX. 请用相应的宾格和/或与格代词填空（**Rellena los espacios en blanco con los correspondientes pronombres acusativos y / o dativos**）：

    1. "Si vas a la tienda, ¿me puedes traer una pastilla de jabón (一块肥皂)?"

        "Con mucho gusto, _____ voy a traer."

    2. "A quién tengo que dar estos zapatos?"

        "Dé _____ a Ramón."

    3. "Profesora, esta lección me parece muy difícil, explique _____ otra vez, por favor.

    4. Si les parecen bonitas estas canciones (歌曲) yo puedo enseñar(教)_____.

    5. Vuelvo ahora mismo. Espere _____ aquí.

    6. Aquellos calcetines me parecen muy bonitos. Haga el favor de pasar _____.

    7. Quiero leer el periódico de hoy. Devuelve _____.

    8. Estos platos están sucios (脏). Hay que lavar _____.

    9. Si quieres tomar el desayuno, ahora mismo _____ preparo.

    10. Ahora tenemos mucho que hacer. Hagan el favor de ayudar _____.

    （笔头做 3,4,5,6,7. Cuidado con el acento ortográfico.）

X. 待同伴说出句子后，请你快速重复，但须改变其中非重读人称代词的位置（**Forma oraciones alterando la colocación de los pro-**

nombres átonos de la frase que vaya diciendo tu compañero):
Por ejemplo: Si él dice: *Voy a llevárselo.* **Tú tienes que repetir
la misma frase** —con debidos cambios de persona, desde luego—diciendo: *Se lo vas a llevar.*)。
1. Voy a decírtelo.
2. Puedes traérmelas.
3. Debemos explicárselos.
4. Quiero probármela.
5. Vais a pedírselo.
6. Tienes que sacárselas.
7. No quiero dártelo.
8. No podéis devolvérselos.

XI. 用适当的前置词或前置词和冠词的缩合形式填空（**Rellena los
espacios en blanco con la preposición adecuada o la forma
contracta del artículo y las preposiciones**）:

1. _____ muchas partes la gente come tres veces _____
   el día.

2. Tenemos que efectuar nuestras actividades diarias _____
   un horario.

3. Ella siempre está muy ocupada. Estos días, _____ ejemplo, tiene mucho que hacer.

4. ¿Qué hacen los alumnos _____ clase y clase?

5. Todas las tardes, hacemos deporte _____ la hora de
   cenar.

6. Mi madre me sirve una taza de té（一杯茶）. Después
   _____ tomarlo, vuelvo _____ repasar mis lecciones.

7. ¡Cómo voy a escribir _____ pluma!

8. Los alumnos entran uno _____ otro _____ la sala.

9. Después _____ el trabajo, pienso leer algo.

10. Los niños empiezan _____ hablar a los dos años.

XII. 根据情况和需要用定冠词或不定冠词填空（**Rellena los espacios en blanco con el artículo determinado o indeterminado según convenga y sea necesario**）：

1. En todas _____ partes la gente tiene que trabajar.

2. Vivimos en el campo. Entre _____ casa y _____ casa, siempre hay un pequeño jardín.

3. ¿Cuántas veces al día te cepillas _____ dientes?

4. El descanso dura _____ veinticinco minutos.

5. En el desayuno él sólo toma _____ vaso de leche y _____ poco de cereal.

6. Sólo queda _____ huevo. Cómetelo si quieres.

7. Ella tiene _____ buena salud.

8. ¿Qué te gusta: _____ carne o _____ pescado?

9. Mi amiga española ya puede comer con _____ palillos.

10. Señorita, sáqueme, por favor, _____ par de zapatos.

XIII. 布置一个小商店，模拟售货员和顾客的谈话。如有的商品名称未在课文中出现，可贴上西班牙语标签（**Que los estudiantes monten una tienda y simulen conversaciones entre el dependiente / la dependienta y el cliente / la clienta. Se pueden pegar fichas con nombres en español de las mercancías que no aparecen en el texto, como por ejemplo: *jabón*, *pasta de dientes* (*un tubo de*), *cepillo de dientes*, *termos*, *agujas*, *hilo* (*un carrete de*), *tinta*, *bolígrafo* (*lapice-***

ro)，papel de tocador（un rollo de），pañuelo，bufanda，
toalla，camiseta，calzoncillo，medias . . . ）。

XIV. 笔录谈话内容（**Redacta sobre esas conversaciones**）。

第 十七 课　LECCIÓN 17

语法: 1. 命令式(Ⅲ)
　　　2. 形容词比较级(Ⅱ)

课文　TEXTO

UNA VISITA

I

Hoy estamos a primero de octubre. Es domingo. La profesora Li invita a unos amigos panameños a comer en su casa. Cuando suena el timbre, ella se acerca a la puerta y la abre.

—¡Bienvenidos! Pasen. Por favor, quítense los abrigos y cuélguenlos allí, al lado de la puerta.

—¡Qué frío! ¡Bonita casa tiene usted!

—¿Verdad? Gracias. Permítanme presentarles a mi esposo,
Fang. Habla castellano también. Bueno, ya sabes que estos muchachos acaban de venir de Hispanoamérica.

—¡Encantado! Siéntense, por favor.

—Mucho gusto. ¿Es usted también profesor?

—No, soy abogado. ¿Qué prefieren beber?

—Sírvannos té de jazmín. A todos nos gusta mucho. Además,
con este frío, necesitamos calentarnos un poco.

—Ahora mismo se lo traigo. Pero tienen que perdonarme,
porque luego tengo que meterme en la cocina y no voy a poder
acompañárlos.

II

—Buenas noches, Juan. Sentimos molestarte a esta hora.
Sabemos que es demasiado tarde. Es que[1] tenemos algo urgente que
decirte.

—Pero pasad, chicos. No podemos hablar así, de pie y a la
puerta. Tomad asiento y vamos a conversar más cómodos. ¿No
queréis beber algo?

—Una coca-cola para mí. ¿Qué os apetece a vosotros?

—Igual que tú.

—De acuerdo. Entonces la botella está ahí y servíos vosotros mismos. Ya sabéis: estáis en vuestra propia casa. Ahora decidme: ¿qué
queréis de mí?

—Mira, la Televisión nos invita a representar algunos números,
bueno, cosas de España o de América Latina. ¿Puedes enseñarnos a

bailar flamenco?

—¡ Enseñaros a bailar flamenco nada menos! Pero muchachos, eso es algo muy difícil; y además, tampoco sé. ¿Por qué no hacemos algo más sencillo? Sevillanas, por ejemplo.

—Como tú quieras[2].

—Entonces un brindis con coca-cola.

注 释 NOTAS

1. es que：做解释时常用的一种词语，以衔接上下文。意思是：事情是这样的...
2. Como tú quieras：随你的便；听你的。

词 汇 表 VOCABULARIO

visita *f.* 拜访, 来访	frío *m.* 冷
octubre *m.* 十月	permitir *tr.* 允许
invitar *tr.* 邀请	presentar *tr.* 介绍
sonar *intr.* 响	castellano *m.*
timbre *m.* 铃	卡斯蒂利亚语(西班牙语)
bienvenida *f.* 欢迎	Hispanoamérica *f.*
bienvenido *adj.* 受欢迎的	西班牙语美洲
quitar(se) *tr.* , *prnl.*	encantado *p. p.* 十分高兴
去掉；脱下	mucho gusto 很高兴, 很荣幸
abrigo *m.* 大衣	abogado, da *m.* , *f.* 律师
colgar *tr.* 悬挂	té de jazmín 茉莉花茶

calentar(se)   *tr.* ,*prnl.*   加热

ahora mismo   这会儿

perdonar   *tr.*   原谅

meter(se)   *tr.* ,*prnl.*
　　塞进;钻进

acompañar   *tr.*   陪伴

molestar   *tr.*   打扰

demasiado   *adv.*   太,过于

urgente   *adj.*   紧急的

de pie   站着

a la puerta   在门口

asiento   *m.*   座位

conversar   *intr.*   谈话,交谈

coca-cola   *f.*   可口可乐

de acuerdo   同意,行

botella   *f.*   瓶子

representar   *tr.*   代表;表演

número   *m.*   节目

América Latina   拉丁美洲

enseñar   *tr.*   教

bailar   *tr.* ,*intr.*   跳舞

flamenco   *m.*   吉普赛舞

sencillo   *adj.*   简单的,单纯的

sevillanas   *f. pl.*   塞维利亚舞

como tú quieras   随你的便

brindis   *m.*   敬酒,干杯

补充词汇 PALABRAS ADICIONALES

marido   *m.*   丈夫

yerno   *m.*   女婿

nuera   *f.*   媳妇

sobrino, a   *m.* , *f.*
　　侄子(女),外甥(女)

Panamá   巴拿马

Venezuela   委内瑞拉

Ecuador   厄瓜多尔

不规则动词 VERBOS IRREGULARES

sonar   Se conjuga como ***mostrar***.

colgar	Se conjuga como ***mostrar.***
calentar	Se conjuga como ***sentar.***

词汇 LÉXICO

I. frío

    A. *m.* 冷

        1. En esta ciudad, hace mucho frío en invierno y en verano (夏 天), mucho calor (热).

        2. Si tienes frío, ponte el abrigo.

    B. *adj.* 冷

        1. Este invierno es muy frío.

        2. Tienes las manos muy frías. ¿Estás enferma?

II. acercar(se)

    A. *tr.* 挪近

        1. José, acerca esa silla a la mesa.

        2. Hay que acercar la mesa a la ventana.

    B. *prnl.* 走近,靠近

        1. Acércate un poco más. Te voy a tomar una foto.

        2. Me acerco al mostrador y pido una camisa a la dependiente.

III. servir(se)

    A. *tr.* 招待

        1. En cada comida los cocineros nos sirven diferentes platos.

        2. ¿Te sirvo té o café?

    B. *prnl.* 用餐,自斟〔饮料〕

1. Todos los platos están en la mesa. Sírvanse, por favor.

2. Voy a servirme una coca-cola.

IV. tomar *tr.*

A. 拿，拿起

1. Esta es tu casa. Aquí tienes la llave. Tómala.

2. Toma el libro, abre la puerta y sale de la habitación.

B. 吃，喝

1. En la cena sólo voy a tomar leche y sopa.

2. En general（通常）tomo cosas ligeras（轻的，清淡的）en el desayuno.

C. 乘坐

1. Para ir al hospital puedes tomar un taxi（出租车）.

2. Vamos a tomar el autobús（公共汽车）de línea（线路）10.

D. （组成其他短语）

1. Profesora, tome asiento, por favor.

2. Toma tres de estas pastillas cada vez y tres veces al día.

语法　GRAMÁTICA

一、命令式（Modo imperativo）：

不规则动词第一人称复数的命令式变位大致可划分为以下几种情况：

1. empezar, acostar 型，即某些动词的词干元音 e 或 o 为重读音节时，转化成相应的二重元音 ie 和 ue；为非重读音节时，恢复原状。有些动词不同人称的命令式变位就体现了这个规律：

emp*ie*ce	emp*ie*cen	empec*e*mos
ac*ué*stese	ac*ué*stense	acost*é*monos *

2. decir 型，即第一人称复数的命令式与礼貌式单复数遵循同一条规则：在陈述式现在时第一人称单数的词干上加命令式词尾：

d*ig*a	d*ig*an	d*ig*amos
h*ag*a	h*ag*an	h*ag*amos

conocer, salir, tener, traer, venir, ver, vestir(se), volver 等均属这种类型。

3. dormir 型：

d*ue*rma	d*ue*rman	d*u*rmamos

4. 其他：

dar：	dé	den	demos
estar：	esté	estén	estemos
ir：	vaya	vayan	vayamos
ser：	sea	sean	seamos
saber：	sepa	sepan	sepamos

请注意带 * 号处，代词式动词这个人称命令式的特殊性，即带与之连写的后置代词时，失去词尾辅音 s：levantémonos, lavémonos, vistámonos。

二、形容词比较级（Grado comparativo del adjetivo）：

某些常用形容词的较高级有其特殊形式：

bueno—mejor（更好）
malo—peor（更坏）
grande—mayor（更大）
pequeño—menor（更小）

有数的变化，没有性的变化。

例如:

Estas casas son mejores que ésas.

Este libro es peor que aquél.

Juan es mayor que Andrea. (指年龄)

Antonio es menor que yo. (指年龄)

grande 和 pequeño 的比较级也可以是 más grande, más pequeño, 其含义与 mayor, menor 相同, 但用来修饰人时, mayor 和 menor 一般指年龄较大或较小, 而 más grande 和 más pequeño 则指身材高矮。

练习 EJERCICIOS

I. 请将动词变位 (Conjuga los verbos) :

1. **en presente de indicativo:** invitar, presentar, perdonar, molestar, conversar, representar, acompañar, enseñar, *colgar (se)*, *calentar (se)*, comer, beber, meterse, permitir, *traer*, *sentir*, *apetecer*, *saber*;

2. **en modo imperativo:** (tú, vosotros): invitar, presentar, perdonar, *meter (se)*, beber, permitir, colgar, *calentarse*, *traer*, *acostarse*, *vestirse*, *decir*, *hacer*, *poner*, *salir*, *ser*, *tener*, *ir*, *dar*, venir, saber;

(usted, ustedes, nosotros): conversar, representar, acompañar, enseñar, *colgar*, calentar(se), comer, beber, meter(se), permitir, *apetecer*, *traer*, *sentarse*, pedir, preferir, servir, vestirse, decir, hacer, poner, salir, ser, tener, venir, saber, ir, dar.

(斜体字笔头做)

II. 请仿照所给模式变位 (Conjuga los verbos según los modelos
dados):

Modelo (1):

presente de indicativo:		imperativo:	
me levanto	nos levantamos	levantémonos	
te levantas	os levantáis	levántate	levantaos
se levanta	se levantan	levántese	levántense

meterse, molestarse, presentarse, calentarse, asearse, lavarse,
peinarse, cepillarse los dientes, acercarse (por escrito), probarse.

Modelo (2):

presente de indicativo:		imperativo:	
los invito	los invitamos	invitémoslos	
los invitas	los invitáis	invítalos	invitadlos
los invita	los invitan	invítelos	invítenlos

perdonarla, presentarlos, acompañarlas, enseñárselo, colgarla,
permitírselo, traérselas, meterlo, beberla, servírselo,
mostrárselos, saberlo.

III. 请把陈述式现在时变为命令式 (Transforma en imperativo el
presente de indicativo):

Ejemplo (1): **nos despertamos —despertémonos**

nos vestimos, nos aseamos, nos lavamos las manos, nos
cepillamos los dientes, nos peinamos, nos sentamos, nos reuni-

mos, nos ocupamos, nos acercamos, nos metemos, nos servimos, nos presentamos.

Ejemplo(2): **la empezamos —empecémosla**

lo comenzamos (por escrito), los preparamos, las despertamos, les ayudamos, lo efectuamos, se lo recordamos, se la pedimos, se lo servimos, las repasamos, se lo decimos, lo sabemos, los somos.

IV. 将下列句子译成西班牙语 (**Traduce al español las siguientes oraciones**) :
1. 咱们起床吧。
2. 咱们进去吧。
3. 咱们都坐下吧。
4. 咱们开始工作吧。
5. 咱们出去吧。
6. 咱们跑吧。
7. 咱们准备午饭吧。
8. 咱们打扫房间吧。
9. 咱们把一切都告诉他吧。
10. 这都是他的杂志。咱们给他带去吧。

V. 用形容词比较级完成下列句子 (**Completa las oraciones utilizando el grado comparativo de adjetivo**) :
1. Estos calcetines no son bonitos. Quiero comprar otros
   _____ .

2. Aquella casa es muy vieja (旧，老). Ellos viven en una _____.

3. Esos árboles me parecen muy bajos. En aquel parque hay otros _____.

4. Este cuchillo está muy sucio (脏). Necesito otro _____.

5. Tu coche es muy caro. Ella piensa comprar otro _____.

6. Estos pantalones son de color muy claro. ¿Tienen ustedes otros _____?

7. Tu cama no me parece muy cómoda. En la tienda se venden unas _____.

8. Esta chaqueta me queda demasiado larga. Muéstreme por favor otra _____.

9. Mi trabajo no es _____ urgente _____ el tuyo.

10. Necesitamos unas sillas _____ baratas _____ éstas.

VI. 将括号里的单词变为句子内容要求的形式 (Pon las palabras entre parentesis en la forma debida):

1. Yo tengo 20 años. Susana, 19 años. Soy (grande) _____ que ella. Ella es (pequeña) _____ que yo.

2. Este plato me parece (bueno) _____ que aquél.

3. Esta novela (小说) es muy mala. Es todavía (mala) _____ que ésa.

4. Tengo 30 libros. Tú tienes 45. Yo tengo (pocos) _____ libros que tú. Tú tienes (muchos) _____ libros que yo.

5. Los chinos consumimos (消费) (poca) _____ carne que los europeos (欧洲人). Los europeos consumen (mucha) _____ carne que los chinos.

6. Mi abuela es un poco (grande) _____ que mi abuelo. Mi

madre es un poco (pequeño) _____ que mi padre.

VII. 用所给单词的适当形式完成下列句子（**Completa las oraciones con la forma adecuada de las palabras dadas**）：

acercar(*se*)　　*servir*(*se*)　　*frío*　　*tomar*

1. Niño, _____ este vaso de leche. No está muy _____.

2. Todas las mañanas mi abuelo, al levantarse, _____ una
taza de té.

3. Muchachos, ¿qué os _____ : té o coca - cola?

4. En verano es muy bueno tomar leche _____.

5. Estos libros son tuyos. _____ los.

6. _____ a la ventana y ve qué pasa fuera.

7. Señores, la mesa ya está puesta（饭菜摆上桌了）.
_____ por favor.

8. Este invierno no hace mucho _____.

9. Si quieres ver qué hay dentro del coche, tienes que
_____.

10. ¿Por qué no _____ ustedes asiento? No nos es muy
cómodo conversar de pie.

VIII. 用所给单词造句（**Forma oraciones con las palabras
dadas**）：

1. ventana, mesa, acercar.

2. té o café, servir.

_____

3. almorzar, sopa, tomar, dos platos

_____

4. acercarse, mostrador, preguntar.

_____

5. servirse, vaso, leche

_____

6. al lado, silla, árbol, acercar.

_____

7. campo, frío, la ciudad.

_____

8. profesor, sala, tomar, entrar, asiento.

_____

9. frío, preferir, agua.

_____

10. restaurante, comida, este, aquel, mejor.

_____

IX. 请将下列句子译成西班牙语 (**Traduce al español las siguientes oraciones**)：

1. 哎,你们俩,把沙发移到窗户跟前。
2. 可乐、咖啡、茶都在桌上。各位请自便吧。
3. 孩子有点冷。给他穿上大衣吧。
4. 你走近柜台去看看里面到底有什么。
5. 汤已经凉了,快喝吧。
6. 咱们快拿起书走吧。
7. 等一等,我给你倒杯牛奶。
8. 今年冬天不太冷。
9. 她每天坐公共汽车去办公室。

X. 请用适当的单词填空 (**Rellena los espacios en blanco con palabras adecuadas**)：

1. hijo o hija de los tíos _____
2. marido de la hija _____
3. esposa del hijo _____
4. padre del padre o de la madre _____
5. madre del padre o de la madre _____
6. 古巴 _____
7. 智利 _____
8. 巴拿马 _____
9. 委内瑞拉 _____
10. 墨西哥 _____

XI. 用适当的前置词或前置词与冠词的缩合形式填空 (**Rellena los espacios en blanco con la preposición adecuada o la forma contracta del artículo y las preposiciones**)：

1. ¿Te gusta pasear _____ las calles?

2. Acércate _____ la ventana y mira si viene Pablo.

3. Felisa espera _____ su amiga delante _____ el escaparate.

4. Lo siento. _____ las camisas azules sólo quedan dos.

5. Quiero comprar un par de zapatos _____ el mismo modelo que el tuyo.

6. Si te gusta la chaqueta, quédate _____ ella.

7. Estos pantalones parecen un poco largos _____ mí.

8. Compre usted esa blusa. Es _____ buena calidad.

9. Pensamos invitar _____ el profesor a comer _____ un restaurante.

10. Las dos muchachas conversan _____ pie _____ la puerta.

XII. 根据情况和需要用定冠词或不定冠词填空（Rellena los espacios en blanco con el artículo determinado o indeterminado según convenga y sea necesario）:

1. Estamos en _____ septiembre. Es _____ domingo. Hace _____ buen día.

2. A todas _____ mujeres les gusta ir de compras.

3. Cuando Teresa y su amiga entran en la zapatería, _____ dependiente les pregunta:

   "¿Qué desean ustedes?"

4. Mi madre quiere comprar _____ armario de _____ color oscuro.

5. En muchas tiendas _____ compradores（买方，顾客）tienen que pagar en _____ caja.

6. Veo por ahí _____ calcetines muy bonitos. ¿Puede usted pasármelos?

7. Susana dice que va a invitar a _____ amigos latinoamericanos (拉丁美洲) a comer en _____ comedor.

8. Aquí hace mucho calor. Quitémonos _____ abrigos.

9. Mi tío es _____ abogado y el de Luis es _____ ingeniero.

10. Pero ¡ _____ muchachos, eso es algo muy difícil! ¿Cómo voy a enseñároslo?

XIII. 回答下列问题 (**Contesta a las siguientes preguntas**)：

1. ¿A quiénes invita a comer en su casa la profesora Li?

2. ¿Qué hace ella cuando suena el timbre?

3. ¿Qué dice ella a los amigos latinoamericanos que llegan?

4. ¿Qué le dicen a ella los amigos?

5. ¿Quién está a su lado cuando ella habla con los invitados?

6. ¿Qué debemos hacer cuando estamos entre dos personas que conocemos, pero que ellos no se conocen el uno al otro?

7. ¿Qué debes decir cuando alguien te presenta a un desconocido (陌生人)? Y ¿cuál puede ser la respuesta del otro?

8. ¿Cómo preguntamos a los invitados antes de servirles algo para beber?

9. ¿Qué bebida (饮料) prefieren los invitados latinoamericanos de la profesora Li?

10. ¿Por qué el esposo de la profesora no puede acompañar a los invitados?

11. ¿Qué debes decir a una persona cuando quieres pedirle un

279

favor?

12. ¿Sabes bailar flamenco o sevillanas? ¿Te apetece aprender-
los?

XIV. 针对斜体部分提问 (**Haz preguntas referentes a la parte en
cursiva**) :

1. Hoy es *domingo*.

_____

2. Hoy es *el Primero de Octubre*.

_____

3. *Cuando suena el timbre*, ella se acerca a la puerta y la abre.

_____

4. La profesora presenta a su esposo *a los invitados*.

_____

5. Cuando llegan los invitados, hace *mucho frío*.

_____

6. Los invitados cuelgan los abrigos *al lado de la puerta*.

_____

7. Los dos amigos conversan *a la puerta de pie*.

_____

8. *En esa cama* puedes dormir más cómodo.

9. Carmen puede enseñarnos *a bailar flamenco y sevillanas.*

10. *Las sevillanas* son más sencillas que *el flamenco.*

XV. 根据下列设想情景进行假想会话（**Simula una conversación en las siguientes situaciones**）：

1. Cuando te visita un amigo / amiga muy conocido / conocida;

2. Cuando te visita una o varias personas no muy conocidas;

3. Cuando visitas solo o acompañado de tus compañeros a algún profesor / alguna profesora;

4. Cuando llega a tu casa una o varias personas que visitan a tus padres.

XVI. 笔录上述任何一类会话（**Redacta sobre cualquiera de las conversaciones arriba mencionadas**）。

第 十八 课　LECCIÓN 18

复习　REPASO

课文　TEXTO

LA CASA

Mi amigo Felipe vive en Barcelona. Esta es su casa. Está en la calle de Buenos Aires, número treinta y cinco. Es una casa bastante grande, de dos plantas. Al entrar, se ve enseguida un amplio patio. A la izquierda de la casa hay una piscina, de diez metros de ancho y veinte de largo. Más allá, está el pequeño jardín con algunos árboles y muchas flores. Es muy bonito en primavera y verano, y en otoño, algunos árboles dan frutos. Hay mucho espacio, ya que son sólo tres personas.

La puerta principal conduce directamente a la sala de estar. Un enorme ventanal da al jardín. Delante de él están colocados unos sofás, sillas y mesillas. Entre las dos ventanas del fondo hay un piano. Una fila de plantas bastante altas separa el comedor de la sala de estar. La cocina está a la derecha. Las tres zonas están muy bien distribuidas y se distinguen claramente.

Los dormitorios están en la primera planta. Justo arriba del comedor está la habitación de Felipe, con cuarto de baño. Él también tiene un pequeño estudio, con estantes llenos de libros. Entre el dormitorio de Felipe y el de sus padres está la biblioteca de la familia. Allí se guardan todavía mayor cantidad de libros.

El padre de Felipe es empresario y su madre, escritora. Los dos siempre están muy ocupados. Se acuestan tarde y se levantan todavía más tarde. Salen con frecuencia, viajan a todas partes y reciben muchas visitas. En fin, tienen una vida social muy intensa. Felipe los ve muy poco.

词 汇 表 VOCABULARIO

Barcelona 巴塞罗那	árbol *m.* 树
Buenos Aires 布宜诺斯艾利斯	flor *f.* 花
planta *f.* 花草;楼层	primavera *f.* 春天
enseguida *adv.* 马上,立刻	verano *m.* 夏天
amplio *adj.* 宽绰,宽大	otoño *m.* 秋天
patio *m.* 院子	fruto *m.* 果实
izquierdo,da *adj.* 左边	espacio *m.* 空间
piscina *f.* 游泳池	ya que 既然
metro *m.* 公尺,米	principal *adj.* 主要的
ancho *adj.* 宽的	conducir *tr.*
más allá 再过去一点	通向;引导;驾驶

directamente　*adv.*　直接

sala de estar　起居室,客厅

enorme　*adj.*　巨大的

ventanal　*m.*　落地窗

delante　*adv.*　前面

colocado　*p. p.*　摆放

mesilla　*f.*　小桌,茶几

fondo　*m.*　深处,底部,尽头

piano　*m.*　钢琴

fila　*f.*　行列

separar　*tr.*　分开

comedor　*m.*　餐厅,食堂

derecho,cha　*adj.*　右边

zona　*f.*　区域,地区

distribuido　*p. p.*　分布

distinguir　*tr.*　区分,辨别

justo　*adj.* , *adv.*
　　正义的；恰好

arriba　*adv.*　上边

estudio　*m.*　书房,写字间

escritor,ra　*m.* , *f.*　作家

con frecuencia　经常

viajar　*intr.*　旅行

recibir　*tr.*　接受；接待

social　*adj.*　社会的

intenso　*adj.*　密集的,紧张的

补充词汇　PALABRAS ADICIONALES

balcón　*m.*　阳台

dividir　*tr.*　分开,分为

extremo　*m.*　端,极端

situado　*p. p.*　位于

cubrir　*tr.*　覆盖

trasladar(se)　*tr.* , *prnl.*
　　搬动；搬家

distribución　*f.*
　　分布, 分配, 布局

mueble　*m.*　家具

不规则动词　VERBOS IRREGULARES

conducir：*conduzco*, *conduces*, *conduce*, *conducimos*, *conducís*, *conducen.*

词汇 LÉXICO

I. estar

A. (处所动词, 表示人或物在某处)

1. —¿Dónde está Marta?

—No sé. Debe estar en su casa.

2. Todas las sillas están junto a las ventanas.

B. (系动词)

1. La niña está enferma.

2. Estos días estamos muy ocupados.

3. Aquella mesa junto a la ventana está libre.

II. entrar *intr.* 走进

1. Entrad, por favor. Fuera (外面) hace mucho frío.

2. Las dos chicas entran en la zapatería y se acercan al mostrador.

III. dar *tr.*

A. 给

1. Este libro es para Belisa. Se lo voy a dar.

2. Esos pares de calcetines son míos. Dámelos.

B. (时钟报时)

1. Son las cinco y media. Pero el reloj da las cinco.

2. Ese reloj no da la hora.

C. 朝(方向)

1. Nuestra sala da al sur (南).

2. Mi habitación da a un jardín.

D. (组成短语)

1. Cuando llegan los invitados, les damos la bienvenida.
2. Hoy estamos muy ocupados. No nos da tiempo ni para comer.

IV. bastante

A. *pron.*　相当多,足够

1. —¿Tienes muchas revistas?
　　—Sí, bastantes.
2. —¿Van a venir muchos invitados?
　　—Claro, bastantes.

B. *adj.*　相当多的, 足够的

1. Al mediodía podemos descansar bastante tiempo.
2. Bastantes horas vamos a trabajar.

C. *adv.*　相当,相当多地

1. Este niño come bastante.
2. Estos días trabajamos mucho. Estamos bastante cansados.

练 习　EJERCICIOS

I. 动词变位 (Conjuga los verbos):

　　1. **en presente de indicativo**: entrar, separar, trasladar, levantarse, viajar, vivir, distinguir, recibir, dividir, cubrir, acostarse, volver, colgar, ver, conducir, dar, tener, estar, salir;

　　2. **en las cinco personas del modo imperativo**: entrar, separar, levantarse, viajar, trasladarse, cubrir, distinguir, dividir, recibir, vivir, colgar, acostarse, ver, conducir, dar, tener, estar, salir, decir,

venir, volver, ser, hacer.

II. 仿照所给模式做动词变位 (**Conjuga los verbos según los modelos dados**)：

Modelos (1)：entro

entras	entra
entra	entre (usted)
entramos	entremos
entráis	entrad
entran	entren (ustedes)

separar, viajar, trasladar, dividir, distinguir, cubrir, recibir, vivir, volver, ver, dar, estar, conducir, tener, estar, salir, hacer.

Modelo (2)：me levanto

te levantas	levántate
se levanta	levántese (usted)
nos levantamos	levantémonos
os levantáis	levantaos
se levanta	levántense (ustedes)

acostarse, reunirse, vestirse, lavarse las manos, cepillarse los dientes, despertarse, acercarse, quitarse, sentarse, trasladarse, cubrirse, distinguirse.

(El modo imperativo por escrito después de hacerlo oralmente.)

Modelo (3)：lo invito

lo invitas	invítalo

lo invita	**invítelo** (usted)
lo invitamos	**invitémoslo**
lo invitáis	**invitadlo**
lo invitan	**invítenlo** (ustedes)

recibirlas, conducirlo, tomarla, abrirlos, meterlo, acompañarla, saberlo, mirarlas, colgarlos, cubrirlas, dividirlos, distinguirla.

Modelo (4)： **te lo explico**

me lo explicas	**explícamelo**
me lo explica	**explíquemelo** (usted)
se lo explicamos	**expliquémoselo**
nos lo explicáis	**explicádnoslo**
me lo explican	**explíquenmelo** (ustedes)

enseñarlo, cerrarlas, comprarla, contestarlas, devolverlo, escribirlas, guardarlos, leerlo, llevarla, pedirlas, prestarlos, recetarlas, traerlo, venderlas, dejarla, limpiarlas, mostrarlas, pagarlo, pasarla, permitirlo, preguntarlo, servirla.

（请根据不同人称的语义需要增添与格代词。命令式口笔头都要做。Agrega pronombres dativos según convenga cada persona. El modo imperativo por escrito después de hacerlo oralmente. ）

III. 把下列句子译成西班牙语 (Traduce al español las siguientes oraciones) ：

1. 他们每天都在院子里洗漱。
2. 你快起床、穿衣、洗一洗。时间不早了。
3. 咱们马上集合。

4. 这是那女孩的鞋袜和衣服。请您给她捎去。

5. 学生都说新课文很难。你再给他们讲一遍吧。

6. 那些都是你的杂志。我下午都给你带来。

7. 这几本新书她都有。你向她借好了。

8. 桌子离窗户太远。挪近一点。

9. 他们不认识这位古巴朋友。咱们给他们介绍一下吧。

10. 我知道他想干什么。我这就告诉你。

IV. 把动词变为适当的语式、时态和人称 (Pon el infinitivo en el modo, el tiempo y la persona correspondientes):

1. (Acompañarme) _____ a la biblioteca si no estás ocupado.

2. No (pensar, nosotros) _____ salir porque hace mucho frío.

3. Todos (entrar, ellos) _____ en el aula cuando suena el timbre.

4. Todos los días mi madre me dice que (tener, yo) _____ que dormir ocho horas diarias.

5. (Ayudarlos, ustedes) _____ si quieren.

6. (Limpiar, nosotros) _____ la sala porque está muy sucia (脏).

7. Mi abuelo siempre dice que los jóvenes no (saber, nosotros) _____ trabajar.

8. Hay que cerrar todas las ventanas cuando (hacer) _____ viento (风).

9. (Preferir, yo) _____ tomar un vaso de té caliente (热的) porque tengo mucho frío.

10. (Salir, vosotros) _____ ahora mismo si queréis llegar antes de las siete.

LECCIÓN 18

V. 用适当的连词衔接两个简单句。注意有时需要剔除某些成分（**Enlaza las dos oraciones simples con las conjunciones dadas según convenga. Cuidado: a veces hace falta quitar algo al enlazarlas**）：

cuando   si   porque   que

1. Siéntese en esa silla. Quiere descansar.

   _____

2. Me gusta esta cama. Es muy cómoda.

   _____

3. La profesora siempre dice eso. Tenemos que estudiar mucho.

   _____

4. Cenamos. Vemos la televisión.

   _____

5. Pruébate estos zapatos. Quieres comprarlos.

   _____

6. Mi madre va a la tienda. Yo la acompaño.

   _____

7. Te presto estas revistas. Me las devuelves esta semana.

   _____

8. No puedo decirte nada. Tampoco sé.

_____

9. Luisa puede enseñarnos a bailar sevillanas. Las baila muy bien.

_____

10. Quítense los abrigos. Tienen calor (热).

_____

VI. 用形容词的适当形式完成句子（**Completa las siguientes oraciones con la forma adecuada del adjetivo**）：

1. Ramón tiene 21 años. Sonia tiene 19 años. Ramón es _____ Sonia.

2. Me gusta aquella camisa, porque es _____ ésta. (con la forma comparativa de bueno.)

3. En esta casa viven 15 personas; en ésa, 22; porque ésa es _____ que ésta.

4. (Los pantalones son caros y las chaquetas también). Los pantalones son _____ caros _____ las chaquetas.

5. La lección 3 es _____ difícil _____ la lección 2. Profesora, haga el favor de explicarnos las dos una vez más.

6. Este edificio tiene 17 pisos (楼层). Aquél, 24. Aquél es _____ alto _____ éste.

7. Nuestra sala tiene 6 metros de ancho. La vuestra, 7. La nuestra es _____ ancha _____ la vuestra.

8. Esta piscina tiene 50 metros de largo y ésa, 40. Esta piscina es _____ larga _____ ésa.

9. Estas ventanas tienen 2 metros de alto. Aquéllas, 2,5. Aquéllas son _____ altas _____ éstas.

10. Hoy tengo que estudiar ocho lecciones. Pedro tiene que estudiar cuatro. Yo estoy _____ ocupado _____ Pedro.

VII. 将下列句子译成西班牙语 (Traduce al español las siguientes oraciones) :

1. 这件衬衫比那件衬衫白。

2. 这些铅笔跟那些铅笔一样贵。

3. 她的年龄比你小。

4. 我弟弟比你弟弟个头大。

5. 那些楼房比这些楼房新。

6. 蓝上衣比黄上衣好。

7. 这个游泳池没那个宽。

8. 黑袜子跟红袜子一样便宜。

9. 那些大柜子比这些小柜子难看。

10. 乡下比城里冷。

VIII. 用适当的前置词或前置词与冠词的缩合形式填空 (Rellena los espacios en blanco con la preposición correspondiente o la forma contracta del artículo y las preposiciones) :

1. Después de las clases vamos _____ la biblioteca.

2. Susana piensa viajar _____ su familia en verano.

3. Todos estos libros son _____ mi prima.

4. Duermo _____ mi hermano _____ esta habitación.

5. Venimos _____ el centro de la ciudad.

6. ¿ _____ quién quieren ustedes hablar?

7. ¿Puedes llevar todo eso _____ el profesor?

8. _____ la mesa hay muchas cosas.

9. Comemos _____ vivir, pero no vivimos _____ comer.

10. Tenemos cuatro clases _____ la mañana.

IX. 根据需要,用所给单词完成句子（Completa las oraciones con las palabras dadas según convenga）:

A. *ser*, *estar*

1. ¿Dónde _____ los estudiantes de la facultad?

2. El padre de Tomás _____ ingeniero y su tío _____ empresario.

3. Mis camisas _____ azules y las suyas _____ blancas.

4. La mesa no _____ muy limpia.

5. Toma la leche. Todavía no _____ fría.

6. El invierno de Beijing _____ muy frío.

7. Las habitaciones _____ bien distribuidas.

B. *entrar*, *salir*

1. Los obreros _____ en la fábrica a las siete y media de la mañana y _____ a las cinco de la tarde.

2. Hoy no _____. Puedes venir a casa a buscarme.

3. La señora abre la puerta y todos (nosotros) _____ en la sala.

4. Niño, la habitación está muy sucia (脏). _____ de ahí.

5. Cuando mi madre _____ de su trabajo, va a la tienda.

6. _____, muchachos, y tomad asiento. Esta es vuestra casa.

C. *dar*, *recibir*

1. _____ una novela (小说) a Gonzalo y _____ de él un diccionario (词典).

2. La profesora y su esposo esperan a la puerta para _____ a los invitados.

3. Mi amigo es una persona muy ocupada. Todos los días _____ muchas visitas.

4. Estamos reunidos aquí para _____ la bienvenida a un nuevo profesor.

5. Mi habitación _____ a un enorme patio.

6. ¿Qué regalos (礼物) piensas _____ para el Año Nuevo (新年)?

D. *bastante* (como *adj.* o como *adv.*)

1. "¿Tienes muchos libros?"

   "No muchos, pero _____. "

2. "¿A muchos occidentales les gusta la comida china?"

   "Sí, a _____. "

3. "¿Están ustedes muy ocupados estos días?"

   "Sí, _____. "

4. "¿Hay muchos estudiantes en tu facultad?"

   "_____. "

5. "¿Estudiáis mucho?"

   "_____. "

6. "¿Hay muchos árboles en el parque?"

   "Claro, _____. "

7. "¿Puedes distinguir lo que hay allá?"

   "Sí, lo distingo _____ bien. "

X. 根据需要用适当的冠词填空（**Rellena los espacios en blanco con el artículo correspondiente según convenga**）:

1. Aquí están María y Diana. _____ dos son amigas.

2. A ver, ¿cuántas camisas hay? _____ tres. Entonces me llevo _____ tres.

3. Luis tiene _____ cuatro hermanos. _____ dos chicos son obreros y _____ dos muchachas van a la escuela.

4. Este es el edificio número 1 y ése, el número 2. En _____ dos viven los profesores.

5. En este hospital trabajan _____ diez enfermeras. _____ diez son muy jóvenes.

6. En esta habitación hay _____ tres camas. _____ tres son cómodas y están muy limpias.

7. Todos los días a esta hora salen los muchachos. Sólo quedan Elba y Fernando. _____ dos me ayudan a limpiar la sala.

8. Ahí vienen _____ dos señoras. _____ dos son tías de Josefina.

9. En el jardín hay _____ cuatro hombres. _____ cuatro son profesores de la facultad.

10. Sobre la mesa hay libros, revistas y periódicos. _____ libros son míos, _____ revistas son de la biblioteca y _____ periódicos son de la profesora.

XI. 回答下列问题（**Contesta a las siguientes preguntas**）:

1. ¿Dónde vive Felipe?

2. ¿En qué calle está su casa?

3. ¿Cuál es el número de su casa?

4. ¿Cómo es su casa?

5. ¿Cuántas plantas tiene?

6. ¿Tiene patio la casa?

7. ¿Cómo es?

8. ¿Dónde está la piscina?

9. ¿Es grande la piscina?

10. ¿Dónde está el jardín?

11. ¿Qué hay en él?

12. ¿Cómo es el jardín en distintas estaciones（不同季节）?

13. ¿Adónde conduce directamente la puerta principal?

14. ¿Adónde da el enorme ventanal?

15. ¿Qué hay delante del ventanal?

16. ¿Dónde está colocado el piano?

17. ¿Qué hay entre el comedor y la sala de estar?

18. ¿Dónde está la cocina?

19. ¿En qué planta están los dormitorios?

20. ¿Dónde está la habitación de Felipe?

21. ¿Tiene cuarto de baño propio?

22. ¿Es grande el estudio de Felipe? ¿Qué hay en él?

23. ¿Dónde está la biblioteca de la familia?

24. ¿Qué es el padre de Felipe? ¿Y su madre?

25. No tienen mucho que hacer los dos, ¿verdad?

26. ¿Cuándo se acuestan y cuándo se levantan los dos?

27. ¿Qué hacen ellos con frecuencia?

28. ¿Por qué Felipe los ve muy poco?

XII. 针对斜体部分提问（**Haz preguntas referentes a la parte en cursiva**）:

1. Mi amigo Felipe vive en *Barcelona*.

_____

2. *Ésta* es su casa.

_____

3. Está en la calle *de Buenos Aires*, *número treinta y cinco*.

_____

4. Es una casa *bastante grande*, *de dos plantas*.

_____

5. Delante de la casa hay *un amplio patio*.

_____

6. *A la izquierda de la casa* hay una piscina.

_____

7. La piscina es *de diez metros de ancho y veinte de largo*.

_____

8. En el pequeño jardín hay *algunos árboles y muchas flores*.

_____

9. *Es muy bonito* en primavera y verano.

_____

10. Y *en otoño*, algunos árboles dan frutos.

11. La puerta principal conduce directamente *a la sala de estar.*

12. Un enorme ventanal da *al jardín.*

13. *Delante de él* están colocados unos sofás, sillas y mesillas.
（注意：提问时的冠词变化。Cuidado con el cambio de artículo al formular la pregunta.）

14. Entre las dos ventanas del fondo hay *un piano.*

15. *Una fila de plantas bastante altas separa* el comedor de la sala de estar.（注意：提问时甚至需要变换动词。Cuidado con el cambio incluso de verbo al formular la pregunta.）

16. La cocina está *a la derecha.*

17. Los dormitorios están *en la primera planta.*

18. *Justo arriba del comedor* está la habitación de Felipe con cuarto de baño.

_____

19. Los estantes están llenos *de libros.*

_____

20. *Entre el dormitorio de Felipe y el de sus padres* está la biblioteca de la familia.

_____

21. Los padres de Felipe están siempre *muy ocupados.*

_____

22. Felipe los ve *muy poco.*

_____

XIII. 口语活动参考题 (**Temas de la práctica oral**):

　　1. Conversa con un compañero acerca de vuestras casas;

　　2. Describe (描写) tu casa;

　　3. Describe la casa de algún conocido.

XIV. 笔录任何一个参考题 (**Redacta sobre cualquiera de los temas sugeridos**)。

第 十九 课　LECCIÓN 19

语法: 1. 陈述式简单过去时（Ⅰ）
2. 地点从句（DONDE）
3. 不定代词（NADA 和 NADIE）

课文　TEXTO

UN DÍA ATAREADO

I

Fue cualquier día de noviembre, pero para Elena fue un día muy atareado. Se despertó a las siete en punto. Se levantó, se vistió y se aseó con toda rapidez. Luego entró en la cocina para prepararse un sencillo desayuno. Lo tomó de pie y salió de casa. Cogió un taxi para llegar cuanto antes a la oficina de personal. Se apeó, corrió hacia el edificio, entró, se metió en el ascensor y subió al décimo piso. Se detuvo delante de la oficina. Al tocar el timbre, oyó una voz:

—¡Pase!

Era[1] el jefe. El señor saludó a la chica y le indicó un asiento. Ella se sentó y esperó. El hombre, después de mirarla un rato, comenzó a hacerle preguntas. Por último le ordenó:

—Vuelva usted mañana a la misma hora para un examen por escrito.

—Muchas gracias y hasta mañana. —dijo Elena.

Ya en la calle, corrió hacia el metro. El tren la dejó en las afueras de la ciudad. Entró en una casa. Estos días trabaja ahí como asistenta de las diez de la mañana a las cinco de la tarde.

Cuando por fin lo terminó todo, tuvo que regresar a toda carrera al centro de la ciudad para asistir a sus clases nocturnas de inglés y de francés. Es buena alumna y saca excelentes notas.

II

—El sábado pasado te llamé varias veces, pero nadie me contestó. ¿Qué te pasó?

—¿El sábado pasado? A ver, déjame recordar... Ah, sí, es que no estuve en casa todo el día.

—¿Qué pasó? Tuviste tanto que hacer?

—Mejor dicho, tuvimos mucho que hacer mi hermano y yo. Mira, nos levantamos a las cinco de la madrugada.

—¿Madrugasteis tanto un domingo?

—Pero ¡qué remedio! Tuvimos que ir a la estación ferroviaria para recibir a nuestra prima.

—¡Vaya un tren madrugador! Pero eso ocurrió por la mañana, ¿no es cierto?

—¿Sabes lo que ocurrió? El tren llegó con mucho retraso y esperamos hasta las cuatro y media de la tarde.

—De acuerdo. Pero no me contestaste tampoco cuando te llamé por la noche.

—Pues muy sencillo: no encontramos a nuestra prima en ninguno de los vagones. Entonces pensamos que a lo mejor venía en el tren próximo . . .

—Ya entiendo: los dos os quedasteis ahí esperando toda la noche.

注 释 NOTAS

(1) era 是 ser 的过去未完成时。

词汇表 VOCABULARIO

atareado	*p. p.*	忙碌的, 多事的	cuanto antes		尽快,尽早
			personal	*m. ; adj.*	人事;个人的
cualquier	*adj.*	任何一个			
noviembre	*m.*	十一月	apearse	*prnl.*	下车
rapidez	*f.*	快,迅速	correr	*intr.*	跑
coger	*tr.*	拿起;乘坐	hacia	*prep.*	向
taxi	*m.*	出租车	ascensor	*m.*	电梯
llegar	*intr.*	到达	subir	*intr. ,tr.*	上去;运上去

un rato 一会儿

ordenar *tr.* 命令；整理

examen *m.* 考试

por escrito 笔头的

metro *m.* 地铁

tren *m.* 火车

asistente, ta *m.*, *f.*
家庭服务员

a toda carrera 飞快地

asistir *tr.*, *intr.* 服侍；出席

nocturno *adj.* 夜间的

nota *f.* 记号，符号；分数

nadie *pron.* 没有（人），
谁也（不，没）

mejor dicho 确切地说

madrugada *f.* 清晨

madrugar *intr.* 早起

remedio *m.* 办法；药剂

estación *f.* 火车站

ferroviario *adj.* 铁路的

madrugador *adj.* 早起的

ocurrir *intr.* 发生

retraso *m.* 迟到

vagón *m.* 车厢

a lo mejor 或许

próximo *adj.* 下一个

entender *tr.* 懂得，明白

excelente *adj.*
极好的，优秀的

补充词汇 PALABRAS ADICIONALES

templado *adj.* 温和的

seco *adj.* 干的，干燥的

lluvioso *adj.* 多雨的

cálido *adj.* 温暖的

húmedo *adj.* 潮湿的

caluroso *adj.* 炎热的

不规则动词 VERBOS IRREGULARES

detener(**se**)   Se conjuga como ***tener.***

oír   ***oigo***, ***oyes***, ***oye***, ***oímos***, ***oís***, ***oyen.***

LECCIÓN 19

entender   *entiendo, entiendes, entiende, entendemos, entendéis, entienden.*

coger   (规则动词,但有些时态的变位发生拼写变化,比如命令式):

coge, coja, cojamos, coged, cojan.

词汇 LÉXICO

I. salir   *intr.*

  A. 离开

    1. Mis padres salen de Shanghai hoy.

    2. ¿Cuándo salen del trabajo los obreros?

    3. Termina la clase y todos salimos de la sala.

  B. 出去

    1. —¿Sales tú esta mañana?

      —No. Me quedo en casa.

    2. Con este frío nadie quiere salir.

    3. Si estás libre podemos salir de compras.

  C. (某事)结果(好坏)

    1. —A ver ¿cómo salieron las fotos?

      —¡ Muy bien!

    2. Le gusta escribir poesía (诗), pero nunca (从来,永不) le sale bien.

II. pasar

  A. *intr.*   走过,走进

    1. —¿Puedo pasar?

—¡Cómo no! ¡Adelante! (向前)

2. Pasó por delante de mi casa sin entrar.

B. *tr.* 递(过来,过去)

1. José, pásame aquel periódico.

2. Indiqué un par de zapatos muy buenos y la dependiente me los pasó.

C. *tr.* 度过

1. No sé cómo voy a pasar este domingo.

2. Pasamos aquel verano en el campo.

III. nadie *pron.*

A. (用在带否定词的动词之后,加强否定语气)

1. —¿Todos ustedes conocen a esa joven?

—No, no la conoce nadie.

2. —Con quién quieres hablar?

—No quiero hablar con nadie.

3. —¿A quién esperan ustedes?

—No esperamos a nadie.

4. —¿De quién es esta mesa?

—No es de nadie. O mejor dicho, es de todos.

B. (用在动词之前,表示否定)

1. Nadie quiere hacer eso.

2. —¿Con quién quieres bailar?

—Con nadie quiero bailar.

C. (单独用在答句中,表示否定)

1. —¿A quién vas a llevar esos libros?

—A nadie.

2. —¿De quién son estos lápices?

　　　　　—De nadie.

IV. saber　*tr.*

　A. 知道

　　1. —¿Sabes la hora de la reunión（会议）?

　　　—No, no la sé.

　　2. —¿Saben cómo se llama aquel muchacho?

　　　—No lo sabemos.

　B. 会

　　1. Luisa no sabe bailar, pero sabe cantar（唱歌）.

　　2. Mi prima sabe español e inglés.

语 法　GRAMÁTICA

一、简单过去时（Pretérito indefinido）（ I ）:

I. 变位:

A. 简单过去时是在动词词根上加下列词尾构成:

	1 conj.	**2 conj.**	**3 conj.**
yo	-é	-í	-í
tú	-aste	-iste	-iste
él			
ella	-ó	-ió	-ió
usted			
nosotros, tras	-amos	-imos	-imos
vosotros, tras	-asteis	-isteis	-isteis

ellos ellas ustedes	-aron	-ieron	-ieron

例　词	trabajar	comer	vivir
yo	trabaj*é*	com*í*	viv*í*
tú	trabaj*aste*	com*iste*	viv*iste*
él ella usted	trabaj*ó*	com*ió*	viv*ió*
nosotros, tras	trabaj*amos*	com*imos*	viv*imos*
vosotros, tras	trabaj*asteis*	com*isteis*	viv*isteis*
ellos ellas ustedes	trabaj*aron*	com*ieron*	viv*ieron*

B. 简单过去时的单数第一人称和第三人称的最后一个音节带重音符号。

C. 几个不规则动词的简单过去时的变位：

a) 很多不规则动词的简单过去时的变位是由一个变化了的词根加下列词尾构成：

　　-e, -iste, -o, -imos, -isteis, -ieron

例如：

decir：dij*e*, dij*iste*, dij*o*, dij*imos*, dij*isteis*, dij*eron*

estar：estuv*e*, estuv*iste*, est*uvo*, estuv*imos*, estuv*isteis*,
　　　　estuv*ieron*

haber：hub*e*, hub*iste*, hub*o*, hub*imos*, hub*isteis*, hub*ieron*

poder：pud*e*, pud*iste*, pud*o*, pud*imos*, pud*isteis*, pud*ieron*

poner：pus*e*, pus*iste*, pus*o*, pus*imos*, pus*isteis*, pus*ieron*
querer：quis*e*, quis*iste*, quis*o*, quis*imos*, quis*isteis*, quis*ieron*
saber：sup*e*, sup*iste*, sup*o*, sup*imos*, sup*isteis*, sup*ieron*
tener：tuv*e*, tuv*iste*, tuv*o*, tuv*imos*, tuv*isteis*, tuv*ieron*
venir：vin*e*, vin*iste*, vin*o*, vin*imos*, vin*isteis*, vin*ieron*

b）ser 和 ir 的简单过去时都是：

　　fui, fuiste, fue, fuimos, fuisteis, fueron

c）dar 的简单过去时是：

　　di, diste, dio, dimos, disteis, dieron

d）ver 的简单过去时是：

　　vi, viste, vio, vimos, visteis, vieron

II. 用法：

简单过去时表示过去曾经发生，并且已经结束的动作。过去的时间经常用 ayer, anoche, la semana pasada, el año pasado 或时间从句来表示。例如：

　　Ayer me acosté a las once.

　　Antes de venir a Beijing, estudié en Nanjing.

　　Cuando entraron los invitados, todos se levantaron.

二、地点从句（**Oración subordinada de lugar**）（*donde*）：

地点从句通过关系副词（adverbio relativo）donde（相当于英语的 where）与主句衔接，起地点状语作用。例如：

　　Esta es la Universidad donde estudia Juan.

　　María piensa ir a Beijing donde viven sus padres.

　　La sala donde está Pedro es la nuestra.

上述例句中的 donde 也可用 en（el, la...）que 来代替。如：

　　Esta es la Universidad en la que estudia Juan.

三、不定代词 nada 和 nadie（Pronombres indefinidos *nada y nadie*）：

这两个代词既可以置于带否定副词 no 的动词之后，加强否定意义，也可以直接置于动词之前，代替 no 表示否定含义。它们的区别在于：nada 指物，而 nadie 指人。如：No quiero nada 或 Nada quiero. No lo sabe nadie 或 Nadie lo sabe.

练 习　EJERCICIOS

I. 动词变位（Conjuga los verbos）：

　　1. en pretérito indefinido;

　　2. en presente de indicativo;

　　3. en modo imperativo（las cinco personas）：

despertarse, levantarse, asearse, ordenar, entrar, preparar, tomar, *llegar*, *apearse*, *tocar*, saludar, *indicar*, esperar, dejar, regresar, llamar, contestar, pasar, *madrugarse*, quedarse, recordar, encontrar, *comenzar*, sentarse, meter, correr, beber, deber, asistir, recibir, entender, salir, tener, detenerse, *leer*, oír, hacer, decir, estar, ser, ir, saber, haber, poner, venir, ver, dar, querer, poder, haber（sólo en pretérito indefinido）.

（斜体字笔头做）

II. 请按所给模式做动词变位（Conjuga los verbos según los modelos dados）：

　　Modelo（1）：

　　　　Saludo　　　　（en todas las personas）

　　　　Saluda（tú）　（en todas las personas）

LECCIÓN 19

Saludé **(en todas las personas)**

（请在列入练习 I 的动词中挑选四个第一变位动词、三个第二变位动词、两个第三变位动词和五个不规则动词。）

Modelo（2）: Me desperté   Pude despertarme.

（请选择列入练习 I 中的代词式动词或其他你记得的同类动词。）

$$\left.\begin{array}{l} \text{tener que} \\ \text{querer} \\ \text{deber} \\ \text{saber} \\ \text{poder} \end{array}\right\} + inf.$$

Modelo（3）:

Lo（los, la, las）saludé.   Quise saludarlo（los, la, las）.

（请选择列入练习 I 中的及物动词或其他你记得的及物动词，并带上所给模式中的宾格代词 *lo*, *los*, *la*, *las*.）

$$\left.\begin{array}{l} \text{deber} \\ \text{poder} \\ \text{querer} \\ \text{tener que} \\ \text{ir a} \end{array}\right\} + inf.$$

Modelo（4）:

Te lo（los, la, las）di.   Vine a dártelo（los, la, las）.
Me lo（los, la, las）diste.   Viniste a dármelo（los, la, las）.
Os lo（los, la, las）dio.   Vino a dároslo（los, la, las）
Se lo（los, la, las）dimos.   Vinimos a dárselo（los, la, las）.
Nos lo（los, la, las）disteis. Vinisteis a dárnoslo（los, la, las）.
Se lo（los, la, las）dieron.   Vinieron a dárselo（los, la, las）.

（请选择列入练习 I 中的及物动
词或你记得的其他及物动词，但
必须能同时带宾格和与格代词作
其直接和间接宾语。）

querer
poder } + *inf.*
tener que

III. 请在第一句前加上 **ayer**，并对动词时态做相应变化（**Agrega**
ayer a la primera oración y haz los cambios correspondientes
en el tiempo de los verbos en el siguiente diálogo）:

—¿Cuántas clases tienen ustedes por la mañana?

—Tenemos dos clases. La primera empieza a las ocho en punto.
Después de las dos primeras tenemos un descanso largo que
dura veinte minutos. Luego todos hacemos gimnasia（体操）.

—¿A qué hora terminan las clases?

—A las doce. Y a esa hora almorzamos.

—¿Qué actividades tienen por la tarde?

—Algunos estudian, otros cantan o bailan.

—¿No hacen deportes?

—¡Cómo no! Todos hacemos deportes.

—¿Se acuestan muy tarde?

—Mis compañeros se acuestan más o menos a las once. Y yo, como
tengo mucho que hacer, voy a la cama un poco más tarde.

IV. 将原形动词按适当的时态和人称变位（**Pon el infinitivo en el**
tiempo y la persona correspondientes）:

1. Anoche Joaquín（acostarse）_____ muy tarde.

2. Mi hermano（ir）_____ a Shanghai hace una semana（一
个星期前）.

3. Juan (llegar) _____ a Beijing el domingo pasado.

4. Aquel día no (poder, nosotros) _____ terminar el trabajo en dos horas.

5. Ayer (poner, yo) _____ tu libro sobre la mesa.

6. ¿Cuántos años (vivir, tú) _____ en Venezuela (委内瑞拉)?

7. ¿(Leer, ustedes) _____ ayer el texto en voz alta?

8. ¿A qué hora (hacer, ustedes) _____ los ejercicios (练习) anoche?

9. La semana pasada (aprender, nosotros) _____ una nueva canción.

10. ¿(Salir, tú) _____ de compras el sábado por la tarde?

V. 回答下列问题 (Contesta a las siguientes preguntas):

1. ¿A qué hora te levantaste ayer?

2. ¿Qué hiciste después de levantarte?

3. ¿Te duchaste con agua caliente o frío (热水或冷水)?

4. ¿Hiciste gimnasia (做操)?

5. ¿A qué hora fuiste al comedor?

6. ¿Desayunaste mucho? ¿Qué tomaste en el desayuno?

7. ¿Tuviste clases de español ayer por la mañana?

8. ¿Quién les dio la clase?

9. ¿Estudiaste alguna lección nueva?

10. ¿Hubo otras actividades en la facultad?

VI. 将下列句子译成西班牙语 (Traduce al español las siguientes oraciones):

1. 昨天我下午两点钟回到学校。

2. 我表妹是昨天去的上海。

3. 上星期天我们去看了一部电影。

4. 昨晚他们是十一点睡的觉。

5. 你上星期五干什么了？

6. 他们是哪一天到达北京的？

7. 您当时是在哪儿下的出租车？

8. 姑娘停在人事办公室门前，按了一下铃。

9. 然后她走进电梯，下到第三层。

10. 当晚他们还得去上英、法语夜校。

VII. 请把原形动词变为适当的时态和人称 (Pon los infinitivos en el tiempo y la persona correspondientes) :

El domingo pasado Luisa (estar) _____ muy ocupada todo el día. (Despertarse) _____ casi a las cinco. Como no (poder) _____ volver a dormir, (levantarse, vestirse, asearse, meterse) _____ en la cocina y (prepararse) _____ un sencillo desayuno. Después (lavar) _____ la ropa, (limpiar) _____ la casa y luego (sentarse) _____ para escribir a varios amigos suyos. A las once y media, (terminar) _____ todos esos trabajos. Luego (llamar) _____ a su prima. Ella (llegar) _____ a las doce. Las dos chicas (ir) _____ a comer a un restaurante. Por la tarde (tomar) _____ un taxi para ir al centro de la ciudad. (Entrar) _____ en una tienda donde (hacer) _____ muchas compras. A las cuatro y media Luisa (tener) _____ que ir a la estación ferroviara a recibir a sus padres. Su prima la (acompañar) _____ . Pero el tren (llegar) _____ con mucho retraso. (Esperar) _____ ahí casi dos horas. Cuando

(ver) _____ bajar del tren a sus padres, Luisa y su prima

(correr) _____ hacia ellos para saludarlos.

VIII. 用 **donde** 衔接两个简单句, 构成一个复合句 (**Enlaza las dos oraciones simples mediante** *donde* **para formar una compuesta) :**

Ejemplo : Vamos a esa tienda. En ella podemos comprar muchas cosas.
Vamos a esa tienda donde podemos comprar muchas cosas.

1. Su hermano va a la escuela. En esta escuela estudió ella.

_____

2. Me gusta leer en la sala de lectura (阅览室). En ella hay muchas revistas interesantes.

_____

3. Vivimos cerca de una biblioteca. En ella podemos leer periódicos en español todos los días.

_____

4. Carlos fue a la fábrica de papel. En ella trabaja su padre.

_____

5. Lilia conversa con un campesino en el huerto. En él traba-

jamos dos semanas.

6. Acompáñame a la oficina. En ella me espera el profesor.

_____

7. Se acercó al escaparate. En él vio bonitos zapatos de distintos colores.

_____

8. Entró en la sala. En ella no encontró a nadie.

_____

9. Sube al décimo piso. Allá vamos a reunirnos ahora mismo.

_____

10. Aquí cerca hay varios restaurantes. En ellos sirven muy buena comida.

_____

IX. 用下列所给形容词填空 (Rellena los espacios en blanco con los adjetivos dados) :

templado   seco   lluvioso   cálido   húmedo   caluroso

1. Fue un día ____ de invierno. Dimos un paseo por el parque.

2. Nos trasladamos a una zona _____ y _____ y no me gusta nada.

3. Llegó en una noche _____ y en seguida cayó enfermo.

4. Como el mediodía es muy _____ tenemos que quitarnos la chaqueta.

5. El verano de esta zona es muy _____ y _____.

6. Estamos en invierno, pero hoy hace un día _____.

7. Esta es una zona muy _____ y no hay mucha agua.

8. El invierno de ese país es muy _____ . Muchos días la gente tiene que quedarse en casa.

9. Como fue un domingo _____ no pudimos salir.

10. En esta habitación entra mucho sol. Es _____ incluso en invierno.

X. 仿照例句,用所给单词造句 (Forma oraciones con las palabras dadas siguiendo cada uno de los modelos):

salir

1. A esta hora ellos ya deben salir de la oficina.

2. Como hace buen tiempo pensamos salir esta tarde.

3. Cuando salió del trabajo, tomó un taxi para volver a casa.

4. No me salió bien ninguna de las fotos.

pasar

1. Si quieres ir a la biblioteca, tienes que pasar por aquí.

2. Me gustan aquellos calcetines. Haga el favor de pasármelos, señorita.

3. ¿Cómo pasaste el último fin de semana?

4. ¡Cómo pasa el tiempo! ¡Otra vez estamos a fines de año!

saber

1. Todavía no sé la hora de la salida.
2. Ella sabe dónde está la oficina de personal. Te lo puede indicar.
3. ¿Sabéis que somos cubanos?
4. Nuestra profesora española sabe bailar flamenco.

XI. 根据情况用 **nadie** 或 **nada** 填空 (**Rellena los espacios en blanco con *nadie* o *nada* según convenga**)：

1. No quiere ir con _____.
2. _____ puede acompañarlos a ustedes.
3. Mira, no tengo _____ en la mano.
4. El hombre entró en la habitación, pero no vio a _____.
5. Fue una pregunta muy difícil. _____ supo contestarla.
6. No sé qué me pasa hoy. No tengo ganas (想,有愿望) de hacer _____.
7. Mi amiga salió de la sala sin decirme _____.
8. —¿Alguien puede explicarme eso?
   —_____.
9. —¿Piensas comprar algo?
   —No, _____.
10. De eso no debes hablar con _____.

XII. 将下列句子改为否定句 (**Convierte en negativa las siguientes oraciones**)：

Ejemplo: **Todos están ahí.   Nadie está ahí.**
(**O: No está ahí nadie.**)

1. Todos quieren ir.

_____

2. Tienes que decirlo a todos.

_____

3. Voy a decirte algo.

_____

4. En el almuerzo todos tomamos sopa.

_____

5. En la sala hay muchas cosas.

_____

6. Todos sabemos eso.

_____

7. Todos me conocen.

_____

8. Todo está listo.

_____

9. Todo salió bien.

_____

10. Todos salieron de paseo.

_____

XIII. 改变斜体字的位置并对句子做其他必要变动（**Cambia la posición de las palabras en cursiva y modifica lo que sea necesario**）：

Ejemplo：No está *nadie*. Nadie está.

1. Este muchacho no sabe *nada*.

_____

2. *Nadie* quiere ayudarte.

_____

3. A esa hora no se levanta *nadie*.

_____

4. A este lado no veo *nada*.（注意：变化后的语序须做某些调整。）

_____

5. No necesita estas revistas *nadie*.

_____

6. Hoy no te traigo *nada*.

_____

7. De *nadie* es este libro.

_____

8. *Nadie* las conoce.

_____

9. Te llamé anoche, pero no me contestó *nadie*.

_____

10. Entró en varias tiendas, pero *nada* compró.

_____

XIV. 请将下列句子译成西班牙语 (**Traduce al español las si-guientes oraciones**) :

1. 你知道每天早上几点上课?
2. 我们星期日整天都不出去。你来吧。
3. 同学们,快从教室出来!
4. 谁也不会跳舞。
5. 请诸位从这儿过去。
6. 在这儿我谁也不认识。
7. 你哥哥什么时候下班?
8. 你们打算怎么过周末?
9. 我不知道他们在哪儿。
10. 她不想跟任何人说话。

XV. 回答下列问题（**Contesta a las siguientes pregungas**）:

1. ¿Cómo estuvo Elena ayer?
2. ¿A qué hora se despertó?
3. ¿Qué hizo después?
4. ¿Cómo fue su desayuno y cómo lo tomó?
5. ¿Qué hizo para llegar cuanto antes a la oficina de personal?
6. ¿Cómo subió al décimo piso y qué hizo después?
7. ¿Qué hizo el señor cuando la vio?
8. ¿Qué le dijo el señor después de hacerle algunas preguntas?
9. ¿Volvió a tomar taxi la chica cuando salió del edificio?
10. ¿Adónde fue y por qué?
11. ¿Por qué tuvo que regresar a toda carrera al centro de la ciudad?
12. ¿Por qué nadie le contestó cuando uno de los chicos llamó varias veces a su amigo el sábado pasado?
13. ¿Adónde fueron el chico y su hermano aquel día?
14. ¿Por qué no pudieron regresar a casa hasta la noche?

XVI. 口头练习参考题（**Temas para la práctica oral**）:

1. Habla sobre cualquier día de tu vida;
2. Habla sobre cualquier día de un amigo tuyo;
3. Conversa con un compañero tuyo sobre lo que hicisteis un día determinado.

XVII. 笔录根据上述任何一个参考题所进行的会话（**Redacta sobre cualquiera de los temas mencionados**）。

第 二十 课   LECCIÓN   20

语法: **1.** 陈述式简单过去时（**II**）
　　　　2. 原因从句（**COMO**）
　　　　3. 定冠词的的一种用法

课文　TEXTO

UNAS SEMANAS INTENSAS

I

　　El día 6 de mayo llegó a la facultad un grupo de profesores hispanohablantes a dictarnos conferencias sobre diversos temas. Desde
entonces tuvimos unas semanas muy intensas. Asistieron al cursillo
todos los compañeros del tercer y cuarto curso, además de los del
posgrado. Yo, junto con una veintena del primer y segundo curso

también quise ir a asistir. Como tengo un vocabulario todavía muy limitado, encontré muchas dificultades y confundí las palabras. Apenas entendí las explicaciones, pero preferí ir. Por lo menos fue un buen ejercicio para el oído.

Claro, los compañeros de cursos superiores pudieron comprender mucho más que nosotros. Algunos incluso discutieron con los profesores extranjeros. Y eso les gustó mucho. Empezaron a preguntar más en cada una de las conferencias. Fue muy interesante verlos discutir. No pude entender muchas cosas, pero me pareció un buen ejercicio que nos convenía.

Un estudiante del cuarto curso me dijo:

"¿Sabes? Son muy importantes esas conferencias, porque nos ayudan a comprender mejor la cultura hispánica. Deseo poder ir algún día a un país hispanohablante a conocer más cosas."

"Yo también tengo ganas de hacerlo." Le contesté.

II

—Hola, ¿adónde vas tan temprano?

—A la Universidad de Beijing, a una conferencia.

—¿Una conferencia? ¿Sobre qué tema?

—Sobre literatura latinoamericana.

—¿Verdad? También me interesa. ¿Puedo ir contigo?

—Desde luego. Ayer fui a otra, sobre literatura española.

—¡Qué lástima! Yo no sabía nada.

—No importa. Te puedo explicar algo. Además, tengo apuntes en este cuaderno.

LECCIÓN 20

—Muy bien, gracias. Déjame ver tus apuntes. ¡Vaya, todo el
  cuaderno lleno! ¿Me lo prestas luego?

—¡Cómo no! Con mucho gusto. Pero ahora tenemos que darnos prisa.

—¿Cómo vamos?

—En bicicleta.

词汇表 VOCABULARIO

hispanohablante *adj.*
  讲西班牙语的

dictar *tr.* 口述，口授

conferencia *f.* 报告会，讲座

diverso *adj.* 各种各样的

tema *m.* 题目

desde *prep.* 从……起

cursillo *m.* 短期讲习班

tercero *num.* 第三

cuarto *num.* 第四

posgrado *m.* 研究生班

desde luego 当然，自然

veintena *f.* 二十来个

vocabulario *m.* 词汇(量)

limitado *p. p.* 有限的

dificultad *f.* 困难

confundir *tr.* 弄混

apenas *adv.* 几乎不

por lo menos 至少

ejercicio *m.* 练习

oído *m.* 听觉；耳朵

superior *adj.* 高级的

extranjero *adj.* 外国的

convenir *intr.* 对(某人)合适

importante *adj.* 重要的

comprender *tr.* 懂得，明白

cultura *f.* 文化

hispánico *adj.*
  西班牙语(国家)的

tener ganas 想，有愿望

literatura *f.* 文学

latinoamericano *adj.*
  拉丁美洲的

interesar(se) *tr.*, *prnl*
  使感兴趣，对……感兴趣

lástima *f.* 遗憾

importar *intr.*
  对(某人)要紧或有关

324

apunte *m.* 笔记	很高兴,很乐意
cuaderno *m.* 练习本	darse prisa 赶紧,赶快
con mucho gusto	

补 充 词 汇 PALABRAS ADICIONALES

Honduras 洪都拉斯	Perú 秘鲁
Guatemala 危地马拉	Argentina 阿根廷

不规则动词 VERBOS IRREGULARES

convenir   Se conjuga como *venir.*

词 汇 LÉXICO

I. llegar   *intr.*   到达

1. Llegamos a la ciudad a las seis.
2. Ya llegan todos. Podemos empezar.
3. Corrí mucho y llegué a la clase a tiempo.
4. Llega el verano. Comienza a hacer calor.

II. comenzar（empezar）

A. *tr.*   开始

1. ¿Cuándo piensas comenzar tu trabajo?
2. El profesor empezó la conferencia en seguida.

B. *intr.* 开始

1. Nuestro curso empieza en septiembre.

2. Las clases comienzan a las ocho en punto.

C. ~ *a + inf.* 开始(做某事)

1. Los dos amigos empezaron a conversar en la sala.

2. Comienza a leer en voz alta, por favor.

III. parecer *intr.*

A. (与形容词连用)觉得

1. Estos textos me parecen más interesantes que aquéllos.

2. —¿Cómo te pareció la conferencia?

—Me pareció muy interesante. Este tipo de conferencias es muy importante para nuestro estudio de español.

B. (与前置词词组连用)觉得

1. El abrigo parece de buena calidad. Me lo compro. ¿Dónde pago?

2. Aquel muchacho parece de nuestra facultad.

C. (与副词连用) 认为,觉得

1. —Podemos ir al cine esta noche. ¿Qué les parece?

—Nos parece bien.

2. —Ahora mismo hablo con ella. ¿Te parece bien?

—Me parece muy mal.

IV. además *adv.*

A. 此外,再说

1. Si no entiendes algo, puedes preguntarme a mí; además, a

tus compañeros también.

  2. Este texto es muy difícil, además, muy largo.

B. además de   除……之外,还……

  1. Además de Pablo, ¿quién más quiere venir conmigo?

  2. Además de cantar, ¿qué otra cosa sabes hacer?

语 法 GRAMÁTICA

一、简单过去时（**Pretérito indefinido**）:

I. 简单过去时变位时词根发生变化的动词还有:

    conducir: condu*je*, condu*jiste*, condu*jo*, condu*jimos*,   condu*jisteis*, condu*jeron*

    traer: tra*je*, tra*jiste*, tra*jo*, tra*jimos*, tra*jisteis*, tra*jeron*

II. 有些动词的简单过去时只有第三人称单、复数不规则。例如:

    dormir: dormí, dormiste, d*urmió*, dormimos,   dormisteis, d*urmieron*

    pedir: pedí, pediste, p*idió*, pedimos, pedisteis,   p*idieron*

    sentir: sentí, sentiste, s*intió*, sentimos, sentisteis,   s*intieron*

    vestir: vestí, vestiste, v*istió*, vestimos, vestisteis,   v*istieron*

III. 某些动词的简单过去时第三人称单、复数在书写上有变化。如:

    leer: leí, leíste, le*yó*, leímos, leísteis, le*yeron*

    （请注意,复数第一、二人称带重音符号）

oír: oí, oíste, o**yó**, oímos, oísteis, o**yeron**

（请注意，复数第一、二人称带重音符号）

二、原因从句（Oración subordinada causal）（*como*）：

副词 como 可作原因从句连词，意为：因为，由于。它引导的原因从句位于主句之前。例如：

Como soy alumno del primer curso, no puedo entender muchas cosas en español.

三、定冠词的一种用法（Uno de los usos del artículo determinado）：

为了避免在相邻的上下文中重复同一名词，有时可以用与之性数一致的定冠词复指。此时，定冠词起代词的作用。如课文中有一句话这样说：Asistieron a las conferencias los compañeros del tercero y cuarto curso, además de **los** del posgrado. 此处 los 以代词身份复指相邻上文中的 compañeros。西班牙语很忌讳同一词语在相邻语段中的重复，经常使用各种简洁的复指手段。这便是其中之一。再如：

Te dejo tres revistas. Las tres son interesantes.

此处的 las tres 以简洁方式复指上文的 revistas。

练 习　EJERCICIOS

I. 动词变位（Conjuga los verbos）：

1. **en pretérito indefinido**；
2. **en modo imperativo**；
3. **en presente de indicativo**：

dictar, escuchar, desear, *explicar*, dejar, prestar, *llegar*, levantarse, asearse, apearse, lavarse, correr, beber, comer, meterse, abrir, vivir, asistir, discutir, reunirse, confundir, sentarse, comenzar, probar, acostarse, entender, conducir, traer, dormir, pedir, sentir, vestirse, *leer*, *oír*, *dar*, decir, estar, hacer, poder, poner, querer, saber, ser, tener, venir, *convenir*, ver.
(斜体字笔头做)

II. 按照所给模式做动词变位 (**Conjuga los verbos según los modelos dados**):

Modelo (1): **cierro   cerré**
cierras   cerraste   cierra(tú)
(请在练习 I 所给的动词中选择第一、第二、第三变位以及不规则动词各三个,做所有人称的变位。顺序是:现在时第一人称单数、简单过去时第一人称单数;现在时第二人称单数、简单过去时第二人称单数、命令式第二人称单数;等等,以此类推。注意:有个别人称没有命令式。)

Modelo (2):   **me preparé   tuve que prepararme**

(请在练习 I 所给的动
词中选择代词式动
词。)

poder
querer
desear
deber
ir a

inf

Modelo (3): **lo (los, la, las) dicto   díctalo (los, la, las)** (请

在练习 I 所给的动词中选择可与宾格代词连用的及物动词。)

Modelo (4):	Te las pedí	Quise pedírtelas
	Me las pediste	Quisiste pedírmelas
	Nos las pidió	Quiso pedírnoslas
	Os las pedimos	Quisimos pedíroslas
	Se las pidieron	Quisieron pedírselas

(请在练习 I 所给的动词中选择可同时与宾格、与格代词连用的及物动词。)

III. 请在下列句子中增添句末所给词语，并对动词形式做相应变动 (Agrega a la oración la expresión dada al final y cambia la forma verbal según corresponda):

1. Hoy la profesora Gómez invita a unos amigos latinoamericanos a comer en casa. (el domingo pasado)

   _____

2. Cuando suena el timbre, me acerco a la puerta y la abro. (anoche)

   _____

3. Los invitados entran en la sala y se quitan los abrigos. (en ese momento)

   _____

4. Ellos se acuestan muy tarde. (la semana pasada)

_____

5. La señora nos sirve té de jazmín. (aquel día)

_____

6. Los acompaño a la tienda. (ayer)

_____

7. Estamos muy atareados. (el mes pasado)

_____

8. Yolanda viene a enseñarnos a bailar flamenco. (el sábado pasado)

_____

9. Conversamos mucho en español, aunque a veces confundimos algunas palabras. Es un ejercicio que nos conviene. (aquellos días)

_____

10. Duerme mal. (anoche)

_____

IV. 请把原形动词变为适当的时态和人称 (**Pon el infinitivo en el tiempo y la persona correspondiente**) :

1. Ayer (regresar, yo) _____ a la Universidad a las dos de

la tarde.

2. Daniel (ir) _____ a Barcelona la semana pasada.

3. El lunes (asistir, ellos) _____ a una conferencia muy interesante.

4. ¿Qué (hacer, tú) _____ el viernes pasado?

5. ¿Qué día (llegar, vosotros) _____ a Madrid?

6. El domingo pasado (leer, yo) _____ mucho.

7. Aquel día la niña (tener) _____ mucha fiebre y no (poder) _____ levantarse.

8. ¿A quién (escribir, tú) _____ aquella tarde?

9. ¿Dónde (encontrar) _____ usted a sus amigos aquella vez?

10. Al oír sus preguntas no (saber, nosotros) _____ qué contestar.

V. 回答下列问题 (Contesta a las siguientes preguntas) :

1. ¿Cuántas películas vieron ustedes el mes pasado?

2. ¿Cuántas veces visitaste a tu amigo español el año pasado?

3. ¿Pidieron muchos libros tus compañeros en la biblioteca ayer?

4. ¿Cuántas veces fuisteis al campo el verano pasado?

5. ¿Qué os trajeron anoche vuestros compañeros?

6. ¿Cuántas conferencias dictó la profesora extranjera la semana pasada?

7. ¿Por qué estuvieron ustedes tan ocupados la semana pasada?

8. ¿Quiénes limpiaron la casa el domingo pasado?

9. ¿Dónde pusieron sus cosas las chicas?

10. ¿Quién vino a verlos el martes pasado?

VI. 与另一同学做下列练习。他提出问题后,请你在斜体部分的基

础上完成句子（**Haz el siguiente ejercicio con un compañero.**
Una vez que él haya hecho la pregunta, trata tú de completar
la oración empleando las expresiones en cursiva）:

1. ¿*Vas al cine* ahora? Ya _____ anoche.

2. ¿*Se levantan ustedes muy temprano* todas las mañanas? Sí,
   pero ayer todos _____ bastante tarde.

3. ¿*Están muy atareados* los compañeros del tercer y cuarto
   curso esta semana? No, pero la semana pasada _____ .

4. ¿*Coméis* frecuentemente（经常）*en restaurantes*? No, pero el
   mes pasado _____ varias veces en un restaurante muy
   bueno.

5. ¿*Leen mucho* tus compañeros? No, pero en invierno pasado
   _____ bastante.

6. ¿*Tienen mucho que hacer* ustedes este fin de semana? No,
   pero el pasado fin de semana _____ mucho que hacer.

7. ¿*Sale de compras tu madre* siempre tan tarde? Sí, pero no sé
   por qué el sábado pasado _____ de compras muy temprano.

8. ¿*Te visitan tus amigos* todos los domingos? No, pero el año
   pasado me _____ muchísimas veces.

9. ¿*Sabes* lo que pasó aquel día? Sí, lo _____ ayer.

10. ¿*Conocéis* a esta chica? Sí, la _____ en Madrid.

VII. 用连词 como 衔接两个简单句，组成原因从句（**Enlaza las dos**
oraciones simples con la conjunción *como* **para formar una**
oración subordinada causal）:

Ejemplo: **No queremos salir. Hace mal tiempo.**

Como hace mal tiempo no queremos salir.

1. Está ocupado. No puede venir.

_____

2. Les gusta el arroz. Son del Sur (南方).

_____

3. No escuchas. Confundes las cosas.

_____

4. Comemos con apetito (胃口). Los cocineros nos sirven muy buena comida.

_____

5. Está enferma. No le conviene hacer nada.

_____

6. Necesitas este libro. Te lo dejo.

_____

7. No pude entender muchas cosas en la conferencia. Soy alumno del primer curso.

_____

8. La lección es muy difícil. La quiero volver a estudiar.

_____

9. Mis estantes están ya llenos. No sé dónde dejar estos libros.

_____

10. Te acompaño al centro. También pienso comprar algo.

_____

VIII. 完成下列句子 (Completa las siguientes oraciones) :

1. Como _____ siento no poder ayudarte.

2. Como _____ tengo que estudiarlo varias veces.

3. Como _____ aquel día no asistió a la clase.

4. Como _____ siempre soy el primero en llegar al aula.

5. Como _____ tiene buena salud.

6. Como _____ me gusta estudiarlo.

7. Como _____ comprendemos la lección sin mucha difi-cultad.

8. Como _____ se pone el abrigo.

9. Como _____ tuve que llamar otra vez.

10. Como _____ no puedo decirte nada.

IX. 将下列句子译成西班牙语, 必须包括每组所给单词 (Traduce al español las siguientes oraciones con las palabras dadas) :

llegar

1. 您是什么时候到北京的?

2. 为了按时到火车站, 我叫了个出租。

3. 他今天下午能到马德里。

4. 她到了那座大楼, 乘电梯上到十层, 人事办公室就在那儿。

comenzar（empezar）

1. 我走进房间,脱下大衣,坐在椅子上开始看书。
2. 我们八点整开始上课。
3. 老师把书放在桌上,开始讲新课。
4. 他等了一会儿,就开始讲话了。

parecer

1. 我觉得这双袜子太大了。
2. 我们觉得这些课文太难了。
3. 那个女孩象是英语系的。
4. "咱们去散散步。你说怎么样?"
   "我看很好。"

además（de）

1. 除了西班牙语,她们还会讲法语。
2. 除了你们俩,还有哪些人想学唱歌?
3. 你哪儿也不能去。再说你还得帮我学习呢。
4. 他什么也不会告诉你。再说,这事他也不知道。

X. 用前置词或前置词和冠词的缩合形式填空（Rellena los espacios en blanco con la preposición adecuada o la forma contracta del artículo y las preposiciones）:

1. Cuando llegamos _____ parque, nos apeamos _____ el taxi.

2. ¿Quiénes más quieren ir con nosotros además _____ ustedes dos?

3. Rosa llegó muy temprano _____ la oficina de personal.

4. Como le pareció muy interesante la conferencia, comenzó

_____ hacer apuntes.

5. Además _____ España, ¿qué otros países hispanohablantes conoces?

6. Se sentó delante _____ la mesa y empezó _____ escribir.

7. Como fui _____ bicicleta, llegué un poco tarde _____ el hospital.

8. Además _____ el armario, mi madre compró dos mesas y varias sillas.

9. El señor entró, se puso delante _____ mí, me miró un rato y comenzó _____ hacerme preguntas.

10. No sabemos cuándo pueden ellos llegar _____ el campo.

XI. 用冠词的适当形式填空 (**Rellena los espacios en blanco con la adecuada forma del artículo**) :

1. Asistieron a la conferencia los alumnos de cursos superiores, pero _____ del primero y segundo curso no.

2. Le voy a mostrar una chaqueta azul y otra amarilla. Pruébese primero _____ azul y luego _____ amarilla.

3. Los estudiantes de la facultad de inglés y de francés repasan las lecciones en la biblioteca. _____ de español, lo hacemos en nuestras propias aulas.

4. Sólo tenemos estas dos habitaciones. Mis padres duermen en _____ grande y yo, en _____ pequeña.

5. Aquí ves varias camisas de distintos colores. Quédate con _____ blancas.

6. Aquí hay tantos periódicos. ¿Cuáles son _____ de hoy?

7. ¿Ves a aquellas dos niñas? Pues _____ morena es mi her-

mana y _____ rubia es prima de José.

8. Mira esas dos puertas; una es más ancha que la otra. Pues por _____ ancha puedes salir a la calle.

9. Por ahí vienen cuatro hombres. Parece que _____ dos altos vienen a buscarme. No conozco a _____ otros.

10. Traigo varios pantalones. _____ largos son para tí y _____ cortos son para Luis.

XII. 针对斜体部分提问并回答（**Haz preguntas referentes a la parte en cursiva y contesta luego**）:

1. *El día* 6 *de mayo* llegó a la facultad un grupo de profesores hispanohablantes.

_____

2. Ellos vinieron *a dictarnos conferencia sobre diversos temas.*

_____

3. Desde *entonces* tuvimos unas semanas muy intensas.

_____

4. Asistieron a las conferencias *todos los compañeros de la facultad.*

_____

5. *Como tengo un vocabulario todavía muy limitado*, encontré muchas dificultades y confundí las palabras.

_____

6. Preferí estar ahí, aunque (虽然) apenas entendí las explicaciones. *Por lo menos fue un buen ejercicio para el oído.*

7. Los compañeros de *cursos superiores* pudieron comprender mucho más que nosotros.

8. Algunos incluso *discutieron* con los profesores extranjeros.

9. *Y eso les gustó mucho* y empezaron a hacerles más preguntas.

10. Fue muy *interesante* verlos discutir.

11. Son muy importantes esas conferencias porque *nos ayudan a comprender mejor la cultura hispánica.*

12. Desea *poder ir algún día a un país hispanohablante a conocer más cosas.*

13. Desea poder ir algún día a *un país hispanohablante* a conocer más cosas.

LECCIÓN 20

14. *"Yo también tengo ganas de hacerlo"* Le contesté.

_____

XIII. 写出下列国家的西班牙语名称（**Escribe en español los nombres de las siguientes naciones**）：

墨西哥_____，洪都拉斯_____，危地马拉_____，
古巴_____，巴拿马_____，委内瑞拉_____，
厄瓜多尔_____，秘鲁_____，阿根廷_____，
智利_____。

XIV. 详述任何过去一天所发生的事情或就同样内容与别人会话。请用上所给单词。其他所需词语可自行增添（**Habla o conversa con alguien sobre algo que te ocurrió un día cualquiera empleando las palabras dadas. Puedes agregar muchas otras más**：*madrugar*，*despertar*，*levantarse*，*vestirse*，*lavarse*，*cepillarse los dientes*，*peinarse*，*desayunar*，*salir*，*correr*，*taxi*，*llegar*，*edificio*，*piso*，*tocar*，*entrar*，*acercarse*，*mirar*，*indicar*，*hacer preguntas*，*bajar*，*ascensor*，*ir*，*estación ferroviaria*，*recibir*，*tren*，*retraso*，*regresar*，*tarde*）。

XV. 笔录讲述或会话的内容（**Redacta el relato o la conversación**）。

第 二十一 课　LECCIÓN 21

语法: 1. 陈述式过去未完成时(I)
　　　2. 原形动词结构 **AL + INF.**
　　　3. 让步从句 (AUNQUE)

课文　TEXTO

EL TRÁFICO DE LA CIUDAD

I

　　Anteayer Luis y Ana tenían que reunirse con algunos amigos.
Sacaron el coche del garaje y se pusieron en camino. A los pocos
metros se produjo un terrible atasco. Toda la calle estaba llena de
coches, pero ninguno avanzaba. La espera duró un cuarto de hora.
Cuando otra vez se pusieron en camino, Luis y Ana decidieron aparcar

el coche en alguna parte y tomar el metro. Bajaron al túnel y esta vez tuvieron suerte. Se acercaron al andén justo cuando llegó un tren. Viajaron así una o dos paradas. De repente les avisaron que había una avería y el tren no podía seguir adelante. Fue preciso bajar. Los dos salieron del metro junto con los demás pasajeros. Anduvieron hasta una parada de autobuses. Había mucha cola, porque el problema de tráfico era igual en todas partes. Por fin pudieron subir a un autobús, pero tuvieron que viajar de pie. Se acercaron a un restaurante y entraron.

Cuando se saludaban y se abrazaban, los recién llegados se excusaron de su retraso.

II

—Oye, ¿por qué no viniste a la fiesta de anteayer?

—No pude porque hubo muchos problemas de tráfico.

—¿Fueron tantos los problemas?

—Escucha, sabes que el pueblo donde vivo queda muy lejos.

—Pero una buena autopista lo conecta con la ciudad. ¿No es cierto?

—¿Sabes lo que ocurrió? Precisamente en ella se produjo un terrible accidente. La situación fue desesperante.

—¿Hubo muchos muertos y heridos?

—Por supuesto. Los policías tardaron mucho en hacer llegar ambulancias.

—Bueno, pero cuando sacaron a todos los heridos y muertos, ¿no pudiste volver a conducir?

—¡Qué va! Me llevaron de testigo a la comisaría.

词汇表　VOCABULARIO

tráfico　*m.*　（市内）交通

anteayer　*adv.*　前天

garaje　*m.*　车库

ponerse en camino　上路

a los pocos metros

　　（走了）没几米

producir　*tr.*　发生, 产生

terrible　*adj.*　可怕的

atasco　*m.*　堵塞

avanzar　*intr.*　前进

espera　*f.*　等待

decidir　*tr.*　决定

aparcar　*tr.*　停车

bajar　*intr.*　下去

túnel　*m.*　地道

suerte　*f.*　运气

andén　*m.*　站台

parada　*f.*　（市内）车站

de repente　突然

avisar　*tr.*　通知

avería　*f.*　故障, 损伤

seguir　*tr.* , *intr.*　继续

adelante　*adv.*　向前

preciso　*adj.*　必须; 精确的

demás　*adj.*　其他的

pasajero, ra　*m.* , *f.*　乘客

andar　*intr.*　走路

cola　*f.*　（购物等）排的队

tardar　*intr.*

　　耽搁, 花费（时间）

esquina　*f.*　拐角

abrazar　*tr.*　拥抱

recién　*adv.*　新近地

excusar(se)　*tr.* , *prnl.*

　　原谅; 致歉

fiesta　*f.*　节日, 庆祝聚会

pueblo　*m.*　人民; 村镇

escuchar　*tr.*　听

autopista　*f.*　高速公路

accidente　*m.*　事故

precisamente　*adv.*　恰恰是

desesperante　*adj.*

　　令人绝望的

muerto　*p. p.*　死人

herido　*p. p.*　受伤的

policía　*m.* , *f.*　警察

ambulancia　*f.*　救护车

testigo　*m.*　证人

comisaría　*f.*　警察局

LECCIÓN 21

补充词汇 PALABRAS ADICIONALES

a menudo　经常

a causa de　由于

poco a poco　慢慢地

prohibir　*tr.*　禁止

resignado　*p. p.*　忍耐

ceder　*tr.*　让（座位等）

cuidado　*m.*　小心，注意

plazoleta　*f.*　小广场

不 规 则 动 词 VERBOS IRREGULARES

producir　　　Se conjuga como ***conducir.***

seguir　　　Se conjuga como ***pedir.***

andar :　　　简单过去时 *Pretérito indefinido :*

anduve , anduviste , anduvo , anduvimos ,

anduvisteis , anduvieron.

词 汇 LÉXICO

I. **ninguno**（可置于动词前或后，同 **nada**）

A. *adj.* 一个也（没，不）

　　1. Ese hombre no tiene ningún amigo.

　　2. Él no quiere prestarme ninguna revista.

　　3. Ningún libro voy a comprar.

B. *pron.* 一个也（没，不）

　　1. —¿Algunos de ustedes quiere venir conmigo?

　　　—Ninguno.

　　2. Ninguna de esas películas me gusta.

II. en todas partes（en ninguna parte）到处，（哪儿也不）

   1. En todas partes debe haber un horario.

   2. Se ven flores en todas partes.

   3. Ese modelo de zapatos no se vende en ninguna parte.

   4. —¿Dónde se puede comprar eso?

     —En ninguna parte.

III. dejar *tr.*

  A. 放，搁，丢

    1. —¿Dónde dejo los libros?

     —Allá, en aquella mesa.

    2. Se quitó el abrigo y lo dejó sobre el sofá.

  B. 离开

    1. Bueno, los dejo a ustedes. Ya es muy tarde y tengo que regresar a casa.

    2. Cuando todavía era niño, tuvo que dejar a la familia y vino a esta ciudad a buscar trabajo.

  C. 让

    1. Déjenme pasar, por favor.

    2. No entiendo por qué no lo dejaste hablar en la reunión.

IV. quedar（se）

  A. *intr* 在，位于.

    1. Mi casa queda lejos de la universidad.

    2. ¿Dónde queda la fábrica donde trabajas?

  B. *intr.* （某物）对（某人）合适或不合适

    1. —¿Te quedan bien los pantalones?

     —No, me quedan un poco largos.

2. —¿Cómo te queda la chaqueta?

—Me queda bastante bien.

C. *prnl.* 留在(某处)

1. Ayer no fui a ninguna parte. Me quedé en casa.

2. Entonces, quédate aquí y espera a Juan.

D. *prnl.* 拿走,据为己有

1. Estas tres camisas son muy bonitas. Me quedo con ellas.

¿Dónde pago?

2. Si te gusta el libro, puedes quedarte con él.

语 法 GRAMÁTICA

一、陈述式过去未完成时 (**Pretérito imperfecto de indicativo**)
(**I**) :

I. 变位:

规则动词的陈述式过去未完成时是在动词词根上加下列词尾构成的:

	1ª conjugación	2^a, 3ª conjugación
yo	-aba	-ía
tú	-abas	-ías
él ella usted	-aba	-ía
nosotros, tras	-ábamos	-íamos
vosotros, tras	-abais	-íais
ellos ellas ustedes	-aban	-ían

例词：

	trabajar	comer	vivir
yo	trabaj*aba*	com*ía*	viv*ía*
tú	trabaj*abas*	com*ías*	viv*ías*
él ella usted	trabaj*aba*	com*ía*	viv*ía*
nosotros, tras	trabaj*ábamos*	com*íamos*	viv*íamos*
vosotros, tras	trabaj*abais*	com*íais*	viv*íais*
ellos ellas ustedes	trabaj*aban*	com*ían*	viv*ían*

注意：第一变位动词的过去未完成时的重音都落在倒数第二个音节上；唯独第一人称复数的重音落在倒数第三音节上，所以要带重音符号。第二、第三变位动词的所有人称都带重音符号。

2. 下列动词的过去未完成时变位是不规则的：

ir：**iba, ibas, iba, íbamos, ibais, iban**

ser：**era, eras, era, éramos, erais, eran**

ver：**veía, veías, veía, veíamos, veíais, veían**

II. 用法：

1. 表示过去的动作，不指其开始或结束，而只截取其进行的过程。

例如：

Mi familia vivía en Shanghai.

José trabajaba en una fábrica.

2. 表示过去重复的、习惯的动作。例如：

El año pasado hacíamos los ejercicios por la noche.

El mes pasado íbamos a conferencias casi todas las semanas.

3. 用于描述过去的各种场景。例如：

Era un día de invierno. Hacía mucho frío.

En la sala había mucha gente. Los mayores hablaban y los jóvenes cantaban y bailaban.

4. 用在时间从句中：

a. 表示另外一个过去的动作（用简单过去时表示）发生时正在进行的动作。例如：

Estudiábamos cuando entró el profesor.

b. 表示与另外一个过去的动作过程（用过去未完成时表示）同时进行的动作。例如：

Todos te escuchaban cuando hablabas.

Cuando cantábamos, ellos bailaban.

二、**Al** + *inf.* **在句中作时间状语，在许多情况下相当时间连词 cuando，**例如：

Al ver a Lola la saludé.

Al entrar el profesor nos levantamos.

如例句所示，这个原形动词结构的主语可以与主句主语一致，也可以不一致。第二个例句就属于后一种情况。

同样的意思也可用下面的结构表示：

Cuando vi a Lola, la saludé.

Cuando entró el profesor nos levantamos.

三、**让步从句**（**Oración subordinada concesiva**）（*aunque*）：

让步从句里的语义成分是完成主句动作需要克服的障碍。相当汉语中的虽然、尽管。常用连词是 aunque。从句可在主句之前或之后。例如：

Aunque tenía mucho que hacer, siempre encontraba tiempo para leer algo.

Estuve en todas las conferencias aunque entendía pocas cosas.

请注意：与汉语不同的是西班牙语的让步句极少"虽然……但是"连用。要么只用 aunque，要么只用 pero。

练 习　EJERCICIOS

I. 动词变位（Conjuga los verbos）：

1. **en pretérito imperfecto de indicativo；**
2. **en pretérito indefinido；**
3. **en presente de indicativo；**
4. **en modo imperativo：**

sacar, *avanzar*, *tocar*, *aparcar*, *tomar*, *acercarse*, *llegar*, viajar, avisar, tardar, saludar, *abrazar*, excusarse, beber, aprender, comprender, mostrar, probar, sentarse, sentir, ceder, entender, decidir, subir, asistir, prohibir, *producir*, conducir, traer, andar, pedir, *seguir*, *leer*, *oír*, dar, ver, saber, *hacer*, tener, estar, ir, poner, poder, ser.

（斜体字笔头做）

II. 从练习 I 所给动词中选择第一、第二、第三及不规则动词各三个，按照所给模式做动词变位（Conjuga los verbos escogidos

LECCIÓN 21

del ejercicio I (tres de cada conjugación y tres irregulares),
según los modelos dados) :

Modelo (1): escuché　　escuchaba

(按照这个顺序,做所有人称的变位。)

Modelo (2): discuto　　discutía

(按照这个顺序,做所有人称的变位。)

Modelo (3): deseo　　deseé

(按照这个顺序,做所有人称的变位。)

Modelo (4): entiendes　　entiende

(按照这个顺序,做所有人称的变位。)

III. 把原形动词变为适当的时态和人称 (Pon el infinitivo en el tiempo y la persona correspondiente) :

1. El mes pasado (tener, nosotros) _____ muchas actividades y (estar) _____ muy ocupados.

2. En aquellos años mis padres (viajar) _____ mucho.

3. El año pasado sólo (ir, nosotros) _____ dos veces al cine.

4. En aquel verano mi hermano (aprender) _____ a nadar.

5. Cuando (subir, yo) _____ al décimo piso, no (ver) _____ a nadie.

6. Cuando (regresar, él) _____ del extranjero, (ir, nosotros) _____ a recibirlo al aeropuerto (飞机场).

7. Cuando ellos dos (bajar) _____ del tren, (encontrar) _____ a mucha gente que los esperaba.

8. Cuando (llamarme, tú) _____ anoche, no (poder, yo)

_____ contestarte, porque estaba en el cuarto de baño.

9. Las chicas (acercarse) _____ al mostrador y (hablar)
_____ con el dependiente.

10. Ayer, aunque el tráfico (ser) _____ malísimo, ella (llegar) _____ a la oficina a tiempo.

IV. 将动词变为适当的时态和人称 (**Pon los infinitivos en el tiempo y la persona conrrespondiente**) :

1. Ayer aunque (ser) _____ domingo (madrugarme)
_____ bastante. (Despertarme) _____ a las cinco y media.
Como no quería levantarme tan temprano, encendí la luz (开灯)
y (ponerme) _____ a leer. (Leer) _____ un cuarto de
hora y (recordar) que tenía mucho que hacer. Entonces
(vestirme) _____ rápido y (saltar 跳) _____ de la cama.
Cuando (meterme) _____ en el baño para asearme, llamaron
a la puerta. (Abrir) _____ y (ver) _____ a un desconocido
(陌生人).

—¡ Calcetines bonitos! ¿No (querer) _____ usted comprar unos pares? —me(preguntar)_____.

—¡ Noooo ...! —le (gritar 喊) _____ y (cerrar)
_____ la puerta.

Después de desayunar sin mucho apetito, (pensar)
_____ escribir a varios amigos. (Sacar) _____ algunos
papeles y (sentarme) _____. Pero apenas (comenzar)
_____ cuando (oírse) _____ un gran ruido (嘈杂声).
(Recordar) _____: cerca se está construyendo (建造) un
enorme edificio. (Hacer) _____ todo lo posible para terminar
el trabajo. Luego (ir) _____ al Correo (邮局) en bicicleta.

351

2. —El domingo pasado no (estar, tú) _____ en casa.

　—¿Por qué?

　—Te (llamar, yo) _____ varias veces y nadie me (contestar)

　_____

　—¡ Ah, es cierto! (Salir) _____ con mi prima y (ir, nosotros) _____ al centro.

　—¡ Y (olvidarse) _____ de nuestra cita!

　—¿Nuestra cita? ¿Cuál?

　—Ir a ver una película.

　—Tienes razón (有理). Pero ¿(saber, tú) _____ lo que (pasar) _____? Es que mi prima (llegar) _____ con mucha urgencia(紧迫, 匆忙)...

　—Ya, ya: (tener) _____ que acompañarla e ir a las tiendas del centro para ...

　—¡ No (estar, nosotros) _____ en ninguna tienda! (Ir) _____ al banco(银行).

　—Claro, (deber, vosotros) _____ sacar dinero(钱) antes.

　—¡ Qué va! Ella (tener) _____ un problema con el banco. Como yo (estudiar) _____ economía (经济), me (pedir) _____ ayuda.

　—Ya (entender, yo) _____. (Perdonarme) _____. Pero ¿le (resolver 解决) _____ el problema?

　—Por supuesto.

V. 在句子中增添末尾所给的词语或以之代替斜体部分, 并相应改变动词形式(Sustituye la parte en cursiva por la expresión que se da al final de cada oración o simplemente agrégala y cambia

la forma verbal según corresponda) :

1. Al levantarse mi madre abre todas las ventanas. (ayer)

_____

2. Aprendemos una nueva canción *cada semana.* (la semana pasada)

_____

3. Viene a buscarte una señora. (anoche)

_____

4. Las tiendas se cierran al mediodía. (anteayer).

_____

5. ¿A qué hora descansan ustedes? (aquel día).

_____

6. Te devuelvo el libro *ahora.* (el miércoles pasado).

_____

7. ¿Por qué discutes con él? (ayer)

_____

8. Como no escuchas no puedes contestar. (en aquella clase).

_____

9. ¿Qué les pide ese muchacho? (anoche).

_____

10. Nos enseñan español dos profesores chinos y una panameña.
(el año pasado).

_____

VI. 用连词 **aunque** 衔接两个简单句,组成让步从句 (**Enlaza las dos oraciones simples con la conjunción** _aunque_ **para formar una oración compuesta subordinada concesiva**) :

Ejemplo: **Llega a las clases antes de las ocho. Vive lejos.**

Llega a las clases antes de las ocho aunque vive lejos.

O: **Aunque vive lejos llega a las clases antes de las ocho.**

1. Ellos duermen con la ventana abierta. Hace mucho frío.

_____

2. La niña sabe vestirse sola. Es todavía muy pequeña.

_____

3. Joaquín se levanta muy temprano. Siempre es el último en ir a desayunar.

_____

4. La chica no quiere descansar. Está enferma.

_____

5. Ya es muy tarde. Los invitados no quieren irse.

_____

6. Tengo ganas de asistir a la conferencia. No puedo entender muchas cosas.

_____

7. Mi amiga siempre está muy ocupada. Lee mucho.

_____

8. Piensa comprar la blusa. Le queda un poco ancha.

_____

9. Prefiere ir a pie. Tiene que andar mucho.

_____

10. No podemos llegar en poco tiempo. La autopista es buena.

_____

VII. 用适当的连词完成下列句子（**Completa la oración con una conjunción adecuada**）：

1. Voy a comprar esos calcetines _____ son más caros que éstos.

2. No me gustaba el color del abrigo _____ era de buena calidad.

3. _____ Jaime es más grande que yo , come menos.

4. Nuestras vecinas salieron de compras _____ hacía mucho viento（风）.

5. _____ no tenía mucho dinero（钱）, todo lo quería comprar.

6. _____ tenía mucho que hacer, me reunía frecuentemente

con mis amigos.

7. _____ estaba con mucha fiebre, no dejó de trabajar.

8. Tuve que ir a buscarlo _____ ya era la medianoche.

9. No pudimos entender nada _____ nos explicó una y otra vez.

10. _____ la estación ferroviaria estaba cerca, tomaron un taxi.

VIII. 把下列句子变为否定句并做其他相应改动（**Convierte en negativa las oraciones y efectúa otros cambios necesarios**）：

1. Eso se vende en todas partes.

_____

2. Ahora recuerdo algunos nombres.

_____

3. Se produjo algún accidente en la autopista.

_____

4. Hubo un atasco en esa calle.

_____

5. Los dos pudieron aparcar el coche en alguna parte.

_____

6. Algunos extranjeros vinieron a verla.

_____

7. Algunas ambulancias llegaron.

8. Tuvieron algunos problemas.

9. Algunos se quedaron ahí.

10. —¿Te gustan estas revistas?

    —Algunas.

IX. 根据要求完成下列练习（Haz los ejercicios según lo que se te exija）：

A. 根据需要用所给单词完成句子（Completa las oraciones con las palabras dadas según convenga）：

> **dejar   quedar(se)**

1. ¿Dónde _____ (tú) mi ropa?

2. Bueno, ya es muy tarde. Os _____ (nosotros). Adiós.

3. Mis abuelos vinieron del campo y _____ unos meses con nosotros.

4. _____ (usted) con estos libros si le gustan.

5. _____ le (vosotros) hablar a la niña. Parece que tiene algo importante que decirnos.

6. Al probarse los pantalones vio que le _____ demasiado largos y anchos.

7. Como su casa _____ bastante lejos de la Universidad, tenía que venir en taxi todos los días.

8. ¡Cuántas cosas traes tú! Vamos a ver, _____ las ahí, cerca de la mesa.

9. Como hacía mal tiempo, _____ (yo) a dormir en casa de mi amigo.

10. No recuerdo qué dijo aquel día la profesora. A ver, _____ me (tú) pensar.

B. 将下列句子译成西班牙语 (**Traduce al español**）：

1. 由于交通阻塞，我们来晚了。

2. 这个小广场上禁止停车。

3. 一位老太太上了公共汽车，我马上给她让座。

4. 他慢慢学会开车了。

5. 这条高速公路上来往车辆很多，你要小心点开车。

6. 由于前面发生了交通事故，大家只好无可奈何地停下来等待。

X. 用同义结构取代斜体部分 (**Sustituye la parte en cursiva por otra forma equivalente**）：

Ejemplo：*Cuando me vio* me saludó.

Al verme me saludó.

1. *Cuando terminó* _____ la clase todos salieron del aula.

2. *Al entrar* _____ en el comedor encontré a un amigo.

3. *Al levantarse* _____ de la silla sintió un fuerte dolor de cabeza (头疼).

4. Llamó en voz alta *cuando llegó a la puerta* _____.

5. *Cuando contestó* _____ a la profesora no la miró.

6. Dejó el libro en la mesa *cuando levantó la cabeza* _____.

7. *Cuando me vio entrar* _____ se puso de pie.

8. *Al sonar el timbre* _____ se acercó a la puerta y la abrió.

9. *Cuando oyó la voz* _____ preguntó quién era.

10. Me puse el abrigo cuando *sentí frío* _____.

XI. 请将下列句子译成西班牙语（Traduce al español las siguientes oraciones）：

    1. 电影院离我们学校很近。

    2. 昨晚你把大衣扔在哪儿了？

    3. 我昨天上午到处找这本杂志，哪儿也找不到。

    4. 这条街上一个汽车站都没有。

    5. "那天的交通事故有伤亡吗？"

      "一个也没有。"

    6. 你就待在这儿。我去找个地方停车。

    7. 他见那件衬衫很合身，就决定买下。

    8. 我要走了。二位留步。

    9. 对不起，请让我从这儿下去。

    10. "前天你们有几节西班牙语课？"

       "一节也没有。"

XII. 用适当的宾格和与格代词填空。注意：有时须在动词上增添重音符号（Rellena los espacios en blanco con pronombres acusativos y dativos adecuados. Cuidado：a veces hace falta poner acento ortográfico sobre el verbo）：

    1. —Si vas a la tienda, ¿me puedes traer unos lápices?

—¡Cómo no! _____ voy a traer.

2. —¿A quién tengo que llevar estas revistas?

—Lleva _____ al señor Pérez.

3. Profesora, esta lección me parece muy difícil. Explique _____ otra vez por favor.

4. Si les parecen bonitas estas canciones yo puedo enseñar _____.

5. Vuelvo en un momento. Espere _____ aquí.

6. Como no tengo nada que hacer en este momento, _____ puedo acompañar (a ellas).

7. Aquellos calcetines me parecen muy bonitos. Haga el favor de pasar _____.

8. Todavía necesito los apuntes. Deja _____.

9. Sí, conozco a estas muchachas. Ayer _____ presentó una amiga mía.

10. Los libros son de Felisa. Devuelve _____ ahora mismo.

XIII. 回答下列问题 (**Contesta a las siguientes preguntas**):

1. ¿Por qué Luis y Ana sacaron el coche y se pusieron en camino?

2. ¿Qué se produjo cuando apenas salieron a la calle?

3. ¿Por qué ningún coche podía avanzar en ese momento?

4. ¿Cuánto tiempo duró la espera?

5. ¿Qué decidieron hacer los dos cuando se pusieron otra vez en camino?

6. ¿Les ocurrió lo mismo esta vez?

7. ¿Tomaron el tren enseguida (立刻, 立即)?

8. ¿Pudieron viajar tranquilos (安静, 安心)?

9. ¿Por qué el tren no podía seguir?
10. ¿Qué hicieron entonces ellos dos?
11. ¿Hasta dónde anduvieron?
12. ¿Por qué había tanta cola en la parada de autobuses?
13. ¿Viajaron sentados en el autobús?
14. ¿Cuánto tiempo tardó el autobús en llevarlos adonde querían?
15. ¿Dónde los dejó?
16. ¿Dónde tenían que reunirse con sus amigos?
17. ¿Qué hicieron ellos dos cuando se saludaban y se abrazaban?
18. ¿Qué puede ocurrir cuando se producen accidentes de tráfico?
19. ¿Qué deben hacer primero los policías entonces?
20. ¿Sabes tú conducir?

XIV. 口头练习参考题 (**Temas para la práctica oral**) :

1. Medios de transporte que utilizas para desplazarte (你出门使用的交通工具) ;

2. Problemas de tráfico de la ciudad donde vives ;

3. Una experiencia (经历) tuya respecto al tráfico.

XV. 根据下列提示写一篇短文 (**Redacta una breve composición según el siguiente guión**) :

Un día, tenías que ir a visitar a tus padres que vivían bastante lejos. En un principio pensabas ir en bicicleta, pero al ver las calles llenas de coches y autobuses decidiste tomar un taxi . . .

第 二十二 课　LECCIÓN 22

语法: **1.** 陈述式过去未完成时(**Ⅱ**)
　　　2. 直接宾语从句
　　　3. 直接引用语变间接引用语的规则
　　　4. 结果从句 (TAN ∕ TANTO ... QUE)

课文　TEXTO

MI INFANCIA

I

Cuando yo era niño, vivía con mis abuelos en el campo. Teníamos una típica casa de campesinos, de una sola planta, pero con muchas habitaciones. Delante de ella estaba el patio y detrás había un pequeño huerto donde mis abuelos cultivaban hortalizas.

Todos los días mis abuelos se levantaban con el sol, mucho más temprano que yo. Trabajaban un rato en el huerto. Luego se aseaban en el patio junto a una fuente. Mientras mi abuela preparaba nuestro sencillo desayuno, mi abuelo venía a mi cuarto a despertarme. Me miraba vestir y lavar sin dejar de hablar lentamente. Siempre tenía un cuento que contar o un chiste que decir. Después de desayunar, él iba a la otra orilla del río donde tenía una parcela de trigal. Mi abuela me acompañaba al colegio del pueblo. Teníamos que atravesar una pequeña plaza. Sólo estudiaba por la mañana. Después del almuerzo, yo solía ir a jugar con mis amigos. O nadábamos en el río, o corríamos por el campo, o jugábamos en el bosque. Nos divertíamos mucho. Al atardecer regresábamos al pueblo.

En casa, nos acostábamos muy temprano, porque teníamos que madrugar al día siguiente. La vida en el campo era muy tranquila. A mí me gustaba. Mis padres estaban tan ocupados que apenas venían a verme. Pero cada vez que me veían, decían que yo estaba saludable y fuerte.

II

—¡Qué sorpresa! ¡Cuánto tiempo sin verte! ¿Dónde te metiste?

—Fui a Madrid a estudiar; me dieron una beca.

—¡Suerte tuviste! ¿Cuánto tiempo duró el curso?

—Un año. Pero luego pedí una prórroga, de modo que estuve ahí dos años enteros.

—¿Dónde te alojaste? Según dicen, es muy difícil encontrar alojamiento en Madrid.

—Es verdad. Después de mucho trabajo, pude alojarme en un colegio mayor. Es una especie de casa de estudiantes. Son mucho más baratos que hoteles u hostales, pero un poco más caro que un piso. Sabes que puedes compartir un piso con otras personas y el alquiler se reparte entre todos. Además, en un piso tú puedes cocinar, pero eso no se permite en el colegio mayor. Lo que me gustaba de aquel colegio mayor era su ambiente internacional, pues ahí se alojaban jóvenes de casi todas las razas: blancos, negros, mestizos, mulatos, asiáticos.

—¡Muy interesante! Oye, dime: el horario del colegio mayor debía ser bastante rígido, ¿verdad?

—Por supuesto. Por ejemplo, el desayuno se servía entre las siete y media y las nueve. Si no querías perderlo, tenías que levantarte antes de esa hora. Comíamos a partir de las dos y cenábamos entre las nueve y las diez de la noche. No podíamos regresar muy tarde, porque el colegio mayor se cerraba a la una de la medianoche.

词 汇 表 VOCABULARIO

infancia *f.* 童年	sol *m.* 太阳
típico *adj.* 典型的	fuente *f.* 泉水,喷泉
campesino, na *m.*, *f.* 农民	mientras *conj.* 与……同时
huerto *m.* 园子	lentamente *adv.* 慢慢地
cultivar *tr.* 种植	cuento *m.* 故事
hortaliza *f.* (种在园子里的) 蔬菜	contar *tr.* 讲述;数数
	chiste *m.* 笑话

orilla *f.* 岸边

río *m.* 河

parcela *f.* （一小块）田地

trigal *m.* 麦田

atravesar *tr.* 穿过

soler *tr.* 惯常(做某事)

jugar *intr.* 玩

nadar *intr.* 游泳

bosque *m.* 森林

divertirse *prnl.* 娱乐, 消遣

atardecer *intr.* ; *m.*

    黄昏降临, 黄昏

tranquilo *adj.* 安静的

cada vez que 每次

saludable *adj.* 健康的

sorpresa *f.* 惊喜, 惊奇

beca *f.* 奖学金

curso *m.* 学年；课程

prórroga *f.* 延长

de modo que 因此

entero *adj.* 整个的

alojarse *prnl.* 住宿

alojamiento *m.* 住宿

colegio mayor 学生公寓

especie *f.* 种类

hotel *m.* 旅馆, 饭店

hostal *m.* 客店

compartir *tr.* 共享

alquiler *m.* 房租

repartir *tr.* 分摊

cocinar *tr.* 做饭, 烹饪

ambiente *m.* 气氛, 氛围

internacional *adj.* 国际的

raza *f.* 种族, 人种

blanco, a *m.* , *f.* 白人

negro, a *m.* , *f.* 黑人

mestizo, a *m.* , *f.* 印欧混血种

mulato, a *m.* , *f.* 黑白混血种

asiático, ca *m.* , *f.* ; *adj.*

    亚洲人；亚洲的

rígido *adj.* 僵硬的, 严格的

perder *tr.* 失去

不 规 则 动 词 **VERBOS IRREGULARES**

contar Se conjuga como *encontrar*.

divertir Se conjuga como *preferir*.

soler： *suelo*, *sueles*, *suele*, *solemos*, *soléis*, *suelen*.

LECCIÓN 22

jugar : *juego , juegas , juega , jugamos , jugáis , juegan.*

perder : *pierdo , pierdes , pierde , perdemos , perdéis , pierden.*

词汇 LÉXICO

I. solo *adj.* 仅,只

1. Aunque la casa es muy grande, tiene una sola puerta.
2. A mi abuelo le gustaba pasear solo por el parque.
3. Las dos niñas viajaban solas. Nadie las acompañaba.

II. sólo (**solamente**) *adv.* 仅,只

1. Sólo vengo a decirte eso.
2. Sólo pensaba en estudiar.
3. Por la tarde salía de compras solamente.

III. con *prep.*

1. Fue a abrir la puerta con el vaso en la mano.
2. Si quieres puedo ir contigo.
3. ¡Cómo vamos a trabajar con este calor!
4. Todas las madrugadas nos levantábamos con el sol.

IV. apenas *adv.* 几乎(不)

1. Hablaba muy rápido. Apenas podíamos entenderle.
2. Estaba tan cansado que apenas podía andar.
3. Apenas se acostó cuando alguien llamó a la puerta.

V. sin *prep.*

A. （与名词连用）

1. ¿Cómo voy a escribir sin pluma?

2. No puedes hacer eso sin ayuda.

3. Como no llegaste a tiempo, nos fuimos sin ti.

B. （与原形动词连用）

1. Hice una pregunta al muchacho, pero él me miró sin decir nada.

2. Nos hablaba sin dejar de leer.

3. Entró en mi habitación sin llamar.

语法 GRAMÁTICA

一、陈述式过去未完成时（Pretérito imperfecto de indicativo）（Ⅱ）：

过去未完成时和简单过去时的区别：

I. 简单过去时表示完成了的动作；过去未完成时表示过去正在进行而未完成的动作，不指出开始和结束，而强调过程。

例如：

Ayer Alejandro hizo los ejercicios, leyó una novela（小说）y escribió varias cartas（信）.

Anoche cuando entré en la sala, Alejandro repasaba las lecciones.

II. 过去未完成时表示过去经常的、重复的动作；简单过去时表示过去一次完成的动作；或多次重复，但指出次数的动作。

例如：

El año pasado íbamos al cine todos los sábados.

Anteayer fuimos al cine.

El mes pasado nos visitó tres veces.

III. 简单过去时叙述过去发生的动作;过去未完成时用于描写事件发生的背景。例如：

Los estudiantes fueron al campo a trabajar. Ayudaron a los campesinos en el trigal y luego cultivaron verduras en el huerto.

Hacía sol. Los estudiantes trabajaban en el campo y escuchaban con atención（注意,专注）las explicaciones que les daba un campesino.

二、直接宾语从句（Oración subordinada complemento directo）（II）：

这类从句前面已经讲过。本课着重分析它的两种形式：直接引用语和间接引用语。

I. 说话人原封不动地引用他人的话,叫做直接引用语（estilo directo）。例如：

Mariana me pregunta："¿Cuántos años tienes?"

这里的 cuántos años tienes 是 Mariana 提问时所说的原话,说话人引用时完全保留原来的时态人称等等,就是说,原封不动地以原话的口气引用。书写上以冒号（：）和引号（" "）或破折号（—）标明。

II. 说话人以自己的口气转述他人的话,叫做间接引用语（estilo indirecto）。例如：

Mariana me pregunta cuántos años tengo yo.

这里的 cuántos años tengo yo 已经不是提问时的原话,因为说话人改变了句中的人称（有时还需改变时态）,转换成他自己的口吻。书写上无须特殊标点符号,但在句法和词法上要做一系列调整。

三、直接引用语变间接引用语的规则：

I. 如果直接引用语是带疑问词的问句，则将其直接与主句动词连接，但从句中的人称和时态有时要做相应的变化。例如：

直接引用：La profesora extranjera nos pregunta: "¿Qué idioma (语言) estudian ustedes?"

间接引用：La profesora extranjera nos pregunta qué idioma estudiamos.

II. 如果直接引用语是不带疑问词的问句，则通过 si 与主句衔接。从句中的人称、时态也要做相应变化。例如：

直接引用：Elena pregunta a Julieta: "¿Quieres ir conmigo?"

间接引用：Elena pregunta a Julieta si quiere ir con ella. (si 的意思是：是否，是不是)。

III. 如果直接引用语是陈述句，则通过 que 衔接主句和从句。从句中的人称、时态也要做相应变化。例如：

直接引用：El panameño nos contesta: "Esta tarde les voy a enseñar una canción."

间接引用：El panameño nos contesta que esta tarde nos va a enseñar una canción.

IV. 直接引用语变间接引用语的时态变化：

1. 如果主句动词是现在时，变成间接引用语时，从句动词保持原有时态。例如：

Dice: "Los estudiantes asistieron a la conferencia."

Dice que los estudiantes asistieron a la conferencia.

Me dice: "Debes estudiar más."

Me dice que debo estudiar más.

2. 如果主句动词是简单过去时或过去未完成时，变成间接引用语时，从句动词的时态要做相应变化。例如：

Dijo (decía): "Estudio español."

Dijo (decía) que él estudiaba español.

3. 如果出现下列情况,则从句动词时态不发生变化:

a) 从句动词为过去未完成时。例如:

Dijo (decía): "El año pasado íbamos al cine todos los sábados."

Dijo (decía) que el año pasado iban al cine todos los sábados.

b) 从句动词为现在时,但表示的是不因时光转移而变迁的永恒事实。例如:

Dijo (decía): "China es un gran país."

Dijo (decía) que China es un gran país.

四、结果从句 (Oración subordinada consecutiva):

结果从句表示特性、状况或动作达到某种程度后而导致的后果。常见的结构是:

tanto ... que (此处 tanto 是形容词,与名词搭配,与之性数一致。) Había tanta gente que no pudimos entrar.

tanto ... que (此处 tanto 是副词,用作动词的修饰语,无性数变化。) Trabajó tanto que empezó a sentirse mal.

tan ... que (tan 是副词,用作形容词或其他副词的修饰语。)
El libro era tan interesante que no pude dejar de leerlo.

tal ... que (tal 是形容词,可单独使用,也可与名词搭配。)
Fue tal nuestra lástima que no supimos qué decir.

译成汉语时,不一定非生硬地套用"如此...以致"的格式。完全可以根据具体情况采取更顺畅的译法。比如第一句就可以译为：人多得我们根本进不去。或者：人太多了，我们进不去，等等。

练习 EJERCICIOS

I. 请把动词变为陈述式过去未完成时和简单过去时（Conjuga los verbos en pretérito imperfecto de indicativo y en pretérito indefinido）：

cultivar, *asearse*, mirar, dejar, acompañar, nadar, madrugar, alojarse, atravesar, cocinar, correr, meter, comprender, *aprender*, *escribir*, abrir, partir, compartir, repartir, permitir, *ser*, *ir*, ver, haber, tener, venir, *decir*, *dar*, *estar*, *saber*, *poder*, *poner*, *querer*, pedir, vestir, servir, preferir, divertirse.

（斜体字笔头做）

II. 请按照所给模式做动词变位（Conjuga los verbos según los modelos dados）：

    Modelo（1）：   **cultivé**   **cultivaba**

                    ···   ···

（在练习 I 的动词中选择第一、第二、第三和不规则动词各三个，按所给顺序变位。）

    Modelo（2）：   **cuento**   **cuentas**   **cuenta**（**tú**）

                    ···   ···   ···

（按所给顺序做下列动词的变位。）

contar, soler, jugar, divertirse, perder

LECCIÓN 22

> **Modelo (3):**   **cultivo   cultivé**
>
>   ...   ...
>
> (按所给顺序做以上诸动词的变位。)

> **Modelo (4):**   **permito   permitía**
>
>   ...   ...
>
> (按所给顺序做这些动词的变位。)

> **Modelo (5):**   **nada (tú) nadabas**
>
>   ...   .
>
> (按所给顺序做这些动词的变位。)

III. 把原形动词变为适当的时态和人称 (**Pon el infinitivo en el tiempo y la persona correspondiente**):

1. El mes pasado Luisa (correr) _____ mil (一千) metros todos los días y eso le (convenir).

2. En aquellos años me (gustar) _____ pasear al atardecer y (tener) que atravesar una plazoleta.

3. El año pasado (ir, nosotros) _____ al cine dos veces a la semana.

4. En aquellos veranos mis compañeros y yo (aprender) _____ a nadar todas las tardes.

5. Cuando (estudiar, yo) _____ en secundaria, (acostarse) _____ muy tarde.

6. Cuando (estar, él) _____ en el extranjero, le (escribir, nosotros) _____ mucho.

7. Cuando ellos dos (trabajar) _____ en aquella fábrica, (encontrarse) _____ conmigo todas las mañanas.

8. Cuando (ser, tú) _____ niño, (comer) _____ muy rápido.

9. Durante (在 …… 期间) aquellos años, como sus padres (tener) _____ muchas actividades sociales, él los (ver) _____ muy poco.

10. En aquel entonces aunque el tráfico (ser) _____ malísimo, ella siempre (llegar) _____ a la oficina a tiempo.

IV. 在下列短文前加上表示过去的词语,并对动词形态做相应变化 (Agrega a los textos expresiones que indiquen tiempo pasado y haz cambios correspondientes en la forma verbal)：

1. —¿Qué hacéis todos los días por la mañana?
—Estudiamos español.
—¿Quién os da clases?
—Tenemos dos profesores chinos y una extranjera.

2. Vivimos en una ciudad del centro de China. Mis padres trabajan en una misma fábrica. Él es obrero y ella, enfermera. Mi hermana y yo vamos a la escuela. Todos los días nos levantamos muy temprano y desayunamos en seguida (立刻, 立即). Todo lo hacemos muy rápido, pues no queremos llegar tarde al trabajo.

3. Los padres de Agustín viven en la Ciudad de México (墨西哥城). Tienen dos habitaciones bastante pequeñas en un viejo edificio. Es de seis pisos y de color gris. Todos los domingos Agustín y sus hermanos van a verlos. Toda la familia se reúne en la pequeña sala. Toman sus copas, escuchan música (音乐) y conversan.

LECCIÓN 22

Este domingo, falta (缺席) a la reunión familiar el padre. Está en el hospital. Esta vez, los hermanos no se reúnen para conversar con sus padres. Tienen que ir al hospital a ver al enfermo.

V. 回答下列问题 (Contesta a las siguientes preguntas) :

1. ¿Dónde hiciste tus estudios secundarios?
2. ¿Vivías con tus padres en aquel entonces?
3. ¿Cuántos erais en la familia?
4. ¿Teníais una casa muy grande?
5. ¿Qué hacían tus padres?
6. ¿A qué hora os levantabais todos los días?
7. ¿Cuál es vuestro horario?
8. ¿Veíais la televisión mientras (在……同时) cenabais?
9. ¿A dónde ibais los fines de semana?
10. ¿Os visitaban a menudo los amigos de la familia?

VI. 用所给词语替代斜体部分,并对动词形态做相应变化 (Susti-tuye la parte en cursiva por las expresiones dadas y cambia la forma verbal según corresponda) :

el año pasado todos los días, el verano pasado todas las tardes, en octubre todas las noches, el mes pasado todas las mañanas, en aquel entonces todos los fines de semana, etc.

1. *Ayer* tuvimos _____ muchas actividades.
2. *El pasado fin de semana* acompañé _____ a mi prima al cine.
3. *Anoche* se acostaron _____ muy tarde.

4. ¿Con quién conversaste _____ *anteayer?*

5. ¿Cómo os divertisteis _____ *aquella noche?*

6. *El domingo pasado* Felipe y su esposa invitaron _____ a comer a sus amigos.

7. Nos madrugamos _____ *ayer.*

8. Tardamos _____ dos horas en llegar a la oficina *aquel día.*

9. Fuimos _____ a ver a nuestros tíos *el sábado pasado.*

10. Corrí _____ quinientos metros *ayer* por la mañana.

VII. 请先将下列句子变为间接引用语，然后将主句动词变为简单过去时，重复做同一练习（**Pon en estilo indirecto las siguientes oraciones y luego haz el mismo ejercicio con los verbos de las oraciones principales en pretérito indefinido**）：

Ejemplo：
Cambio A：
La señora nos pregunta："*¿Les* gusta el arroz?"
Le contestamos："No, no *nos* gusta el arroz, sino el pan."

La señora nos pregunta s̲i̲ nos gusta el arroz.
Le contestamos q̲u̲e̲ no nos gusta el arroz, sino el pan.
(O también：Le contestamos que no, que no nos gusta ...)

Cambio B：
La señora nos preguntó："*¿Les* gusta el arroz?"
Le contestamos："No, no *nos* gusta el arroz, sino el pan."

La señora nos preguntó si *nos gustaba* el arroz.

Le contestamos que *no nos gustaba* el arroz, sino el pan.

(O también: Le contestamos que no, que no nos gustaba ...)

1. Rosa me pregunta: "¿Cuántos años tiene tu hermana?"
   Le contesto: "Ella tiene diecinueve años."

2. El obrero nos pregunta: "¿Qué puedo hacer por ustedes?"
   Le contestamos: "Nuestro coche tiene una avería."

3. Teresa pregunta a Tomás: "¿Adónde vas?"
   Tomás le contesta: "Voy a la biblioteca."

4. Pregunto a Ramón: "¿Quién les enseña francés?"
   El me contesta: "La profesora Jiménez nos enseña francés."

5. Andrés pregunta a sus compañeros: "¿De dónde vienen ustedes?"
   Ellos le contestan: "Venimos del campo de deporte."

6. Pedro pregunta a su amigo: "¿A qué hora se levanta usted todos los días?"
   Este le contesta: "Me levanto a las seis en punto."

7. Manuel me pregunta: "Quieres ir conmigo a la tienda?"
   Yo le contesto: "No, no puedo, porque tengo clases."

8. Pablo pregunta a Elisa: "¿Tienes tu libro de español en el estante?"
   Esta le contesta: "Sí, lo tengo ahí."

9. Preguntamos al profesor: "¿Puede usted enseñarnos una canción latinoamericana?"
   El nos contesta: "Con mucho gusto les voy a enseñar varias."

10. José me pregunta: "¿Tienen ustedes tres clases de español al día?"

Le contesto: "No, tenemos dos clases de español al día."

VIII. 在第十三课课文 **II** 的对话前加上 preguntó, contestó, dijo 等,然后将其变为间接引用语朗读。有时可略去某些短语, 如: ¡ *Qué va!* (**Lee el texto II de la Lección 13 en estilo indirecto agregando delante de las oraciones** *preguntó*, *contestó*, *dijo*, **etc. En este caso debes suprimir algunas expresiones tales como ¡** *Qué va!* **):**

IX. 把两个简单句衔接起来组成结果从句 (**Enlaza las dos oraciones simples para formar una compuesta subordinada consecutiva):**

Ejemplo: El tema de la conferencia era muy difícil. Nadie lo entendía.

El tema de la conferencia era tan difícil que nadie lo entendía.

1. Aquella noche tenía mucho que hacer. No se acostó hasta la medianoche.

_____

2. En el accidente hubo muchos heridos. Las ambulancias tardaron mucho en llevarlos a todos al hospital.

_____

3. En la calle había muchos coches y autobuses. Ninguno podía avanzar y todos esperaban resignados.

_____

4. Estos días estamos muy ocupados. Apenas tenemos tiempo para leer.

_____

5. Ayer anduvieron mucho. Regresaron muy cansados (累, 疲 倦).

_____

6. La sala estaba tan llena. No podía entrar nadie más.

_____

7. Mis padres tenían muchas actividades sociales. Apenas los veía en casa.

_____

8. Nos dijo demasiadas cosas. Apenas recordamos.

_____

9. El niño corrió demasiado rápido. No pudo detenerse a tiempo.

_____

10. Hacía mucho frío. Nadie quería salir.

_____

X. 用所给单词完成句子（**Completa las oraciones con las palabras dadas**）:

solo   sólo（solamente）

1. Todos salieron. Me quedo _____ en casa.

2. Sus tíos tenían una pequeña casa con _____ dos habitaciones.

3. La niña, aunque muy pequeña, se vestía _____.

4. —¿Quiénes más quieren ir con nosotros?

   — _____ Antonio.

5. Me dijeron que ellas podían hacerlo _____.

6. —¿Cuál de esas mesas está libre?

   — _____ aquélla que está junto a la ventana.

casi   apenas

1. Su hijo tiene _____ dos años.

2. Estaba tan cansada que _____ podía andar.

3. Eran _____ la una y media de la medianoche cuando oí que llamaban a la puerta.

4. El abrigo era de un color muy oscuro, _____ negro.

5. _____ me levanté cuando sonó el timbre.

6. Mis alumnos son muy jóvenes. _____ parecen niños.

sin   con

1. Anoche mi hermano vino _____ una amiga suya.

2. Salió de la oficina _____ decirnos nada.

3. No puedo hacer nada _____ tu ayuda.

4. Entró en el aula _____ muchísimos libros.

5. Vivían en una enorme casa _____ jardín, piscina, garaje

（车库）y todo.

6. Contéstame _____ mirar el texto.

XI. 请将下列句子译成西班牙语（**Traduce al español las siguientes oraciones**）：

1. 那天我奶奶独自一人在园子里干活。
2. 那时侯他们俩只种蔬菜。
3. 你嘴里塞满了怎么说话？
4. 这么冷，我哪儿也不想去。
5. 当时谁也不愿跟我去散步。
6. 他很虚弱，简直起不了床。
7. 那姑娘一句话也没说就走了。
8. 他从此就再也没朋友了。
9. 你昨天晚饭就喝了点汤。
10. 我姑姑喜欢一个人坐在花园里看书。

XII. 用适当的宾格和/或与格代词填空（**Rellena los espacios en
blanco con los pronombres acusativos y/o dativos correspondientes. Cuidado：a veces hace falta agregar el acento
ortográfico sobre el verbo**）：

1. Profesora, no comprendo esta palabra y la confundo con otras
   muy a menudo. ¿Puede usted explicar _____?
2. Carlos está en la habitación. Lleva _____ este libro.
3. Las muchachas necesitan estos apuntes. Aquí _____
   traigo.
4. María quiere saber la hora de la película. Si tú _____
   sabes, di _____.
5. Profesor, dicen que usted tiene una novela muy interesante.

Muestre _____ , por favor.

6. Señorita, este joven extranjero quiere comprar esos calcetines rojos. Haga el favor de pasar _____ .

7. Si usted necesita una pluma, puedo prestar _____ la mía.

8. Mis compañeros también quieren escuchar aquel cuento interesante. ¿Por qué no _____ lees?

9. Parece que te gusta mucho esta camisa. Bueno, _____ regalo (赠送).

10. Mis amigas vienen en este momento. Aquí _____ espero.

XIII. 回答下列问题 (Contesta a las siguientes preguntas) :

1. ¿Dónde vivía el chico que habla de su propia historia cuando él era niño?

2. ¿Vivía con sus padres en aquel entonces?

3. ¿Cómo era la casa donde vivían?

4. ¿Qué había delante y detrás de la casa?

5. ¿Qué cultivaban sus abuelos en el pequeño huerto?

6. ¿Se levantaban muy tarde sus abuelos?

7. ¿Qué hacían los dos después de levantarse?

8. ¿Qué hacía la abuela cuando el abuelo despertaba al niño?

9. ¿Lo vestía el abuelo?

10. ¿Adónde iba cada uno de ellos después del desayuno?

11. ¿Estudiaba el niño todo el día?

12. ¿Qué solía hacer el chico después de almorzar?

13. ¿Adónde iban a divertirse el chico y sus amigos?

14. ¿Por qué tenían que acostarse temprano?

LECCIÓN 22

15. ¿Cómo era la vida en el campo según él?
16. ¿Le gustaba vivir en el campo?
17. ¿Lo veían con frecuencia sus padres?
18. ¿Cómo lo encontraban los padres cada vez que lo visitaban?
19. ¿Cómo pudo ir a estudiar a Madrid uno de los dos interlocutores del texto II?
20. ¿Cómo era un colegio mayor?
21. ¿Cuál era el horario del colegio mayor?

XIV. 口头练习参考题 (**Temas para la práctica oral**):

1. Conversación sobre la infancia;
2. Tu época (时代) de primaria o secundaria;
3. Infancia de un/a amigo/a.

XV. 笔录上述任何一个题目(**Redacta sobre cualquiera de los temas mencionados**)。

第 二十三 课　LECCIÓN 23

语法：**1.** 简单过去时和过去未完成时的配合使用
　　　2. 形容词从句（QUE）
　　　3. 形容词的绝对最高级（–ÍSIMO）
　　　4. 副词比较级

课文　TEXTO

UNA VUELTA POR LA CIUDAD

I

　　Era mi primer fin de semana en España. Como no tenía nada que hacer decidí dar una vuelta por Madrid, ciudad todavía desconocida para mí. Pero sabía que había mucho que ver: museos, parques, escultura, edificios de estilo arquitectónico gótico, barroco, neo-clásico... Salí del colegio mayor donde estaba alojado y anduve al azar. Crucé un parque, me metí en el primer metro que encontré y llegué a la Plaza de España. Hacía buen tiempo. Mucha gente paseaba por allí. Me acerqué al monumento erigido en memoria de Cervantes. Vi su busto acompañado de don Quijote y Sancho Panza. Las estatuas parecían de bronce. Un joven que pasaba por mi lado tenía la inmortal obra en la mano y me la mostró. Luego me señaló un puesto de libros que estaba en la acera. Quería decirme que ahí podía conseguir el libro. Iba caminando hacia el puesto cuando oí que alguien me llamaba. Volví la cabeza y me asombré mucho. ¡ Era Antonio!

—¿Paseando solo? — me dijo.

—¿Tú también? ¿Por qué no vamos juntos al Museo del Prado?

—¡ Buena idea! Dicen que hay una exposición especial de Goya.

Dicho y hecho. Como era fin de semana, había menos tráfico. El autobús marchaba más rápido que otros días y no tardó mucho en dejarnos justo delante del Prado. Vimos que había muchos visitantes. La cola era larguísima. Tuvimos que esperar media hora antes de entrar en el Museo. Entonces supe que con carnet de estudiante tenemos entrada gratis.

II

—Buenas tardes.

—Buenas tardes. Pero ¡ habla usted español! ¡ Qué suerte!

—¿Ah, sí? A ver, ¿en qué puedo servirles?

—Mire, somos turistas argentinos y vemos que aquí sin un guía nos resulta bastante complicada la cosa. Parecemos seres de otro planeta.

—Bueno, no es para tanto. Vamos a ver. ¿Cuándo llegaron?

—Anteanoche. Estamos alojados en ese hotel que usted ve en la esquina.

—¿Qué hicieron ustedes ayer todo el día?

—¿Qué pudimos hacer? Dimos una vuelta por aquí cerca. Queríamos ir al Palacio Imperial y a esa inmensa plaza... ¿Cómo se llama?

—Tian'anmen.

—Eso. Pero no sabíamos qué decir al taxista.

—¿No tienen ustedes un plano de la ciudad?

—Desde un principio queríamos comprar uno, pero nadie podía decirnos dónde y cómo.

—Ahora ya sé qué hacer. Vengan conmigo. A comprar el mapa primero.

词汇表　VOCABULARIO

vuelta　*f.*　一圈	al azar　偶然,随意
desconocido　*p. p.*	cruzar　*tr.*　穿过
陌生的；陌生人	plaza　*f.*　广场
museo　*m.*　博物馆	monumento　*m.*　纪念碑
parque　*m.*　公园	erigido　*p. p.*　竖立,矗立
estilo　*m.*　风格	en memoria de　纪念
arquitectónico　*adj.*　建筑的	Cervantes　塞万提斯
gótico　*adj.*　哥特式的	busto　*m.*　半身塑像
barroco　*adj.*　巴罗克式的	don Quijote　堂·吉诃德
neo-clásico　*adj.*	Sancho Panza　桑丘·潘沙
新古典主义的	inmortal　*adj.*　不朽的

obra　*f.*　作品

señalar　*tr.*　指出

puesto　*m.*　小摊

acera　*f.*　人行道

conseguir　*tr.*　得到,弄到

caminar　*tr.*　走路

alguien　*pron.*　有人

cabeza　*f.*　头

asombrar(se)　*tr. , prnl.*
　　　使吃惊;吃惊

Museo del Prado
　　　普拉多博物馆

idea　*f.*　主意,想法

exposición　*f.*　展览

especial　*adj.*　特别的

Goya　戈雅

dicho y hecho　说干就干

marchar　*intr.*　行进

visitante　*m. , f.*
　　　来访者,参观者

carnet　*m.*　(身份,学生)证

entrada　*f.*　进入,入口,门票

gratis　*adv.*　免费

turista　*m. , f.*　旅游者

argentino,na　*m. , f. ;adj.*
　　　阿根廷人;阿根廷的

guía　*m. , f.*　导游;导游手册

resultar　*intr.*　结果是……

complicado　*adj.*　复杂的

ser　*m.*　生灵,人

planeta　*m.*　行星,星球

no es para tanto　不至于如此

anteanoche　*adv.*　前天晚上

palacio　*m.*　宫殿

Palacio Imperial　故宫

inmenso　*adj.*　广阔的

plano　*m.*　平面图

principio　*m.*　开始;原则

mapa　*m.*　地图

不规则动词　VERBOS IRREGULARES

conseguir　　Se conjuga como *seguir*.

词 汇 LÉXICO

I. decidir *tr.* 决定

1. Como empieza a hacer frío, decido no salir hoy.
2. Al ver el atasco, Carmen decidió aparcar el coche en alguna parte e ir a tomar el metro.
3. Mis amigos decidieron viajar a México（墨西哥）aquel invierno.
4. Ellos discutieron toda la mañana sin poder decidir nada.

II. acompañar *tr.* 陪伴

1. Si estás libre, acompáñame al centro de la ciudad.
2. Anteayer no pudo venir a la fiesta porque acompañó a su tío al hospital.
3. La madre acompaña a la niña hasta la parada y luego se fue de compras.
4. ¿Quieres acompañarnos a dar un paseo?

III . mostrar *tr.*

A . 展示, 拿给……看

1. Dicen que tienes unos libros muy interesantes（引起兴趣的）. Muéstramelos.
2. Señorita, haga el favor de mostrarme un par de zapatos.
3. Los alumnos mostraron sus ejercicios（练习）a la profesora.
4. Te voy a mostrar unas fotos del pueblo donde vivía con mis abuelos cuando era niño.

B . 表明

1. Su buena salud muestra que hace mucho deporte.

2. Su retraso mostraba que el tráfico estaba muy mal.

3. ¿Qué quieres mostrar con eso?

4. Le mostré que no era cierto lo que decía.

IV. **junto**

A. *adj.* 一起, 一块

1. Ana y Rosa caminaron juntas un rato y luego se separaron en una esquina.

2. Los dos edificios están muy juntos.

B. junto a = cerca *adv.* 靠近

1. El armario estaba junto a la puerta.

2. ¿Está ocupada aquella mesa junto a la ventana?

3. El desconocido entró, se me acercó y se sentó junto a mí.

4. Ven, te voy a tomar una foto junto a ese enorme árbol.

C. junto con. *adv.* 跟……一起

1. La chica subió al décimo piso junto conmigo.

2. ¿Quién es ese hombre que está junto con Josefina?

语法 GRAMÁTICA

一、简单过去时和过去未完成时的配合使用（Correlación entre el pretérito indefinido y el pretérito imperfecto）：

这两个时态经常在各种复合句中配合使用,比方我们已经学过的时间、地点、条件、原因、让步、定语等复合句。一般说来,主句中叙述发生的事件,通常多用简单过去时;而从句则描述背景,过去未完成时出现频率较高。当然,这也不是绝对的,以后自会知晓。请根据这段讲解,仔细体会下面诸多例句中两种时态的语义

差别:

Llegué a su casa cuando toda la familia veía la televisión.

Entró en la sala donde ya estaban reunidos todos los compañeros de la facultad.

Como estaba muy ocupado, no pude acompañarla.

No quiso decirme nada aunque lo sabía todo.

Vimos a un hombre que caminaba hacia nosotros.

Le dije que tenía ganas de ir al museo.

二、形容词从句(汉语和英语语法中称做定语从句)和关系代
词 (Oración subordinada adjetiva y pronombre relativo):

形容词从句通过关系代词 que 与主句衔接。从句的职能与形
容词相似。例如:

Llamó un taxi *amarillo*.

Llamó un taxi *que se le acercaba*.

第二句里的 que se le acercaba 和第一句里的 amarillo 作用相
同,都用来限定先行词 taxi 的外延,同时增强其内涵的明确性。

关系代词代替从句所限定的名词或代词,在从句中可以是主
语、宾语或其他成分。

El muchacho *que* canta es Tomás. (主语)

Muéstrame los libros *que* tienes. (直接宾语)

被它代替的名词或代词称做先行词(antecedente),因为它们总
是置于关系代词之前。关系代词 que 相当于英语的 that,但不能省
略;没有性数变化,不重读。西班牙语中除了 que 还有其他关系代
词,我们将陆续学到。

三、形容词的绝对最高级 (Grado superlativo absoluto del ad-

jetivo）：

I. 形容词前面加 muy 做定语，构成绝对最高级，意为：很……，非常……。例如：

> La película fue muy interesante.

II. 形容词还有另一种形式的绝对最高级，是在形容词词根上加后缀－ísimo 构成。规则是：

1. 以元音结尾的形容词去掉元音加后缀 -ísimo。例如：

> interesante—interesant*ísimo*, alto—alt*ísimo*,
> bajo—baj*ísimo*

2. 以辅音结尾的形容词直接加后缀。例如：

> difícil— dificil*ísimo*, fácil（容易）—facil*ísimo*

3. 此时，形容词的性数变化体现在后缀词尾上。例如：

> una novela interesantísim*a*
> Estuvimos ocupadísimo*s*.

4. 有些形容词变为这种绝对最高级时，由于重读音节移位而发生语音变化。例如：

bueno—b**o**nísimo（也可以是：buenísimo），fuerte—f**o**rtísimo
对这种现象我们将陆续介绍。

III. 上述诸规则也适用于某些副词。

这种绝对最高级形式的含义也是：很，非常，但只在表达十分强烈的感情色彩时才使用。

四、副词比较级（Grado comparativo del adverbio）：

1. 副词比较级和形容词比较级一样，分同等、较高、较低三级，由

> tan ... como ...
> más ... que ...
> menos ... que ... 构成。

Salimos tan temprano como ellos.

Los autobuses marchaban más rápido que otros días.

Su casa está menos lejos que la mía.

2. 副词 bien, mal, mucho 和 poco 的较高级形式是 mejor, peor, más, menos。

例如：

Julia canta mejor que Felisa.

Luis baila peor que Gonzalo.

Trabajamos más que ustedes.

¿Por qué estudias menos que tu hermano?

3. 副词 mucho 的同等级是 tanto。例如：

Trabajo tanto como tú.

练习　EJERCICIOS

I. 动词变位（Conjuga los verbos）：

1. en pretérito imperfecto de indicativo；

2. en pretérito indefinido.

cruzar, *llegar*, pasear, *acercarse*, señalar, caminar, marchar, tardar, esperar, asombrarse, comer, leer, vender, comprender, aprender, abrir, discutir, decidir, escribir, asistir, *oír*, pedir, *servir*, *vestirse*, *seguir*, conseguir, ir, ser, ver, tener, hacer, *andar*, estar, *querer*, *decir*, *poder*, *poner*, haber, saber, venir.

（斜体字笔头做）

（请将变位时发生书写变化的动词挑出，做笔头练习。）

II. 按照所给模式做动词变位（Conjuga los verbos según los mod-

elos dados) :

      Modelo（1）： **mostré**   **mostraba**

                ……   ………

（从练习 I 的动词中挑选第一、第二、第三和不规则动词各三，按规定顺序做所有人称的变位。然后挑出变位时发生书写变化的动词,做笔头练习。)

         Modelo（2）： **encuentro**   **encontré**

                   ……   ………

acostarse，asombrarse，mostrar，probar，colgar，cerrar，calentar，empezar，entender，conocer，conducir，producir，traer，dormir

（按规定顺序做所有人称的变位。遇到书写变化或加重音符号的情况最好动手写出。)

        Modelo（3）：**te los muestro**

                 me los muestras   **muéstramelos**

                   ……   ……

（请在练习 I 以及本练习所给动词中挑选适宜的,按规定顺序做所有人称的变位。遇到书写变化和加重音符号的情况最好一边口说,一边手写。)

III. 请在第一句中增添 el año pasado ,然后对所有的动词形式做相应变动 (Agrega a la primera oración *el año pasado* y cambia la forma verbal según corresponde)：

    —¿A qué hora se levantan _____ ustedes todos los días?

    —En verano nos levantamos _____ a las seis y en invierno, a las seis y media. Claro, siempre hay _____ algunos que prefieren _____ levantarse un poco más temprano o un poco más tarde.

—¿Qué hacen _____ después de levantarse?

—Yo me visto _____ más rápido que mis compañeros y salgo

_____ a correr. Luego todos juntos hacemos _____ gimnasia

(体操). Después nos cepillamos _____ los dientes, nos lavamos

_____ y limpiamos _____ la habitación.

—¿Se lava _____ usted con agua caliente o agua fría?

—Me lavo _____ con agua fría.

—¿Adónde van _____ luego? ¿A desayunar?

—No, antes del desayuno, leemos _____ los textos en voz

alta.

—¿Cuántas clases tienen _____ por la mañana?

—Dos y a veces tres o cuatro. La primera clase empieza _____

a las ocho. Después de las dos primeras tenemos _____ un descan-

so largo que dura _____ veinte minutos. Todos salimos _____ a

hacer gimnasia. Si tenemos _____ solamente dos clases, en las

otras dos repasamos _____.

—¿A qué hora terminan _____ las clases?

—A las doce. Y a esta hora almorzamos _____.

—¿Duermen _____ la siesta después del almuerzo?

—Algunos sí y otros no. Yo nunca(从不) duermo _____ la

siesta.

—¿Qué actividades tienen _____ por la tarde?

—Por la tarde tenemos _____ clases de chino, de inglés o de

otras asignaturas(课程).

—¿No hacen _____ ustedes deporte?

—¿Cómo no! Todos los días, de las cuatro a las cinco y media,

practicamos (实践, 从事, 进行) _____ diversos deportes.

Después cenamos _____. Paseamos _____ un poco. A partir

de las siete y media algunos van _____ a la biblioteca, otros asisten _____ a conferencias o . . . . Bueno, cada uno puede _____ hacer lo que quiere _____ . A las diez de la noche nos acostamos _____ .

IV. 请将原形动词变为适当的时态和人称（**Pon el infinitivo en el tiempo y persona correspondiente**）:

1. El año pasado (ir, nosotros) _____ al cine dos veces a la semana.

2. Durante las vacaciones de verano (暑假) mis compañeros y yo (aprender) _____ a nadar.

3. Cuando (estar, él) _____ en el extranjero, le (escribir, nosotros) _____ frecuentemente.

4. Mientras yo (asearse) _____ , mi amiga (leer) una novela(小说).

5. Cuando el profesor (entrar) _____ en la sala (haber) _____ mucha gente. Unos (conversar) _____ , otros (cantar) _____ y (bailar) _____ .

6. Aquella tarde como no (hacer) _____ buen tiempo, mi madre no (salir) _____ de compras.

7. El domingo pasado no (poder, nosotros) _____ ir al hospital a ver a la enferma porque (tener) _____ mucho que hacer.

8. Al llegar al Museo (ver, ellos) _____ que la cola (ser) _____ larguísima y (asombrarse) _____ mucho.

9. Aunque ella (estar) _____ muy ocupada aquel día, (venir) _____ a ayudarme.

10. Anteanoche un compañero me (decir) _____ que tú

(estar) _____ enfermo.

V. 请将下列会话改为间接引用语（**Transforma en estilo indirecto la siguiente conversación**）：

Carlos dijo: "Yo trabajo como mecánico en aquella fábrica. ¿Y tú, qué haces?"

Berta contestó: "Soy estudiantes de la Universidad de Estudios Extranjeros."

Carlos preguntó: "¿Qué estudias?"

Berta contestó: "Estudio español."

Carlos preguntó: "¿En qué países se habla esta lengua (语言, 舌头)?"

Berta contestó: "Además de España, se habla en casi toda América Latina (拉丁美洲) y en algunos países de Africa (非洲)."

Carlos dijo: "Entonces es una lengua muy importante. ¿Te gusta el español?"

Berta contestó: "Me gusta mucho."

Carlos preguntó: "¿Quién os enseña?"

Bata contestó: "Nos enseñan varios profesores, entre chinos y extranjeros."

Carlos dijo: "Las clases deben ser muy interesantes."

Beta constestó: "Son interesantísimas. En las clases escuchamos, preguntamos, conversamos. Claro, todo lo hacemos en español."

VI. 请把两个简单句联结为一个关系（定语）从句（**Une las dos oraciones simples en una relativa**）：

Ejemplo: **Pásame el lápiz. El lápiz está al lado de las revistas.**
Pásame el lápiz que está al lado de las revistas.

1. Tráeme la silla. La silla está junto a la ventana.

_____

2. Felisa quería leer todos los libros. Ella los veía en el estante.

_____

3. ¿Por qué no me muestras las fotos? Las tienes en la mano.

_____

4. Yo no conocía a esa muchacha. La muchacha se sentó a la izquierda de Pedro.

_____

5. Nos gustaba pasear por el jardín. El jardín quedaba entre las dos casas.

_____

6. ¿Cómo se llama el muchacho? El muchacho viene hacia nosotros.

_____

7. La señora es nuestra profesora de español. Ella habla.

_____

8. Elena dormía en la habitación. Ésta quedaba justo arriba del

comedor.

---

9. Busco un libro. Pienso prestarlo a Sonia.

---

10. Saludamos al señor. Él viene a dictarnos una conferencia sobre Cervantes.

VII. 请用关系(定语)从句回答下列问题 (**Contesta a las siguientes oraciones utilizando oraciones relativas**) :

1. ¿Cómo se llama la joven que está sentada cerca de nuestra mesa?
2. ¿Es tu hermana aquella muchacha que lee el periódico?
3. ¿De quién es esa pluma que tienes en la mano?
4. ¿Están sus dormitorios en aquel edificio que vemos allá?
5. ¿Son tuyos los cuadernos que trae ahora José?
6. ¿Conoces al señor que camina a nuestra derecha?
7. ¿Cómo se llama la plaza que está en el centro de la ciudad?
8. ¿Queréis comentar la película que vimos anoche?
9. ¿Puedes prestarme los apuntes que hiciste en la conferencia?
10. ¿Dónde está el museo que querías visitar?

(当然上述问题也可用代词做简约回答。请按这后一种形式再练习一遍。)

Ejemplo: **¿Conoces al señor que camina a nuestra derecha?**

No, no *lo* conozco.

VIII. 请加后缀 – ísimo 把下列形容词变为绝对最高级，然后根据语义通顺的原则用其修饰下面的名词。注意性数配合（Pon los siguientes adjetivos en grado superlativo absoluto agregándoles la terminación -ísimo. Aplícalos a las palabras dadas según permita el significado con correspondientes flexiones genéricas y numéricas）:

alto _____ , bajo _____ , blanco _____ ,

bonito _____ , claro _____ , corto _____ ,

difícil _____ , feo _____ , fuerte _____ ,

grande _____ , inteligente _____ , joven _____ ,

largo _____ , limpio _____ , malo _____ ,

moreno _____ , negro _____ , nuevo _____ ,

poco _____ , mucho _____ , rojo _____ ,

amplio _____ , ancho _____ , caro _____ ,

barato _____ , complicado _____ , cómodo _____ ,

importante _____ , intenso _____ , lleno _____ ,

ocupado _____ , oscuro _____ , pequeño _____ ,

rápido _____ , tarde _____ , tranquilo _____ ,

urgente _____ .

biblioteca, blusa, calcetín, cama, camisa, casa, chaqueta, ciudad, coche, cocina, comida, jardín, papel, patio, sala, árbol, armario, ascensor, autopista, bicicleta, bosque, botella, cabeza, calle, color, conferencia, muchacho, niño, sofá, fiesta, abrigo, acera, mapa, modelo, plaza, río.

IX. 请用副词比较级造句（**Forma oraciones utilizando el grado comparativo del adverbio**）:

Ejemplo: *levantarse temprano*

Me levantaba *más* temprano *que* mis compañeros.

Me levantaba *menos* temprano *que* mis compañeros.

Me levantaba *tan* temprano *como* mis compañeros.

levantarse temprano

vestirse rápido

acostarse tarde

estudiar mucho

comer poco

cantar bien

bailar mal

X. 请根据情况, 用所给词语填空 (**Rellena los blancos con las voces dadas según convenga**) :

mostrar, decidir, acompañar, junto (*adj.*) *, junto a, junto con* .

1. Estrella sacó las fotos y me las _____.

2. Ellas salieron _____ , pero yo no sabía adónde fueron.

3. Al ver que había tanto atasco, _____ (nosotros) aparcar el coche ahí cerca y caminar luego hasta el metro.

4. Si no quieres viajar solo, yo te _____.

5. El joven levantó la mesa y la puso _____ la ventana.

6. Ayer la vimos pasear _____ sus amigas.

7. Felipe _____ a los turistas a comprar un plano de la ciudad.

8. Cuando comprendió que no podía hacer aquel trabajo solo _____ pedirme ayuda.

9. Mira, las sillas está demasiado _____. Hay que separar-las.

10. Nos tomamos muchas fotos _____ el Monumento a Cervantes.

XI. 请将下列句子译成西班牙语(Traduce al español las siguientes oraciones):

1. 上星期日我陪几个拉美朋友去公园了。

2. 劳驾,你能陪这位太太去买点东西吗?

3. 他坐在窗旁,开始看书。

4. 咱们一起去看普拉多博物馆,行吗?

5. 劳驾,请您把城市地图给我们看看。

6. 我现在决定把一切都告诉她。

7. 这表明他还不知道前天发生了什么。

8. 穿过广场的时候,旅游者在纪念碑跟前停了一下。

9. 我这儿有一些戈雅画展的照片。我马上拿给诸位看看。

10. 他们上个星期决定留下了。

XII. 回答下列问题 (Contesta a las siguientes preguntas):

1. ¿Llevaba mucho tiempo en España la persona que hablaba en el texto que leemos?

2. ¿Qué decidió hacer aquel fin de semana?

3. ¿Dónde estaba alojado?

4. ¿Sabía adónde ir en un comienzo?

5. ¿Qué hizo antes de llegar a la Plaza de España?

6. ¿Qué tiempo hacía aquel día?

7. ¿Qué cosa interesante encontró en la Plaza?

8. ¿Cuál es la obra más importante de Cervantes?

9. ¿Cómo se llaman los dos personajes principales de la obra?

10. ¿Qué hizo el joven que tenía la inmortal obra en la mano cuando pasó por el lado de nuestro chico?

11. ¿Qué quería decirle con eso?

12. ¿Qué ocurrió cuando iba caminando hacia el puesto de libros?

13. ¿A quién vio cuando volvió la cabeza?

14. ¿Qué se dijeron el uno al otro?

15. ¿Por qué pudieron llegar pronto(很快) al Museo?

16. ¿Entraron enseguida (立即, 立刻) en el Museo?

17. ¿Pagó la entrada nuestro chico?

18. ¿Qué problema tenían los turistas argentinos del texto II?

19. ¿Adónde querían ir ellos?

20. ¿Por qué no consiguieron ir al Palacio Imperial?

21. ¿Qué era lo que necesitaban para poder pasear por la ciudad?

XIII. 口头练习参考题 (Tema para la práctica oral):
Un fin de semana

可根据下列提要讲述 (Puedes hablar del tema según el siguiente guión):

1. Lo que hiciste en casa antes de salir;

2. Medios de transporte(交通工具) que utilizaste;

3. Problemas de tráfico que encontraste;

4. Lugares por donde paseaste (calles, tiendas, parques, etc.);

5. Visitas que efectuaste (museos, exposiciones, etc.).

XIV. 笔头简述你那个周末的活动 (**Resume por escrito lo que hiciste aquel fin de semana**) 。

第 二十四 课　LECCIÓN 24

复习　REPASO

课文　TEXTO

UN CARNICERO QUE QUERÍA SER MÉDICO

(Adaptación de una fábula de Esopo)

Un día, un asno pastaba tranquilamente en un prado. De repente vio avanzar hacia él un lobo. Como no tenía tiempo para huir sintió mucho miedo sin saber qué hacer. No podía resistir ni pedir clemencia, pues el lobo tenía la fama de ser muy cruel. Pero como el apuro agudiza el ingenio, tras mover un rato las orejas, se le ocurrió fingirse cojo. Se aproximó el lobo y le preguntó por qué cojeaba. Respondió el asno:

—Hace algunos días, al saltar una cerca, se me clavó una espina en el casco. Ahora lo tengo tan hinchado que apenas puedo caminar. Sufro mucho.

—¿Y eso qué me importa? –dijo el lobo, mostrándole los dientes y las garras –. Si te voy a devorar, me da lo mismo con espina o sin ella.

—No es igual, porque si no me arrancas la espina antes, se te puede clavar en la boca. Te lo aseguro.

—Tienes razón. Vamos a sacar esa espinita antes de almorzar. Pero levanta la pata, por favor.

Mientras el lobo examinaba atentamente el pie del asno, recibió una feroz coz que le arrancó todos los dientes. El lobo maltratado, dijo:

—¡Bien me lo merezco! Mi padre sólo me enseñó el oficio de carnicero y ahora quiero meterme de médico.

词汇表　VOCABULARIO

carnicero, ra　*m*., *f*.　屠夫

adaptación　*f*.　改编,节选

fábula　*f*.　寓言

Esopo　伊索

asno　*m*.　驴子

pastar　*tr*., *intr*

　　放牧,(牲畜)吃草

tranquilamente　*adv*.

　　安安静静地

prado　*m*.　草地

lobo　*m*.　狼

huir　*intr*.　逃跑

miedo　*m*.　害怕

resistir　*intr*.　抵抗,抗拒

clemencia　*f*.　宽容,仁慈

fama　*f*.　名声

cruel　*adj*.　残忍的

mover　*tr*.　动

oreja　*f*.　耳朵

garra　*f*.　爪子

apuro　*m*.　难处,困难处境

agudizar　*tr*.　磨尖;使敏锐

ingenio　*m*.　才智,才能

ocurrírsele (a uno) algo

　　突发奇想

fingir(se)　*tr*., *prnl*.　假装

cojo *adj.* 瘸,拐

aproximar(se) *tr.,prnl.*
   使靠近;靠近

cojear *intr.* 一瘸一拐

responder *tr.* 回答

saltar *intr.* 跳

cerca *f.* 栅栏

clavar *tr.* 钉进,扎进

espina *f.* 刺

casco *m.* 蹄甲

hinchado *p.p.* 肿胀

devorar *tr.* 吞食

arrancar *tr.* 拔除

boca *f.* 嘴

razón *f.* 道理,理智

pata *f.* 蹄子

examinar *tr.* 检查

atentamente *adv.* 专心致志

pie *m.* 脚

feroz *adj.* 凶猛的,凶狠的

coz *f.* 踢(一下)

maltratado *p.p.* 受虐待的

merecer(se) *tr.,prnl.*
   应该得到

oficio *m.* 行当

meterse de 滥竽充数干某事

不规则动词 VERBOS IRREGULARES

merecer　　Se conjuga como ***parecer***.

词 汇 LÉXICO

I. sentir(se)

A. *tr.* 感觉

1. Esa muchacha no se pone el abrigo aunque siente mucho frío.

2. Cuando me ponían la inyección (打针) no sentí ningún dolor (疼痛).

B. *tr.* 抱歉,遗憾

1. Siento no poder decirles nada, porque no sé nada.

2. —Perdón, no podemos venir a la fiesta.

—Lo sentimos mucho.

C. *prnl.* 觉得

1. ¿Qué te pasa? ¿No te sientes bien? (¿Te sientes mal?)

2. No tengo ganas de (有……愿望,想) hacer nada. Me siento enfermo.

3. Con ustedes nos sentimos entre amigos.

II. hace X (**días, semanas, meses**) 几(天,周,月)前

1. Hace dos semanas mis primos fueron a viajar a Argentina.

2. Hace un mes Tomás compró un nuevo coche.

3. Hace pocos días recibí muchas tarjetas que mis amigos me mandaban desde el extranjero (国外).

III. sacar *tr.* 取出

1. Ayer fui al centro y saqué algún dinero del banco.

2. Pedro y Felisa bajaron del piso, sacaron el coche del garaje y se pusieron en camino.

3. Muchacho, saca las manos del bolsillo (口袋).

4. ¿Qué notas (分数) sacaste en el último examen?

5. Le pregunté una y otra vez, pero no conseguí sacarle ninguna respuesta (回答,答复).

IV. enseñar *tr.* 教

1. A Teresa le gustaba enseñar a los niños.

2. Un buen profesor nos enseña español.

3. Les enseño varias canciones (歌曲) latinoamericanas.

4. ¿Por qué no nos enseñas a bailar flamenco?

5. Os voy a enseñar cómo se dice todo eso.

练 习 EJERCICIOS

I. 动词变位 (Conjuga los verbos) :

1. en pretérito imperfecto de indicativo;

2. en pretérito indefinido.

avanzar, *agudizar*, aproximarse, cojear, saltar, clavar, devorar, *arrancar*, *sacar*, *almorzar*, asegurar, examinar, enseñar, meterse, responder, aprender, comprender, fingirse, partir, repartir, compartir, recibir, sentir, preferir, pedir, servir, vestirse, dormir, dar, ver, ser, ir, saber, hacer, tener, poder, poner, decir, querer, venir, estar, haber, traer, *oír*, *leer*, conducir, producir.

（斜体字笔头做）

（请挑出变位中发生书写变化的动词做笔头练习。）

II. 按照所给模式做动词变位 (Conjuga los verbos según los modelos dados) :

Modelo (1)：**avancé   avanzaba**

· · ·   · · ·

（请在练习 I 所给的动词中选择第一、第二、第三变位和不规则动词各三，按规定顺序做两个时态所有人称的变位，并挑出变位中发生书写变化的动词做笔头练习。）

Modelo (2)：**avanzo**　　**avanzaba**

　　　　　　...　　　　　...

Modelo (3)：**avanzo**

　　　　　avanzas　　**avanza**（**tú**）

　　　　　...　　　　　...

（请按规定顺序做两个时态所有人称的变位，并挑出变位中发生书写变化的动词做笔头练习。）

III. 请用句尾所给词语代替斜体部分并对动词形式做相应变化
（**Sustituye la parte en cursiva por las voces dadas al final de cada oración y cambia la forma verbal según corresponda**）：

1. Un amigo mío viene _____ a verme *todos los días*. (ayer)

2. *Todos los domingos* voy _____ de compras a la tienda. (el domingo pasado)

3. Juan te pide _____ una novela *ahora*. (anoche)

4. *Esta semana* tenemos _____ varias conferencias. (la semana pasada)

5. Ellos llegan _____ a Shanghai *ahora mismo*. (ayer por la mañana)

6. ¿Qué le trae _____ *hoy*? (anteayer)

7. ¿Dónde hacen _____ ejercicios *por la noche*? (anoche)

8. ¿Se visten _____ ustedes muy rápido *todos los días*? (el domingo pasado)

9. *Ahora* mis amigos están _____ en una fábrica. (el miércoles pasado)

10. Ella pone _____ sus cosas aquí *todos los días*. (aquel día)

11. Ella no quiere _____ salir *en este momento*. (entonces)

12. ¿Por qué no me dices _____ nada *ahora*? (ayer)

IV. 请用句尾所给词语替换斜体部分并对动词形式做相应变化
（**Sustituye la parte en cursiva por las voces dadas al final de cada oración y cambia la forma verbal según corresponda**）：

1. Comimos _____ en el restaurante *el pasado fin de semana*. (todos los fines de semana en aquel entonces)

2. *Después de ver la película* los estudiantes comentaron _____ sobre ella. (cada vez que veía una película)

3. *Aquel día* ella trabajó _____ de las ocho a las doce y descansó al mediodía. (durante aquellos meses)

4. *Ayer* los ingenieros se reunieron _____ para discutir un problema. (el año pasado una vez a la semana)

5. Escribiste _____ a tu amigo *el sábado pasado*. (todos los sábado hace unos años)

6. La profesora nos explicó _____ una nueva lección *la semana pasada*. (el año pasado cada semana)

7. La niña fue _____ a la farmacia *anoche*. (todas las noches en aquel entonces)

8. Mis abuelos pasearon _____ por el jardín *ayer por la tarde*. (todas las tardes cuando vivían en el campo)

9. Su padre leyó _____ periódico *ayer* después de la cena. (durante aquellos años todos los días)

10. Ana nos acompañó _____ al museo *anteayer*. (hace años todos los domingos)

V. 请把下列短文的动词变为过去时（**Convierte en pasado los siguientes textos con correspondientes cambios de formas ver-**

bales) :

1. Agrega *hace muchísimos años* al comienzo del texto de la lección 18 *La casa*;

2. Sustituye la parte en cursiva por *el domingo pasado* :

Hoy es _____ *domingo*. La profesora Fernández invita _____ a unos amigos franceses a comer en casa. Cuando suena _____ el timbre, ella se acerca _____ a la puerta y la abre _____. Cuando entran _____ los invitados, se quitan _____ en seguida los abrigos y los cuelgan _____ al lado de la puerta. Dentro hace _____ mucho calor. El esposo de la profesora los espera _____ en la sala. Ella se los presenta _____. Todos se saludan _____ y se abrazan _____. Luego los invitados se sientan _____ y comienzan _____ a conversar. Cuando el señor les pregunta _____ qué bebida prefieren _____ , algunos piden _____ coca-cola, otros, té o agua. Los dueños se las sirven _____. Poco después, la cocinera avisa _____ que la comida ya está _____ lista. Entonces todos se levantan _____ y van _____ al comedor.

VI. 请把原形动词变为适当的时态和人称 (Pon el infinitivo en el tiempo y la persona correspondiente) :

1. Aunque hacía un intenso frío, ellos (decidir) _____ salir.

2. Los turistas se alojaron en un hotel que (estar) _____ cerca del Palacio Imperial.

3. Al ver que había tantos heridos y muertos, la policía (hacer) _____ llegar enseguida varias ambulancias.

4. Como el tráfico era menor que los demás días, ellos (poder)

_____ llegar antes.

5. Pablo no asistió a nuestra fiesta porque (estar) _____ enfermo.

6. Por el camino (在路上) nos dijo que la casa (tener) _____ un enorme patio donde (poder, nosotros) _____ aparcar el coche.

7. Mientras los hijos estudiaban, la madre (cocinar) _____.

8. Se encontró con un amigo cuando (cruzar) _____ el jardín.

9. Paseaba por la plaza cuando (oír) _____ que alguien lo (llamar) _____.

10. Me preguntaron dónde (poderse) _____ conseguir las obras de Cervantes.

VII. 请调换主句和从句的顺序并相应改变连词 (Invierte el orden de la oración principal y la subordinada y cambia la conjunción) :

　　Ejemplo: *Como* está enfermo, no viene a clase.
　　No viene a clase *porque* está enfermo.

1. Como estoy ocupado, no puedo ir contigo.

_____

2. Como son del Sur, prefieren arroz.

_____

3. No puedes contestar porque no escuchas con atención.

4. Como estaba cansada, la chica no quería cantar más.

5. No podíamos caminar rápido porque hacía mucho viento.

6. Como se levanta muy temprano y se acuesta tarde, tiene más tiempo para estudiar.

7. Lola sirvió de guía a los turistas aquella tarde porque sabía un poco de español.

8. Como la niña tenía mucho miedo, no sabía qué hacer.

9. Como el apuro agudiza el ingenio, al asno se le ocurrió fingirse cojo.

10. El asno cojea porque se le clavó una espina en el casco hace algunos días.

VIII. 请把下列对话变为间接引用语（**Pon en estilo indirecto la siguiente conversación**）：

Los muchachos dijeron: "Sentimos molestarte tan tarde. Es que tenemos algo urgente que decirte."

Juan contestó: "No importa. Apenas son las diez. ¿No queréis pasar? Es que no podemos conversar así, de pie y a la puerta."

Los muchachos dijeron: "Sabemos que tienes mucho que hacer y siempre estás ocupado."

Juan respondió: "Eso es cierto, pero me gusta ayudaros. A ver, ¿en qué puedo serviros?"

Los muchachos preguntaron: "Si alguna tarde estás libre, ¿ puedes enseñarnos a bailar flamenco?"

Juan respondió: "Eso es algo muy complicado, además yo tampoco sé. ¿Por qué no vamos a hacer algo más sencillo? Si os parece, voy a enseñaros algunas canciones españolas y latino-americanas."

IX. 用副词比较级重构两个简单句（Reconstruye las dos oraciones simples para formar una sola con el grado comparativo del adverbio）:

Ejemplo: Él corría más rápido. Los demás corrían menos rápido.

Él corriá *más* rápido *que* los demás.

O: Los demás corrían *menos* rápido *que* él.

O: Los demás no corrían *tan* rápido *como* él.

1. Aquel día el asno podía pastar más tranquilamente. Otros días no podía.

_____

2. Ella escuchaba atentamente en clase. Sus compañeros no escuchaban tan atentamente.

_____

3. Mi hermana canta bien. Yo canto mal.

_____

4. Este año trabajamos mucho. El año pasado trabajábamos poco.

_____

5. Nos visita frecuentemente este mes. No nos visitaba tan frecuentemente otros meses.

_____

6. Los domingos nos levantamos muy tarde. Los demás días nos levantamos temprano.

_____

7. Nuestra universidad está lejos del centro. La suya no está lejos del centro.

_____

8. Mi mesa está cerca de la ventana. La tuya no está cerca de la ventana.

_____

9. Nosotros llegamos tarde. Ellos no llegaron tan tarde.

_____

10. Marta nos lo explicó muy claro. Carlos no nos lo explicó tan claro.

_____

X. 用加词尾-ísimo 的形容词绝对最高级替代斜体部分（**Sustituye la parte en cursiva por el grado superlativo absoluto con -*ísimo*）**：

   Ejemplo： **Las chicas estaban *muy* ocupadas.**
   Las chicas estaban ocupadísimas.

1. La estación ferroviara está *muy lejos* _____.

2. Teníamos una piscina *muy amplia* _____.

3. Condujo el coche por una autopista *muy ancha* _____.

4. Sus palabras fueron *muy breves* _____.

5. Compraron unos libros *muy baratos* _____.

6. La entrada de aquel museo era *muy cara* _____.

7. Las dos familias vivían *muy cerca* _____.

8. La película que vimos anoche fue *muy buena* _____.

9. Estas conferencias son *muy importantes* _____.

10. Sin un guía la cosa les resultó *muy complicada* _____.

XI. 用所给词语完成句子（**Completa las oraciones con las voces dadas**）:

sentir   sentirse

1. _____ (yo) no poder hablar inglés. ¿Entiende usted español?

2. _____ (él) una voz fuera de casa.

3. Con tan poca ropa, ¿no _____ (tú) frío?

4. El médico preguntó al enfermo cómo _____.

5. Al ver acercarse el lobo, el joven _____ miedo.

6. Estuvo enferma varios días. Ahora ya _____ mejor.

enseñar   enseñar a

1. Desde muy niño, mis padres me _____ ser buena persona.

2. Me dijo que tenía unas revistas interesantes y quería _____ (me, las)

3. Ella nos _____ francés el año pasado.

4. ¿Puede usted _____ (nos) bailar?

5. ¿Dónde está el mapa que compraste el domingo? _____

(me, lo)

6. Tomás es un buen profesor. Sabe _____.

sacar   meter(se)

1. No comprendo qué le pasó ayer a mi hermana. _____ toda su ropa del armario y luego volvió a _____ (la) dentro.

2. ¿ Dónde piensas _____ todas estas cosas? ¿ En nuestro dormitorio? Tú sabes que es muy pequeño.

3. Hijo, tienes la mesa toda llena de papeles. _____ (los) en el cajón (抽屉).

4. La chica _____ un libro del estante y me lo pasó.

5. El niño ese _____ en su habitación sin querer salir toda la mañana.

6. Señor policía, ahí dentro hay un herido. _____ (lo) por favor.

estos días (estas semanas. . .)   hace unos días (unas semanas. . .)

1. _____ (mes) mi amigo Felipe viaja mucho.

2. Estuvimos muy ocupados. _____ (semanas).

3. Acompaña a su madre a varios museos _____ (días).

4. _____ (días) Marisa sirve de guía a unos turistas latinoamericanos.

5. _____ (una semana) se produjo un terrible accidente en esta autopista.

6. _____ (semana) tenemos varios exámenes.

XII. 请将下列句子译成西班牙语 (Traduce al español las si-

guientes oraciones）：

1. 很抱歉我今天不能陪诸位，实在太忙了。
2. 教我们西班牙语的女教师是智利人。
3. 苏莎娜，你能教我们跳佛拉门科舞吗？
4. 这几位拉美朋友是几天前到中国的。
5. 在这儿我们觉得像在自己家里一样。
6. 你们等会儿。我这就去弄门票。
7. 小伙子觉得热了，就把外衣脱下。
8. 几周前他们去欧洲旅行了一趟。
9. 她把书从书架上取下，交给我。
10. "他们说不能来跟咱们一起吃晚饭了。"
    "太遗憾了！"

XIII. 针对斜体部分提问并回答（Haz preguntas referentes a la parte en cursiva y contéstalas）：

1. Un día, un asno pastaba tranquilamente *en un prado*.

   _____

2. De repente vio *avanzar hacia él un lobo*.

   _____

3. Sintió *mucho miedo* sin saber qué hacer.

   _____

4. Se le ocurrió *fingirse cojo*.

   _____

5. *Como el apuro agudiza el ingenio*, se le ocurrió fingirse

cojo.

6. *Se aproximó* el lobo y le preguntó *por qué* cojeaba.

7. Hace algunos días, al saltar una cerca, *se le clavó una espina en el casco.*

8. Ahora tiene el casco tan hinchado *que apenas puede caminar.*

9. Y eso no le importaba al lobo, *porque le daba lo mismo devorar el asno con espina o sin ella.*

10. El asno respondió *que no era igual*, *porque si no le arrancaba la espina antes*, *se le podía clavar al lobo en la boca.*

11. El lobo dijo *que el asno tenía razón* y decidió *sacarle la espina antes de devorarlo.*

12. Mientras el lobo examinaba atentamente el pie del asno,

recibió un fuerte coz que le arrancó todos los dientes.

_____

13. El lobo se sintió *maltratado*.

_____

14. Dijo que *se lo mereció*.

_____

15. Se lo mereció *porque su padre no le enseñó el oficio de médico sino el de carnicero.*

_____

XIV. 口头表达竞赛参考题（**Concurso de expresión oral en torno a los siguientes temas**）：
1. Actividades de todos los días;
2. Actividades de un período pasado;
3. Actividades de un día determinado;
4. Adaptación dramatizada de la fábula de esta lección.
（评分标准：A. 发音准确；B. 语法正确；C. 词汇丰富；D. 表达流畅。Normas para valorizar: A. Pronunciación; B. Corrección gramatical; C. Riqueza léxica; D. Fluidez expresiva.）

XV. 利用上述命题组织一次墙报作文比赛（**Concurso de redacción en torno a los mismos temas con los trabajos exhibidos en un periódico mural**）。

(评分标准:A. 语法正确; B. 拼写正确; C. 词汇丰富; D. 书写工整 Normas para valorizar:A. Corrección gramatical; B. Corrección ortográfica; C. Riqueza léxica; D. Caligrafía.)

总词汇表
<u>VOCABULARIO GENERAL</u>

C

E

Q

R